Insolvenzgeld

Ursula Sternberg

Insolvenzgeld

Kriminalroman

Bibliografische Information der Deutschen Nationalbibliothek:
Die Deutsche Nationalbibliothek verzeichnet diese Publikation in der
Deutschen Nationalbibliografie; detaillierte bibliografische Daten sind
im Internet über http://dnb.dnb.de abrufbar.

© 2025 Ursula Sternberg

Lektorat der Originalausgabe Asso 2009: Ulli Langenbrinck
Umschlagmotiv: Ursula Sternberg
Umschlaggestaltung: Ursula Sternberg
Verlag: BoD · Books on Demand GmbH, In de Tarpen 42,
22848 Norderstedt, bod@bod.de
Druck: Libri Plureos GmbH, Friedensallee 273,
22763 Hamburg

ISBN: 978-3-7693-0346-9

*Für die kleinen Essener Buchhandlungen,
die mich so großartig unterstützt haben!*

Gerhard Schöffler verwaltet Insolvenzen und wird tot aufgefunden.

Karin Schöffler ist ihren Mann endgültig los und damit auch einige Sorgen.

Hedda Kaldenbach ist Schöfflers Partnerin und genauso gewieft im Abwickeln von Insolvenzen wie er.

Martin Borg ist insolvent und fühlt sich betrogen. Dabei läuft er zu Höchstform auf.

Horst Krullkowski interessiert sich nicht für Insolvenzen und steckt tiefer drin, als man glaubt.

Ruby Hauser bekommt Insolvenzgeld und kann demnächst Privatinsolvenz anmelden.

Augustus Monk versteht viel von Insolvenzen und hilft Toni auf die Sprünge.

Mike aus Kupferdreh verfügt über ein fundiertes Geschichtswissen, vor allem, wenn es um Motorräder geht.

Reinhold Schütte ermittelt nicht zum Tod des Insolvenzverwalters und ist immer weniger verkehrt.

Max Schulze hat Zukunftspläne und hackt nur noch legal.

Toni Blauvogel weiß bald mehr über Insolvenzen, als ihr lieb ist.

EINS

Das Gebäude wirkte düster und abweisend. Mit einem mulmigen Gefühl in der Magengrube sondierte ich den nur schlecht beleuchteten, aus quadratischen Granitplatten bestehenden Weg vor mir. Dort musste ich lang. Leider.

Bisher war es doch gar nicht so schwer gewesen, versuchte ich mich aufzumuntern. Das flaue Gefühl im Magen ließ sich aber nicht davon beeindrucken. Kneifen gilt nicht, Blauvogel, knurrte ich also. Bist schließlich nicht mitten in der Nacht den ganzen Weg nach Oberhausen gefahren, um jetzt einfach wieder abzudrehen. Los jetzt!

Zögernd setzte ich mich in Bewegung.

Ein Geräusch ließ mich abrupt innehalten. Für einen kurzen Augenblick setzte mein Herzschlag aus. Es ist nichts, beruhigte ich mich. Dennoch verharrte ich reglos und lauschte angestrengt.

Da war es wieder. Leise erst, ein dumpfes Brummen nur. Dann lauter. Bösartig. Und verdammt nah, direkt vor mir im tiefen Schlagschatten des Gebäudes. Kalter Angstschweiß lief mir in feinen Rinnsalen den Rücken hinunter.

Nicht, dass ich mich grundsätzlich vor Hunden fürchte. Eigentlich komme ich gut mit ihnen klar. Natürlich gibt es Ausnahmen, doch daran sind eher die zugehörigen Hundebesitzer schuld. Man muss ein paar Dinge beachten, dann ist der Umgang mit Hunden kein Problem. Ein paar Regeln nur: Nicht wild mit den Armen rudern. Keine hektischen Bewegungen. Freundlich und leise mit ihnen sprechen. Keine Angst zeigen. Nicht in ihr Revier eindringen. Wirklich einfach. Kein Problem.

Aber eine dieser Spielregeln hatte ich verletzt. Leider war es die wichtigste. Ich war über ein abgeschlossenes

Tor geklettert und in ein eingezäuntes Grundstück eingedrungen.

Er ist bestimmt angekettet, versuchte ich mich zu beruhigen. Vorsichtig machte ich einen Schritt rückwärts.

Da war es wieder. Ein langgezogenes Grollen, nicht weniger furchteinflößend als das erste Mal. Ich erstarrte.

Denk nach, befahl ich mir. Denk dir was aus! Mir fiel nichts Gescheites ein. Zurück bis zu dem hohen Tor, über das ich vor ein paar Minuten geklettert war, kam ich nie und nimmer. Es sei denn, der Hund war angekettet. Was ich nicht wusste. Und worauf ich mich auf keinen Fall ernsthaft verlassen wollte.

Vorsichtig wandte ich den Kopf nach links, dann nach rechts.

Der Weg, auf dem ich stand und der direkt auf den gläsernen Eingang des Gebäudes zuführte, war in regelmäßigen Abständen flankiert von einer Art Gerüst, das sich in leichten Bögen parallel zum Weg schwang und damit eine Art Kreuzgang bildete. Nur dass die tragenden Säulen nicht rund und aus Stein waren, sondern sich wie die eisernen Streben des Eifelturmes in einer Art Gitterwerk verschlungen in die Höhe hoben. Knapp zwei Meter links hinter mir befand sich eine dieser Säulen. Dort musste ich hin.

Behutsam machte ich einen weiteren Schritt rückwärts.

Augenblicklich knurrte es. Schwoll an und ging in ein wütendes Bellen über. Etwas Massiges setzte sich in Bewegung.

Ich spurtete los. Das Bellen wurde lauter, aggressiver... erreichte die Säule, griff nach einer Strebe, zog mich hoch... spürte, wie das Tier hinter mir ebenfalls in die Höhe sprang... nach mir schnappte – oh Gott, ich spürte schon die Zähne in meinem Fleisch, schwer zog es an mir. Dann hörte ich Stoff reißen und ein lautes Platschen, mit dem das Viech zurück auf den Boden schlug.

Hastig kletterte ich weiter, hangelte mich höher und zog mich schließlich auf den zur nächsten Säule hinüber gespannten Bogen hinauf.

Der Hund sprang knurrend an dem Pfeiler hoch, rutschte an dem Metall ab und landete erneut mit einem uneleganten Plumpsen auf dem Boden. Er versuchte es noch ein paar Mal, dann gab er auf. Umkreiste die Säule und setzte sich schließlich mit aufmerksam nach oben gerecktem Kopf und lautem Grollen vor den metallenen Pfeiler.

Ich kniete immer noch auf allen Vieren. Tastete vorsichtig mit der Hand mein Hinterteil ab. Es schien unversehrt. Aber in die Jacke hatte das Biest ein großes Loch gerissen. Meine gute Wanderjacke! Ich hatte sie angezogen, weil sie dunkel und leicht war und über eine Reihe von Taschen verfügte, in die ich die wichtigsten Utensilien packen konnte.

„Scheißköter", fluchte ich.

Der Köter war ein Rottweiler. Groß. Schwarzbraun. Mit massigem Kopf und einem mächtigen Gebiss. Und er knurrte erneut sehr bedrohlich.

Vorsichtig drehte ich mich aus der Vierfüßlerposition in die Sitzhaltung. Etwas rutschte aus meiner Jackentasche und schlug mit einem hässlich metallenen Geräusch auf dem Boden auf. Mein Handy.

„Clever, Blauvogel!", kommentierte ich böse. Und während ich meine Lage sondierte, feststellte, dass ich keine Chance hatte, zurück zum Tor zu gelangen und versuchte, eine halbwegs bequeme Position auf meiner Querstrebe zu finden, machte es sich der Hund gemütlich, legte den massigen Kopf auf seine ausgestreckten Vorderbeine und signalisierte mir ab und zu mit einem tiefen Grollen aus seinem mächtigen Brustkorb, dass er seine Aufgabe nach wie vor sehr ernst nahm.

Ich beobachtete, wie der Mond langsam über dem Wipfel eines Baumes auftauchte, wartete darauf, dass irgendein Wachdienst vorbeikommen und mich aus meiner misslichen Lage befreien würde und verfluchte den Tag, an dem das alles begonnen hatte.

ZWEI

Zwanzig Uhr. Ich wagte einen Versuch, raffte meine dunkelblauen, mit eingewobenen Sternen versehenen Vorhänge beiseite und öffnete die großen Fensterflügel meines Spitzgiebels. Eine Welle von heißer Luft schlug mir entgegen. Ich tappte über den einen knappen Meter breiten Sims zu meinem Balkon hinüber. Das Gitter der Brüstung war so von der Hitze aufgeladen, dass man es kaum berühren konnte.

Resigniert inspizierte ich meine Balkonpflanzen. Die Blätter des Hibiskus hingen herunter, der Oleander wirkte eher grau als grün und wies bräunliche Flecken auf, Feigenbaum und Yucca-Palme hatten bis auf einen feinen Kranz noch junger Triebe sämtliche Blätter abgeworfen, und die sonst so üppige Pracht meiner Stauden, Ranker und Sommerblumen in den Kästen war zu einer Art verdorrtem Gestrüpp verkommen.

„Ihr solltet doch südländisches Klima gewohnt sein", sagte ich kopfschüttelnd, drehte die Düse an der Spitze des Schlauches auf und ließ einen sanften Regen sonnenerhitzten Wassers über die Pflanzen rieseln. „Mehr als zweimal am Tag gießen kann ich euch nicht, ihr Schätzeken. Ihr verbrennt, wenn ich euch tagsüber in der prallen Sonne Wasser gebe!"

Sie antworteten nicht. Sacht strich ich dem Oleander über die Blätter. Ich bildete mir ein, dass zumindest er jetzt etwas besser aussah. Er ließ ein paar Blätter fallen. Vermutlich, um mich des Gegenteils zu belehren.

Als ich die Wohnung wieder betrat, schlug mir warmer, abgestandener Mief entgegen. Nicht, dass ich etwas dafür konnte. Angesichts der bereits über fünf Wochen andauernden Hitze war es einfach unmöglich, tagsüber die Fenster zu öffnen.

Verdrossen kletterte ich die fragile Treppe aus Drahtseilen und Buchenholz von der oberen Ebene meiner Wohnung hinunter und öffnete die Fenster auf der gegenüberliegenden Seite des Wohnraumes. Einen Moment blieb ich stehen und wartete auf einen Luftzug. Vergebens.

Der Kaltwasserhahn spendete warmes Wasser. Ich öffnete den Kühlschrank und stellte fest, dass ich mal wieder vergessen hatte, eine Flasche mit sodagestreamtem Wasser kalt zu stellen. Ein paar schrumpelige Radieschen. Ein kleines Stück Comté mit einer unappetitlichen Färbung. Ansonsten war der Kühlschrank leer. Notgedrungen beschloss ich, hinunter ins Viertel zu gehen.

***

Auf dem Isenbergplatz herrschte reges Treiben. Der Spielplatz war voll mit Kindern und Hunden. Mütter und Väter hockten oder standen in kleinen Grüppchen zusammen und palaverten, als würden sie sich auf einer italienischen Piazza befinden. Die Tische unter den hohen Platanen des Café Click waren ebenso besetzt wie die des De Prins, und die Seitenstraßen, die sternförmig auf dem Platz mündeten, spuckten weitere Grüppchen mit leicht bekleideten, biergartensüchtigen Menschen aus. Es würde mal wieder eine lange, schlaflose Nacht werden.

Suchend sah ich mich um. Schließlich entdeckte ich Bertholds Glatze an einem der eng zusammenstehenden Tische. Er winkte mir zu. Wundersamerweise befanden sich zwei freie Stühle an seinem Tisch, die er energisch gegen den Andrang verteidigte. Ich ließ mich erleichtert auf einen der beiden Sitze plumpsen.

„Hi Toni", grüßte er mich mit warmem Lächeln.

„Bertold!", lächelte ich zurück. „Was für ein Glück, dass du hier bist. Sonst hätte ich wohl kaum eine Chance gehabt."

„Hast du deinen Anrufbeantworter nicht abgehört?", fragte Bertold erstaunt. „Ich hatte doch vorgeschlagen, dass wir uns hier treffen."

„Echt? Das habe ich nicht mitbekommen." Ich schüttelte meinen Kopf. „Ich war heute nicht lange im Büro. Ein bisschen Tauschbörse, ein bisschen Jobbörse im Internet, so ein Kram halt. Ist einfach nichts los zurzeit. Also habe mich auf mein Sofa gehauen und still vor mich hin geölt. Wolltest du was Bestimmtes?"

Bertold nickte. Auf seiner polierten Pläte glänzte es feucht. „Besetzt", verteidigte er den freien Stuhl gegen den Zugriff durch eine aufreizend leicht bekleidete Blondine. Er schien noch jemanden zu erwarten. Dann schob er mir auffordernd den Lokalteil der NRZ über den Tisch.

Er sah aus wie Heinz Erhardt. Rundes Gesicht unter nach hinten gekämmten schütteren Haaren. Große Brille aus dunklem Horn. Ich betrachtete das Foto, registrierte den üppigen Mund in diesem fast mongoloid wirkenden Mondgesicht, die leicht verschmitzt aussehenden Augen dieses Mannes.

„Lies", drängte Bertold.

Gehorsam folgte ich den Zeilen, die das Foto einrahmten. *Tod eines Insolvenzverwalters*, las ich. *Gestern wurde die Leiche von G.Schöffler aufgefunden. Ruderer des Clubs FC-Fischlaken fanden den Mann in den frühen Morgenstunden in einem Kahn auf dem Baldeneysee treibend. Der Tote trug Radlerkleidung. Von seinem Rad fehlt bis jetzt jedoch jede Spur. G.Schöffler war Insolvenzverwalter und den Heisinger Bürgern wegen seines Engagements für den Erhalt der St.Georg-Kirche sehr gut bekannt. ‚Wir haben eine wertvolle Stütze unserer Gemeinde verloren‘, klagte Pfarrer Hermann W. Furtweiler.“*

Unschlüssig drehte ich die NRZ zu einer Rolle zusammen. „Und? Was soll ich damit?“, fragte ich und schlug mir die Zeitung in die geöffnete Hand.

„Der Mann ist tot“, sagte Bertold. Dabei sah er mich an, als sei das bereits Erklärung genug.

„Dann muss er wenigstens nicht mehr schwitzen.“ Ich grinste über meinen Witz, während ich mit dem Handrücken den Schweißtropfen wegwischte, der sich in meiner Augenbraue verfangen hatte. „Der Glückliche!“

„Damit macht man keine Scherze!“, tadelte Bertold pikiert.

Überrascht sah ich ihn an. Er war doch sonst nicht so – wie auch immer ich das nennen sollte.

„Wirklich, Toni. Das ist überhaupt nicht komisch.“ Bertold zog ein kariertes, zerknittertes Taschentuch aus seiner Jeans und wischte sich über die Glatze.

Ich begriff. „Tut mir leid, daran habe ich wirklich nicht gedacht“, entschuldigte ich mich schnell. Es war erst gute dreieinhalb Jahre her, dass Bertold seinen Krebs überstanden hatte. Den Krebs und die Chemotherapie. Da er ein Hüne von Mann war, vergaß man schnell, dass er nach wie vor auf einer Bombe saß, bei der man nicht sicher sein konnte, ob sie auch wirklich entschärft worden war. Die Glatze, die seltsam spärlich hellen Augenbrauen und die fast wimpernlosen Augen waren das Einzige, was einen an die Krankheit erinnerte. Und daran hatte ich mich nun mal gewöhnt.

„War ein blöder Scherz", sagte ich zerknirscht und legte ihm begütigend die Hand auf den Arm.

„Schon gut." Er lächelte zurück.

„Also, was soll ich damit?" Erleichtert nahm ich das helle Weizen entgegen, das die Kellnerin mir reichte. Ich stürzte einen großen Schluck in mich hinein. Kalt. Köstlich.

„Ich will, dass du ein bisschen recherchierst in diesem Fall", sagte Bertold.

„Machst du Witze?"

„Wieso! Der Eintrag in der Tauschbörse ‚Biete detektivische Fähigkeiten' ist doch bestimmt von dir, habe ich recht?"

Siedendheiß fiel es mir wieder ein, wie ich, frisch aus dem Krankenhaus entlassen, mit zerschundenem Körper, aber eindeutig lebend, aus der Euphorie der Stunde heraus am Nachmittag von Silvester diesen Eintrag in die Tauschbörse gemacht hatte, vielmehr besser dem VNH Essen-Süd, dem *Verein für Nachbarschaftshilfe Essen Süd*, wie sich diese von mir ins Leben gerufene Initiative nun mittlerweile nannte.

„Ja, aber doch nicht bei Mord", protestierte ich lahm.

„Warum denn das nicht?" Verwundert schüttelte Bertold den Kopf. „Das war doch damals auch Mord, und du hast den Fall gelöst!".

DREI

Und so war ich an den Fall geraten, wegen dem ich jetzt – knapp drei Wochen später – spürte, wie die Metallstreben meines luftigen Domizils unangenehme Riefen in mein Hinterteil drückten.

Zum dritten Mal innerhalb der letzten Stunde summte mein Handy unten auf dem Weg leise die Melodie ‚Ich brech die Herzen der stolzesten Frau'n‘.

Zum dritten Mal innerhalb der letzten Stunde jaulte der Hund und legte die Pfote auf das Gerät, als wolle er es zum Schweigen bringen.

Und zum dritten Mal zog er erschrocken die Pfote zurück, als kurz darauf vibrierend eine SMS einging. Jemand versuchte hartnäckig, mich zu erreichen.

Ich verfolgte, wie ein fetter Mond seine Bahn zog, hörte die Bestie unter mir hecheln und wartete.

***

„Das ist Ruby. Sie braucht deine Hilfe", stellte Bertold vor. „Eine äh..." – er räusperte sich verlegen – „meine Freundin."

Ich registrierte die leichte Röte, die plötzlich Bertolds Gesicht überzog. „Bertold, du hast ja Geheimnisse vor mir", neckte ich ihn. Dann reichte ich der Frau meine Hand. „Hallo Ruby, ich bin Toni."

Neugierig betrachtete ich sie. Walkürenhafte Erscheinung. Nicht dick, sondern groß mit kräftigem Knochengerüst und einer ungezügelten Flut rotblonden Haares. Den Lebensspuren in ihrem Gesicht nach schätzte ich sie auf Anfang Vierzig. Sie umarmte Bertold, drückte ihm einen Kuss auf den Mund, schälte sich aus ihrer dickledrigen Motorradkluft, unter der sie nur Shorts und ein rotes Top trug, nahm auf dem freien Stuhl an unserem Tisch Platz und unterzog mich dann ebenfalls einer neugierigen Musterung.

Schließlich lächelte sie mich an. Mehrere ihrer Vorderzähne tanzten schief aus der Reihe und verliehen ihrem Lachen etwas Verschmitztes und ungemein Ansteckendes.

Spontan lächelte ich zurück. Nett, befand ich. Sehr nett. Ich freute mich für Bertold. Er war sehr lange allein gewesen.

„Hat das etwa hiermit was zu tun?", fragte ich und schob ihr die Zeitung hinüber.

Sie warf einen Blick auf die Schlagzeile und nickte. „Ja. Bertold hat gemeint, du könntest vielleicht helfen."

„Ich bin kein Privatdetektiv", wehrte ich ab. „Mit der Anzeige in der Tauschbörse habe ich den Mund etwas zu voll genommen."

„Wissen wir", mischte Bertold sich ein. „Aber trotzdem hast du im Winter einiges zur Aufklärung eines Mordes beigetragen. Und hierbei geht es eigentlich noch um viel mehr."

Ablehnend hob ich beide Hände. „Dazu braucht man eine Lizenz." 007, Lizenz zum Töten, schoss es mir durch den Kopf. Prompt stellte mir vor, wie ich mit einem Flitzer à la Bond männernaschend und böswichtmordend über die Serpentinen der Cote d'Azur raste. Ich grinste albern.

„Hör dir die Geschichte doch erst mal an, Toni, dann kannste doch immer noch entscheiden."

„Ich will nicht, dass ihr euch falsche Hoffnungen macht", verteidigte ich mich, plötzlich wieder ernst. „Worum geht's denn überhaupt?"

„Lass gut sein, Bertold." Ruby winkte ab. Plötzlich sah sie sehr erschöpft aus.

Ich nippte an meinem Weizen und fühlte mich unbehaglich. „Immer noch affenheiß", brummte ich schließlich verlegen, als das Schweigen anhielt. „Ich glaube, ich nehme noch mal ne kalte Dusche und versuche zu schlafen. Bis die Tage!"

VIER

Am nächsten Morgen hatte ich die Sache schon wieder vergessen. Mit Einkaufskarre und Rucksack zockelte ich zu Kaisers hinüber. Ich stockte meine Lebensmittel- und Getränkevorräte wieder auf. Obst, Salat, Gemüse, Quark, Yoghurt, viel Käse, zwei Großpackungen Eis, Kekse, diverse Tees, die auch kalt schmecken würden. Wein und Bier. Bei Peters kaufte ich noch ein Nussbrot.

Die bis zum Rand gefüllte Omakarre zog schwer an meinem Arm, der pralle Rucksack drückte mir ins Kreuz. Es war erst zehn, aber der Schweiß rann mir bereits in Bächen unter dem luftig geschnittenen Sommerkleid am Körper hinunter.

Aus dem Schlitz meines Briefkastens grinste mir hämisch die Post entgegen. Das Format verriet schon alles. Ich warf einen flüchtigen Blick auf die Absender, seufzte und klemmte mir die großen Couverts unter den Arm. Waren ohnehin nicht mehr zu gebrauchen, die Unterlagen, wenn sie so lieblos in den kleinen Kasten gestopft wurden. Dabei investierte ich viel Geld in diese Mappen. Die Umschläge, in denen ich sie versandte, hatten einen pappverstärkten Rücken, damit sie nicht geknickt werden konnten. Doch wenn ich überhaupt was von dem Zeug zurückbekam, dann steckte es in einem Billigumschlag, den irgendein Idiot von Postboten knicken und lieblos in einen zu kleinen Briefkasten quetschen konnte!

Resigniert zog ich die schwere Einkaufskarre hinauf, Stufe für Stufe. Plopp. Plopp. Rums.

Im dritten Stock rutschte mir die Post unter dem Arm hervor und landete vor der Tür der Kanzlei 'A & W Heuser'. Ich bückte mich mühsam, bemüht, die Lebensmittel dabei nicht aus dem Rucksack purzeln zu lassen. Die Tür ging auf und ich sah mich rotlackierten Zehennägeln in eleganten Lacksandalchen gegenüber. Ich hatte sie schon öfter gesehen. Die Dame. Die Sandalchen sahen neu aus. Welchem Teil der Kanzlei Heuser ich gerade im Weg war, dem A oder dem W, wusste ich trotzdem nicht.

„Tschuldigung", murmelte ich. Hastig sammelte ich die Briefe vom Fußabtreter auf. Das verräterische Format der Couverts brannte mir ein fettes A auf die Stirn. A für Absage. A für arbeitslos. A für alt. A für asozial.

Blöder Gedanke, Blauvogel, ärgerte ich mich still. Als würde das einen besseren Menschen aus einem machen, nur weil man seine Arbeitskraft für einen monatlichen Scheck zur Verfügung stellten durfte!

Mit meinem hochmütigsten Nicken wünschte ich der Heuser einen schönen Tag, ließ die Karre stehen und brachte Post und Rucksack nach oben. In meinem Büro gegenüber meiner Wohnung suchte ich einen dicken Edding und schrieb *Post bitte nicht knicken! Einfach in den Hausflur legen!* auf ein Stück festes Papier.

Ich lief erneut nach unten, klebte das Schild auf meinen Briefkasten, stieg wieder in den dritten Stock hinauf und begann mit der vollen Einkaufskarre den restlichen Aufstieg. Plopp. Plopp. Rums. Das Eis war bereits ziemlich angetaut, als ich es oben auspackte.

***

Zwei Tage verstrichen. Die Vorbereitungen für das große nationale Sommerevent liefen auf Hochtouren. Deutschland schickte sich an, die Welt zu Gast bei Freunden zu bewirten. Auf den öffentlichen Plätzen wuchsen hohe Leinwände aus dem Boden und die Deutschen durften nicht nur, nein, sie sollten endlich wieder Flagge bekennen, was sie auch fleißig taten. Häuser wurden mit Fahnen geschmückt, wobei selbst Hammer, Zirkel und Ährenkranz wohlwollend toleriert wurden. Autos wurden mit kleinen Fähnchen zu Diplomatenkarossen aufgepeppt, die sich alsbald in Massen an den Straßenrändern wieder fanden. Die Modeindustrie machte einen riesigen Umsatz mit Klamotten in Goldrotschwarz, und selbst Menschen, die sich im Leben noch nie für Fußball interessiert hatten, wurden von der kollektiven Aufrüstung in Sachen Nationalstolz mitgerissen und malten sich schwarzrotgelbe Balken auf die Backen.

Die Welt zu Gast bei Freunden war eine gigantische Werbekampagne, die fast jeden in ihren Bann schlug. Die Hitze allerdings hatte sich in der Stadt eingenistet wie ein ungebetener Gast, der einfach nicht wieder gehen will. Baumärkte, Kaufhäuser und Elektroläden machten einen Riesenumsatz mit Klimaanlagen und Ventilatoren. Mein Ventilator wälzte nur die stickige Luft von einer Ecke des Raumes in die andere.

Ich bereute es fast, dass ich Max Angebot nicht angenommen hatte, ihn zu einem alten Freund an die friesische Küste zu begleiten. Aber nur fast. Wegen der vielen Bewerbungen, die in irgendwelchen Firmen vor sich hin schlummerten, machte ich mir vor. Und dem Arbeitsamt, das sich jederzeit melden und zu sich ordern konnte, was es jedoch nicht tat. Und dem leisen Ärger, der sich irgendwo tief in mir festgesetzt hatte wie eine latente Magenverstimmung und der mit Max zusammen hing, der nicht da war. Ich hatte keine Lust, mich damit auseinanderzusetzen.

Ich war gereizt, weil ich nicht schlafen konnte, gereizt, weil ich mich nicht aufraffen konnte, im Kunsthaus an meinen Skulpturen zu arbeiten, gereizt, weil mir die lautstarke Karnevalsstimmung zur WM-Eröffnung auf dem Isenbergplatz auf die Nerven ging, gereizt, weil ich lustlos und matt zu Hause herumhing, gereizt, weil es zu heiß war, sich ausreichend zu bewegen, gereizt, gereizt, gereizt... Ich war gefangen in einem tiefen, bodenlosen Sommerloch, dem Loch des Sommers, der bereits jetzt schon als neuer ,Jahrhundertsommer' bestaunt und bejubelt wurde.

Ich jubelte nicht. Mir ging es nicht gut. Und je weniger ich bereit war, mich mit den Gründen auseinander zu setzen, desto schlechter fühlte ich mich.

So ging es nicht weiter. Wo stehst du, Toni Blauvogel, fragte ich mich in dem verzweifelten Versuch, mich aus dem Loch zu befreien. Wo stehst du, und warum bist du da, wo du stehst?

Arbeitslos. Wie vier Millionen andere Menschen hier in diesem Land. Trotz angeblicher Konjunktur. Die war bei mir nämlich nicht angekommen. Na und?

Schön und gut, ich hatte immer gerne gearbeitet. Mein Beruf als DV-Organisatorin hatte mir Spaß gemacht, auch wenn ich die Arbeit primär als Mittel betrachtet hatte, um an das nötige Geld zu kommen, das man hier in dieser Gesellschaft nun mal zum Leben braucht. Trotz oder vielleicht auch gerade wegen dieser pragmatischen Einstellung war ich sehr gut in meinem Job gewesen.

Früher hatte ich es nicht verstanden, wenn Arbeitslose sich nutzlos fühlten oder sogar depressiv wurden. Ein Fehler, sich so über die Arbeit zu definieren. Nie alleiniger Lebensinhalt. Jetzt war ich selbst depressiv.

Ich schnaubte leicht durch die Nase. Du hast immer gejammert über zu wenig Zeit, Blauvogel. Erinnere dich gefälligst. Zu wenig Zeit! Und Zeit, die hast du jetzt. Also mach was Gescheites damit. Nutze sie!

Ich nutzte sie nicht. Hing weiter rum und fühlte mich schlecht. Dass Max nicht da war, machte die Sache noch schlimmer. Abgelehnt. Nutzlos. Und obendrein dumm, weil ich nicht gegen diese blödsinnigen Gedanken an konnte. Das machte mich noch gereizter.

***

Zwei weitere Tage in Selbstmitleid, das sich in der Hitze auszudehnen schien und als klebriger Film um den Verstand legte. Ich sagte eine Verabredung mit meiner Freundin Anja im Biergarten an der Ruhr ab. Ich ging nicht zur Grillfete in Martins schönem Garten. Ich gab nur einen zynischen Kommentar ab, als Werner und Monika mich zum Public Viewing ins Fritz locken wollte.

Ich fand mich in meiner Stimmung für andere unzumutbar, verkroch mich in meiner Wohnung, ignorierte die ekstatischen Schreie, die das kollektive Wir auf dem Isenbergplatz mit sich brachten, verbrachte die Abende stattdessen mit Krimis und Litern von Wasser auf meinem Balkon und wartete, dass sich das Stimmungstief wieder verzog.

FÜNF

Neun Uhr morgens. Ich hatte mir gerade den Schweiß einer weiteren weitestgehend schlaflosen Nacht lauwarm abgeduscht, als es klingelte. Flüchtig überlegte ich, ob ich überhaupt aufmachen sollte. Es klingelte erneut. Es klingelte Sturm und jemand bollerte mit Fäusten gegen meine Tür.

Das ist der Nachteil an einem Haus voller Arztpraxen und Kanzleien. Die Haustür steht tagsüber ständig offen. Jeder kann ungehindert rauf zu mir und vor meiner Tür Rabatz machen. Es bollerte wieder.

„Toni, mach auf", hörte ich Bertold rufen.

Verblüfft öffnete ich. Er war noch nie unaufgefordert hier oben gewesen. Und dass Bertold seinen Kiosk um diese Tageszeit im Stich ließ, war mehr als ungewöhnlich.

Er stand nach Luft ringend vor mir, das sonst immer so blasse Gesicht hochrot und schweißgebadet, als wäre er die fünf Stockwerke zu meiner Wohnung hinauf gerannt. So außer sich hatte ich ihn noch nie erlebt. Er sah aus, als würde er gleich hyperventilieren.

Ich schob ihn auf mein Sofa, lief ins Bad, riss ein Handtuch vom Haken und hielt es unter den Wasserhahn. Das Wasser war lauwarm, aber das konnte ich nicht ändern. Ich klatsche Bertold das nasse Handtuch in den Nacken, eilte in die Küche und holte eine von den Eisteeboxen aus dem Eisfach, die ich vor einer halben Stunde dort hineingelegt hatte zwecks schnellerer Kühlung.

Gierig trank Bertold zwei Gläser. Sein japsendes Atmen wurde ruhiger, die schwere Röte wich langsam aus seinem Gesicht.

„Mein Gott, Bertold, hast du mir einen Schreck eingejagt!" Auch meine Pulsfrequenz senkte sich wieder. Ich ließ mich neben ihm auf das Sofa fallen. „Was ist denn los?"

„Tut mir leid", sagte Bertold. Dann begann der Hüne zu weinen. „Ruby", schluchzte er und vergrub sein Gesicht in den Händen. „Ruby... sie haben Ruby verhaftet!"

Ruby? Verhaftet? Mit offenem Mund starrte ich Bertold an. Nur langsam sickerte der Inhalt dessen, was er mir mitgeteilt hatte, in mein Gehirn. Verhaftet. Eingelocht. Knast. Bertolds Ruby.

Eine Welle von Schuldgefühlen durchflutete mich. Sie hatten mich um Hilfe gebeten und ich hatte sie ihnen verweigert. Ich fühlte mich ziemlich mies, obwohl mir klar war, dass ich eine Verhaftung unmöglich hätte verhindern können. Und trotzdem: Mies!

Schuldbewusst nahm ich ihn in die Arme. Wiegte ihn sanft hin und her wie ein Kind, strich ihm über die schweißnasse Pläte und erstickte an den sinnlosen Worten, die man in einer solchen Situation von sich zu geben pflegt. Ich würgte an dummen Sprüchen wie *es wird schon wieder gut... du wirst sehen, morgen sieht die Welt schon anders aus... schlaf erst mal eine Nacht drüber, dann klärt sich alles wie von selbst... heile, heile Gänschen*, würgte daran, weil kein Kind in meinen Armen lag, sondern ein 51jähriger, nicht besonders sprachgewandter Mann, der in seinem Leben schon viele beschissene Dinge erlebt hatte und nun noch eins draufgesetzt bekam. Er hatte völlig Recht, verzweifelt zu sein. Denn dass man Ruby verhaftet hatte, war schlimm.

Und so flüsterte ich das einzige Versprechen in sein Ohr, das mir möglich war. „Ich versuche zu helfen", flüsterte ich und wiegte ihn weiter hin und her. „Ich sehe zu, was ich tun kann. Ich lasse euch nicht im Stich."

Als Bertold sich beruhigt hatte und halbwegs zuversichtlich wieder hinunter in seine Bude gegangen war, wurde mir die ganze Tragweite meines Versprechens bewusst. Mich packte die Panik. Was, zum Teufel, hatte ich da angerichtet! Ein Mord war passiert, eine Frau war deswegen verhaftet worden, und ich hatte zugesagt zu helfen. Weil ich Bertold mochte und seine neue Freundin sympathisch fand? Ich musste von allen guten Geistern verlassen sein, mich auf so ein bescheuertes Unterfangen einzulassen!

Wütend starrte ich mein Spiegelbild an. Sah leicht zerzauste, asymmetrisch bis zum Kinn gestufte braune Haare, dunkle, zornig funkelnde Augen unter dem leicht geschwungenen Bogen kräftiger Augenbrauen, den kleinen, erhabenen Leberfleck, der mein Kinn zierte wie eines dieser absurden Schönheitspflaster, die sich die Reichen in früheren Jahren freiwillig in die üppig gepuderten Gesichter geklebt hatten.

Blöde Kuh, schimpfte ich. Größenwahnsinnig geworden, Toni Blauvogel?

Dann registrierte ich den störrischen, entschlossenen Zug, der sich um meinen Mund gebildet hatte. Unwillkürlich musste ich grinsen. Ich kannte diesen Zug um den Mund nur zu gut. Und den dazugehörigen Blick. Es war das, was Max erst vor kurzem den Blauvogel-Kampfblick getauft hatte.

„Blöder blauer Vogel, du", sagte ich zärtlich zu mir. Und wusste zwar nicht, wie ich diese Aufgabe bewerkstelligen sollte, aber ich wusste zumindest, dass ich es versuchen würde.

***

Ruby war verhaftet worden. Gefängnis. Knast. Untersuchungshaft. Bekannte Situation, in Tausenden von Filmen dargestellt. Kennt man doch.

Aber genau das stimmte nicht. Kannte ich nämlich überhaupt nicht. Und je länger ich darüber nachdachte, desto nebulöser wurde dieser Satz. Verhaftet. Was hieß das eigentlich genau?

Wie immer, wenn ich mich einem Thema nähern will, ohne zu wissen, wie ich das bewerkstelligen soll, ging ich erst mal ins Internet.

Untersuchungshaft, gab ich versuchsweise in Google ein. Eine halbe Stunde später war ich schlauer. Untersuchungshaft, erfuhr ich, bedeutet die Unterbringung eines Beschuldigten in einer speziellen Justizvollzugsanstalt. Darüber soll sichergestellt werden, dass der Beschuldigte zur Hauptverhandlung erscheint und das Hauptverfahren durchgeführt werden kann. Verhängt werden kann die Untersuchungshaft nur auf Antrag eines Staatsanwaltes von einem Richter. Außerdem müssen vier Voraussetzungen erfüllt sein.

Erstens: Der Beschuldigte ist dringend verdächtig, also mit hoher Wahrscheinlichkeit der Täter.

Zweitens: Es muss ein Grund bestehen, einen Menschen in diesem Stadium einer Untersuchung einzusperren. So was wie Fluchtgefahr zum Beispiel.

Drittens: Die Untersuchungshaft ist hierbei das letzte Mittel. Kann Fluchtgefahr beispielsweise durch Einkassieren der Reisepapiere oder das Hinterlegen einer saftigen Kaution gebannt werden, darf keine U-Haft wegen Fluchtgefahr verhängt werden.

Viertens: Die Untersuchungshaft muss zum Gewicht der Straftat und zu der voraussichtlichen Strafe in einem angemessenen Verhältnis stehen.

Ich überlegte kurz. Im Klartext heißt das: Ist nur eine geringe Strafe zu erwarten oder die Straftat, um die es geht, bloß geringfügig, darf keine U-Haft verhängt werden. Leider war Mord nicht geringfügig.

Diese vier Voraussetzungen müssen gleichzeitig, also gemeinsam vorliegen. Ist in einem bestimmten Fall auch nur eine Voraussetzung nicht erfüllt, so darf die Untersuchungshaft nicht verhängt werden. Fällt während der U-Haft auch nur eine Voraussetzung weg, so ist die U-Haft sogleich aufzuheben.

Ruby befand sich also mit ziemlicher Sicherheit nicht in Untersuchungshaft. Sie war vorläufig festgenommen worden. Und das war ein großer Unterschied. Vorläufige Festnahme, erfuhr ich nämlich, ist die vorübergehende Ingewahrsamnahme eines Beschuldigten für maximal achtundvierzig Stunden. Spätestens danach muss ein Ermittlungsrichter darüber entscheiden, ob der Festgenommene in U-Haft wandert oder entlassen wird.

Ingewahrsamnahme! Ich schüttelte mich. Was für ein Wort! Aber immerhin: Vermutlich war Ruby morgen Abend bereits wieder draußen. Jedenfalls, wenn es uns gelang, auch nur eine der Voraussetzungen zu entkräften, die für eine U-Haft vorliegen mussten.

***

Mit dieser frohen Botschaft ging ich hinunter zu Bertold an den Kiosk. Er sah immer noch schlecht aus, aber bei weitem nicht mehr so schlimm wie in dem Augenblick, als er vor meiner Wohnungstür gestanden hatte.

Wortlos holte er zwei angenehm beschlagene Colaflaschen aus dem Kühlschrank und schob zwei Frikadellen auf den obligatorischen Papptellern durch das gläserne Schiebefenster. Dann kam er raus und stellte sich zu mir an den sonnenschirmbeschirmten Stehtisch vor seiner Bude auf dem Bürgersteig.

Ich schüttelte mich innerlich. Viel zu warm für einen solchen Fleischklops. Aber Bertold biss beherzt zu.

„Wann haben sie Ruby festgenommen", fragte ich und schob die Frikadelle ein Stück beiseite.

Bertold überlegte kurz. „Genau weiß ich das nicht", sagte er. „Sie hat mich gegen halb neun heute Morgen angerufen. Da war sie aber schon auf dem Präsidium."

„Also irgendwann heute früh", rekapitulierte ich. „Länger als 48 Stunden dürfen sie sie erst mal nicht festhalten, ohne dass sie dann in U-Haft überführt wird."

Bertold hatte schon wieder Panik im Blick. „Das geht nicht. Sie muss sich doch um Jimmy kümmern."

„Jimmy?"

„Der Kleine. Er hat Leukämie. Der kann doch gar nicht ohne sie...", sagte Bertold hilflos.

„Ist denn da sonst niemand?"

„Doch. Jan. Der ältere Bruder", nickte Bertold.

„Na, der wird sich doch sicher um ihn kümmern", versuchte ich zu trösten. „Aber kannst du die Jungs nicht erst mal zu dir holen, bis Ruby wieder da ist?"

„Das ist eine gute Idee", sagte Bertold erleichtert. Offensichtlich war er froh, etwas Sinnvolles tun zu können.

„Ich halte hier im Kiosk die Stellung", schlug ich vor. „Die sind sicher schon ganz durcheinander. Vorher möchte ich aber noch ein paar Dinge von dir wissen."

„Willste nicht?" Auffordernd schob Bertold mir die Frikadelle zu, die ich noch nicht angerührt hatte. „Ehe die hier in der Sonne ein zweites Mal schmort."

„Nee, lass mal besser. Du weißt, wie gerne ich die sonst esse, aber bei der Hitze kann ich nicht."

Abwesend schob Bertold den zweiten Klops in sich hinein.

Ich wartete, bis er fertig war. „Also besteht keine Fluchtgefahr", stellte ich schließlich fest.

„Was?" Verwirrt zog er seine spärlichen, seltsam ausgebleichten Augenbrauen zusammen. „Fluchtgefahr?"

„Ich versuche rauszubekommen, ob es Gründe gibt, weswegen ein Haftbefehl nicht ausgesprochen werden darf. Wegen der Kinder, insbesondere dem Kleinen mit seiner Leukämie, würde Ruby doch sicherlich nicht einfach abhauen, wenn man sie freilässt."

„Sag mal, spinnst du! Die würde sowieso nicht abhauen. Ruby hat doch nichts gemacht!" Bertold war jetzt richtig sauer.

„He, komm mal wieder runter! Das behaupte ich auch gar nicht. Ich versuche auszuloten, was passieren kann. Und wegen der Kinder würde Ruby nicht abhauen. Das spricht für sie und gegen eine Haft, darum geht es!"

„Tut mir leid", sagte Bertold zerknirscht.

„Also. Keine Fluchtgefahr", fasste ich noch mal zusammen. „Und Wiederholungsgefahr oder Tatausführungsgefahr bestehen ja nun nicht", dachte ich laut weiter.

„Was ist das denn nun schon wieder?"

„Einer der vier möglichen Haftgründe. Einen solchen Grund muss es geben, wenn man jemanden in U-Haft stecken will. Wenn Gefahr besteht, dass jemand die Tat wiederholt, bei einer Sexualstraftat oder einem Serienmord etwa, wäre das eine Wiederholungsgefahr. Bei einem Mordanschlag, der nicht erfolgreich war, bestünde eventuell die Gefahr, dass das Vorhaben zu Ende geführt wird, wenn der Verdächtige wieder auf freiem Fuß ist."

Bertold wollte schon wieder loslegen. Mit seinem glatten Schädel und seiner hünenhaften Gestalt sah er äußerst bedrohlich aus, wenn er sich aufregte. Hätte ich es nicht besser gewusst, würde ich ihn wie viele andere auch für einen Skin halten.

„Hallo!" Ich suchte seinen Blick und lächelte ihn an. „Das alles können sie ihr mit Sicherheit nicht ans Bein binden. Bleibt noch Verdunklungsgefahr. Und dazu fällt mir nicht viel ein. Wir müssen ohnehin einen Anwalt besorgen."

„Den kann sie doch gar nicht bezahlen", sagte Bertold müde. „Sie hat ihr Konto hoffnungslos überzogen. Im letzten Monat habe ich sogar ihre Einkäufe bezahlt, weil die Kreditkarte gesperrt ist."

„Wieso das?", fragte ich überrascht.

„Na, es hat ein paar Monate kein Geld mehr gegeben. Deshalb ist der Laden doch insolvent. Weil er seine Mitarbeiter nicht bezahlen kann!"

„Übel", sagte ich betroffen. „Da bin ich ja richtig privilegiert in meiner auch nicht gerade privilegierten Lage!"

„Bist du", bestätigte Bertold trocken. „Du kriegst nen Haufen Arbeitslosengeld, und das regelmäßig. Darauf hat Ruby in dieser Situation keinen Anspruch."

Ich nickte langsam. In Existenznöten war ich noch lange nicht. Obwohl die Zeit erschreckend schnell verstrich und ein A nach dem nächsten herein flatterte. Doch an dieses leidige Thema wollte ich jetzt nicht schon wieder denken.

„Eine Kaution wird bestimmt nicht verlangt, weil ja keine Fluchtgefahr besteht", versuchte ich zu trösten. „Hol du jetzt mal die Jungs, ich bleibe so lange hier im Kiosk."

***

Dass dieses Vorhaben grenzenlos naiv war, ging mir erst auf, als Bertold knapp zwei Stunden später wutschnaubend wieder auftauchte.

„Die haben die Kinder zu so einer Jugendtussie gebracht", schimpfte er aufgebracht. „So eine Tante von der Jugendfürsorge! Und weißt du, was man mir dort gesagt hat? Ich dürfe die Kinder nicht abholen. Da könne ja jeder kommen." Bertold ballte seine großen Hände.

Logisch, dachte ich hilflos. Das ist nur zu logisch. Natürlich lassen die keine Kinder allein zurück, wenn sie die Mutter einbuchten. Darauf hätte ich glatt selbst kommen können! Und natürlich lassen sie die Kinder nicht einfach mit jemandem mitgehen, nur weil er behauptet, der Freund der Mutter zu sein. Logisch. Und sogar richtig. Und doch so gottverdammt falsch in diesem Fall!

Langsam dämmerte mir, dass ich mich mit dieser Geschichte ernsthaft überheben würde, wenn ich nicht schnell einen versierten Juristen auftreiben würde.

***

Erschöpft stieg ich wieder hoch in meine Wohnung. Mit jedem Stockwerk, das ich nach oben klomm, wurde es wärmer. Als ich die Wohnungstür öffnete, schlug mir warme, abgestandene Luft entgegen.

Ich hockte mich in meine Wanne und duschte mich mit einem Strahl lauwarmen Wassers ab. Dann legte ich mich auf mein Sofa in den abgedunkelten Wohnraum und versuchte nachzudenken.

Ein Anwalt. Ich kannte nur den, der mich mit meiner Klage auf Wiedereinstellung gegen meinen ehemaligen Arbeitgeber vertreten hatte. Den Prozess hatten wir verloren. Das heißt, das stimmt nicht ganz. Am Ende von zwei zermürbenden Verhandlungen vor dem Landgericht legte der Richter uns einen Vergleich nahe. Er wies darauf hin, dass es schwierig sein würde, den Nachweis zu führen, dass ich im Unternehmen mit meinen speziellen Fachkenntnissen auch in anderen Abteilungen einsetzbar sei. Und über diesem Punkt könne das Thema Sozialauswahl ausgehebelt werden. Ich wusste zwar, dass ich mich relativ schnell in andere Aufgabenbereiche einarbeiten konnte – schließlich hatte ich das in meinem Berufsleben immer wieder unter Beweis stellen müssen – aber ich wusste auch, dass der Richter vermutlich Recht hatte. Außerdem – und das war letztendlich der Grund, warum ich mich auf den Vergleich einließ und nicht noch weiter stritt, war die Unternehmensgruppe Krippenhagen&Goll nicht nur im ganzen Land verstreut, sondern darüber hinaus auch noch weltweit vertreten. Wenn ich bei meiner Klage auf Weiterbeschäftigung Recht bekäme, würde ich einen mir sehr unliebsamen Job aufgebürdet bekommen – so viel war mir klar. Also ein Vergleich.

Wenigstens war eine ganz nette Abfindung dabei herausgekommen. Der Anwalt saß in Dortmund und das Verfahren war sicherlich teuer gewesen. Mir konnte es egal sein, ich war im Rechtsschutz.

In meinem Hinterkopf tauchte der Fetzen einer Erinnerung auf, den ich nicht so recht packen konnte. Ich war mir sicher, dass ich es erst vor kurzem mit Jemanden mit juristischem Fachwissen zu tun gehabt hatte. Ich wusste nur nicht mehr, wo und mit wem. Aber vermutlich hatte es was mit der Tauschbörse zu tun.

Schnell stand ich auf und ging in mein Büro hinüber, das ich mir in dem recht groß bemessenen Abstellraum gegenüber meiner Wohnung eingerichtet hatte. Von hier aus hatte ich das Projekt Tauschbörse angekurbelt. Tonis Tauschbörse. Aus dem Projekt war ein Verein für Nachbarschaftshilfe geworden, den ich organisierte. Die Einnahmen flossen auf ein Vereinskonto.

Ich fuhr den PC hoch, startete die Tauschbörse und gab als Stichwort „Anwalt" ein. Suche ohne Ergebnis, erschien auf dem Bildschirm. Jurist, tippte ich. Fehlanzeige. Dann Rechtsbeistand. Ebenfalls kein Resultat. Ich versuchte es mit *Beratung, und da fand ich den Eintrag. Suche Fahrer für gelegentliche Ausflüge ins Grüne, biete juristische Beratung, hieß es.

Einen Fahrer hatte ich vermittelt. Juristische Beratung war bislang nicht nachgefragt worden.

Kurz entschlossen wählte ich die Telefonnummer, die in der Kartei hinterlegt war.

***

Anderthalb Stunden später saß ich in einem für die Außentemperatur überraschend kühlen Wohnzimmer, das von einer altmodisch geplüschten, senfgelben Sofagarnitur dominiert war. Ich befand mich in einem dieser großzügigen, an viktorianische Altbauten erinnernden Häuser am Ende der von Seeckt-Straße, bei denen man nicht weiß, ob sie von einer oder von zwei Familien bewohnt werden. Dieses hier war ein Einfamilienhaus, ein richtiges Stadthaus, und oft war ich hier schon mit einem Anflug von Neid vorbei gegangen, wenn ich zum Bahnhof Süd unterwegs gewesen war.

Mir gegenüber in einem Rollstuhl saß ein alter Herr mit dünnem weißem Haar, der trotz der Wärme eine flauschige, wollene Weste trug. Er hieß Augustus Monk.

Monkey, dachte ich spontan. Kleines Äffchen. Denn sein Gesicht hatte diese tief gefurchte Haut von Schimpansen, die selbst den Affenkindern schon eine seltsam greisenhafte Würde verleiht.

Auf dem niedrigen Couchtisch vor mir standen eine Tasse dampfender Tee und ein Teller mit Gebäck. Der alte Herr hatte sich auf meinen Besuch vorbereitet. Ich war gerührt, auch wenn ich selber nicht auf die Idee gekommen wäre, mir bei diesen Temperaturen schwarzen Tee zuzubereiten.

Vorsichtig nahm ich einen Schluck und stellte überrascht stellte fest, dass das heiße Getränk gut tat. Mir fielen die Marokkaner und die Türken ein, die angeblich zu jeder Jahreszeit Tee tranken, egal, wie heiß oder kalt es war.

„Also, womit kann ich Ihnen helfen, junge Dame?", fragte Herr Monk. Für einen so zarten alten Herrn hatte er einen erstaunlich volltönenden Bass.

Ich verkniff mir ein Grinsen. Junge Dame hatte mich schon seit Langem niemand mehr genannt. Dann musterte ich ihn offen. „Sie kennen sich aus mit der Juristerei?"

„Ich war Richter", sagte er und lächelte milde. „Sagen Sie, was Sie auf dem Herzen haben."

„Es geht nicht um mich. Es geht um eine Frau, eine alleinerziehende Mutter, die dringend Hilfe benötigt, sich aber keinen Anwalt leisten kann."

„Darf ich fragen, warum?" Aufmerksam neigte Herr Monk den Kopf. „Warum benötigt die Dame einen Anwalt?"

„Sie wurde vorläufig festgenommen. Sie..." - ich räusperte mich - „hat einen kleinen Jungen, der an Leukämie erkrankt ist. Sie weiß nicht, wie sie die nächste Miete bezahlen soll, von den bereits ausstehenden ganz zu schweigen."

„Weshalb wurde sie festgenommen?", fragte Herr Monk.

„Haben Sie die NRZ gelesen, den Lokalteil Mittwoch in der vergangenen Woche? Dieser Insolvenzverwalter, G. Schöffler..."

„Aha", machte Herr Monk. „Darum geht es also."

„Ja. Darum geht es."

„Eine Freundin von Ihnen?"

„Nein." Verlegen betrachtete ich die safrangelben schweren Samtvorhänge, die das große, zum Garten hinausgehende Sprossenfenster einrahmten. „Ich kenne die Frau eigentlich nicht. Ich habe sie vor ein paar Tagen zum ersten Mal gesehen. Sie ist..." – ich suchte nach den passenden Worten – „die neue Liebe eines guten Bekannten von mir, eines Nachbarn, genau gesagt."

„Ah, eine Liebe." Herr Monk nickte wissend mit dem Kopf. „Und deshalb kommen Sie zu mir?"

„Ja. Ich hatte gehofft, Sie könnten sich darum kümmern. Als nachbarschaftliche Hilfsleistung." Und dann erzählte ich die spärlichen Fakten, die ich von Bertold erfahren hatte.

Ruby arbeitete im Callcenter eines Softwarehauses im Oberhausener Norden, das innerhalb eines dreiviertel Jahres in eine doppelte Insolvenz gelaufen war und das, so Bertold, obwohl es eigentlich genug zufriedene Kunden gab. Das Geschäft wäre weiter gelaufen, wenn eine kurzfristig entstandene Zahlungsunfähigkeit des Unternehmens durch Bankkredite hätte ausgeglichen werden können. Doch Kredite wurden nicht gewährt, soviel hatte ich verstanden. Und damit war abzusehen, dass die zweihundert Mitarbeiter des Softwarehauses demnächst auf der Straße stehen würden.

Der Insolvenzverwalter hieß Gerhard Schöffler. Seine Kanzlei befand sich ebenfalls im Oberhausener Norden. Eben dieser Gerhard Schöffler war vor einer Woche früh am Morgen in einem Kahn treibend auf dem Baldeneysee gefunden worden. Tot. Und nun hatte man Ruby festgenommen, Bertolds Ruby, eine einfache, nicht gerade ranghohe Mitarbeiterin des betroffenen Unternehmens.

„Das sind die Fakten", beendete ich meine Rede. „Das heißt, ob das, was mir über die Insolvenzgeschichte erzählt wurde, wirklich wahr ist, das weiß ich noch nicht mal."

Bedauernd hob Herr Monk die Hände. „Ich habe nicht umsonst die Formulierung ‚juristische Beratung' gewählt. Ich bin alt und praktiziere schon lange nicht mehr, als Anwalt schon mal gar nicht."

Ich seufzte resigniert und nahm einen weiteren Schluck Tee.

„Aber wissen Sie was, junge Dame?", fuhr er plötzlich lebhaft fort. „Ich habe eine Idee. Meine Tochter ist Anwältin. Und sie kokettiert gerne damit, dass sie sich im Bereich des Strafrechts einen Namen gemacht hat. Na ja, so ganz Unrecht hat sie damit nicht", fuhr er fort. Ein Anflug von Stolz schwang in seiner Stimme mit. „Schon oft hat sie mir Vorträge darüber gehalten, dass die Schere zwischen Arm und Reich immer größer wird. Als ob ich das nicht wüsste!" Er schnaubte verächtlich durch die Nase.

Interessiert beobachtete ich ihn. Er sah aus dem Fenster und schwieg. Plötzlich wirkte er weit weg, so, als würde er sich in den Untiefen seiner Erinnerungen verlieren. Ich räusperte mich verlegen.

Er schüttelte den Kopf und drehte sich wieder zu mir herum. „Um insgeheim darauf zu warten, dass ich endlich abtrete und ihr dieses Haus hier vererbe. Ständig versucht sie, mir einzureden, ich wäre im Augustinum besser aufgehoben als hier." In seinen Augen glitzerte es wässrig. Wieder schüttelte er energisch den Kopf. Dann lächelte er schlau. „Ich finde, es ist für sie an der Zeit, nicht nur große Reden zu schwingen, sondern auch mal danach zu handeln. Ganz im Rahmen nachbarschaftlicher Hilfe. Ich finde, in ihrem Warten auf - Veränderungen - ist sie ein wenig zu behäbig geworden."

Ich wusste nicht, was ich dazu sagen sollte.

Herr Monk strich sich das schlohweiße Haar an seinem Schädel glatt. „Und für mich ist es höchste Zeit, mich mal wieder mit mehr als nur Bagatellen zu beschäftigen", sagte er munter. „Ich werde mit meiner Tochter reden. Das ist doch wohl eine gute Arbeitsteilung. Ich recherchiere und sie darf sich der Öffentlichkeit präsentieren. Finden Sie nicht, meine Liebe?"

„Sie wollen wirklich helfen?", fragte ich ungläubig.

„Warum nicht?", antwortete der Alte und rieb sich aufgeregt die Hände. Ein lebhaftes Funkeln trieb die verwaschene Farbe des Alters aus seinen Augen. „Dann langweile ich mich wenigstens nicht zu Tode."

***

Da ich schon mal unterwegs war, beschloss ich, noch einen kleinen Abstecher in den Bahnhof Süd zu machen und einen Salat zu essen. Das Süd hatte im vergangenen Jahr erst seinen Biergarten erweitert. Die armseligen Büsche und Schilfgürtel, die den Biergarten zur nicht sehr schönen Kreuzung von Rellinghauser zur Richard Wagner Straße und einem noch weniger schönen Parkplatz abtrennen sollten, hatten sich in diesem Jahr bereits zu stattlichen Hecken entwickelt. Große Schirme und die alten Bäume, die dort immer schon gestanden hatten, schützten die Gäste vor der Sonne.

Nicht nur im Biergarten, sondern auch drinnen herrschte Hochbetrieb. Eine hohe Leinwand mit großen Boxen im alten, zur Kneipe umfunktionierten Bahnhofsgebäude beschallte den Garten gleich mit. Aufgeregte Reporter brüllten in ihre Mikrofone und beschrieben die erwartungsvolle, aufgeheizte Stimmung in den Stadien und auf den öffentlichen Plätzen. Ich sah eine Reihe bekannter Gesichter gespannt das Geschehen verfolgen, von denen ich niemals vermutet hätte, dass sie sich auch nur annähernd für Fußball interessierten.

Auch du, mein Sohn Brutus, dachte ich verächtlich und drehte ab. Von dieser befremdlichen Stimmung wollte ich mich nicht einheizen lassen. Also überließ ich mich wieder der brodelnden Stimmung meines ganz privaten Sommerloches und verbrachte den Abend mit mir allein auf dem Balkon.

***

„Ich bleibe noch ein paar Tage hier, vielleicht sogar noch eine ganze Woche. Es ist so schön kühl hier an der Küste."

„Kann man von hier leider nicht sagen", sagte ich neidisch. „Es herrschen nach wie vor höllische Temperaturen in der Stadt."

„Du hättest mitkommen können", stellte Max sachlich fest. „Kannst ja immer noch nachkommen auf ein paar Tage."

„Nee, lass mal. In so einen Männerurlaub will ich mich nicht einmischen. Außerdem habe ich keine Zeit. Habt ihr es nett da oben?"

„Ja, wir haben viel Spaß zusammen. Es ist wirklich lustig."

„Freut mich für euch", sagte ich verschnupft.

„Und was treibst du so die ganze Zeit?"

„Ich habe einen interessanten Mann kennen gelernt", berichtete ich wahrheitsgemäß.

„Ach was", kommentierte Max trocken.

„Ja, einen richtig tollen Typ, intelligent und knuffig obendrein. Sorgt für Überraschungen." Jetzt musste ich schmunzeln. „Er reiht sich übrigens nahtlos ein in die Liste der unmöglichen Vornamen", plauderte ich weiter. „Er heißt doch tatsächlich Augustus! Scheint das aber gar nicht so schlimm zu finden."

Max räusperte sich kurz. Daran, dass er schwieg, merkte ich, dass er nicht so recht wusste, was er dazu sagen sollte. „Augustus ist hart", kommentierte er schließlich.

„Ja, finde ich auch. Aber es passt zu ihm." Ich musste lachen.

„Na, dann will ich dich nicht länger aufhalten, wenn du so wenig Zeit hast." Es schien so, als wolle er noch etwas sagen. Aber dann kam doch nichts mehr.

Auch mir fiel nichts weiter ein.

„Tschüs denn", sagte er schließlich und beendete das Gespräch.

Ich betrachtete den Hörer in meiner Hand, als wäre er ein Fremdkörper. Langsam ließ ich ihn auf die Ladestation sinken. Kehrte zurück zu meinem Schaukelstuhl auf der kleinen Dachterrasse und dachte über dieses seltsame Gespräch nach. Und über Max. Und über die latente Verstimmung, die sich in mir eingenistet hatte wie ein Virus, der sich ganz allmählich vermehrt.

Nachdenklich begann ich, den Innenrist meines rechten Fußes zu massieren. Warum war ich so gnatzig? Warum war ich nicht mit an die Küste gefahren, er hatte doch gefragt? Wir waren doch noch nie zusammen weggefahren.

Lange saß ich auf so meiner Dachterrasse. Näherte mich vorsichtig diesem Punkt, umkreiste ihn in weiten Zirkeln, langsam und zögerlich, und pirschte mich schließlich dicht heran wie eine Katze an einen Vogel.

Die Lichter im RWE-Turm wurden eines nach dem anderen gelöscht. Es wurde still. Keine entfernte Geräuschkulisse von aufgedrehten Menschen drang mehr zu mir herauf. Das Viertel war endgültig schlafen gegangen. Es musste weit, weit nach Mitternacht sein.

Der springende Punkt? Da war doch nichts. Nur eine leise Enttäuschung darüber, dass Max es vorzog, mit seinem Freund Urlaub zu machen statt mit mir. Allein mit mir, korrigierte ich mich. Urlaub allein mit mir.

Ich trank noch einen Liter Wasser. Nippte ab und zu an meinem Glas Wein. Lauschte dem leisen Wispern in den Baumkronen.

Und bei seinem ersten Anruf nach neun Tagen – von zwei dürftigen SMS mal abgesehen – erzählte er mir auch noch, dass er sich prächtig amüsierte. Ohne mich. Kleiner Stachel bohrt ins Fleisch.

Also zurück stechen. Nebulöse Andeutungen von sich geben... ich habe einen interessanten Mann kennen gelernt... Zurück zum Teenager mutiert, Blauvogel? Ich wollte ihn eifersüchtig machen. Wie dämlich!

In einem Zug stürzte ich ein weiteres Glas Wasser hinunter. Saß noch eine Weile unschlüssig schaukelnd herum und schämte mich.

Als die Dämmerung ihre ersten Schlieren in den Himmel zog, gab ich mir schließlich einen Ruck, tapste im Dunkeln über die Balustrade zurück zu meinem großen, weit geöffneten Giebelfenster, stieg von der Empore, auf der sich mein breites, futonartig wirkendes Bett und mein bequemer Sessel befanden, die fragile Leiter aus Drahtseilen und Buchenholz hinunter ins Wohnzimmer und kramte das Handy aus dem Rucksack heraus.

Augustus ist pensionierter Richter und sitzt im Rollstuhl, tippte ich. *Ich habe einen neuen Fall, die Freundin von Bertold braucht dringend Hilfe. Deshalb kann ich nicht kommen. Mach dir noch ein paar schöne Tage, hier ist es wirklich nicht zum Aushalten.*

Toni from Hell!

P.S.: Vielleicht können wir im September ne Woche zusammen wegfahren, wir beide allein, fände ich wirklich schön.

Er schien nicht geschlafen zu haben, denn fünf Minuten später vibrierte das Handy auf den Holzplatten der Terrasse. Mit leicht klopfendem Herzen las ich die SMS. *September ist gut. Pass bloß auf dich auf, Vogel!*

Erleichtert lehnte ich mich in meinem Schaukelstuhl zurück und beobachtete, wie die Morgendäm-
merung sich vorsichtig über den Himmel tastete.

SECHS

Augustus Monk hielt Wort. Bereits um neun Uhr rief er mich an und bat mich zu sich nach Hause zu einem Treffen mit seiner Tochter.

Ich war nach dem kurzen Gang von der Isenbergstraße zu dem schönen Stadthaus am Ende der von-Seeckt-Straße bereits von Kopf bis Fuß mit einem zarten Schweißfilm bedeckt. Es schien wieder ein mörderischer Tag zu werden.

Augustus Monk wirkte gänzlich unberührt von den Temperaturen. Der gleiche flauschig wollene Pullunder in undefinierbaren Brauntönen, der an ein Tierfell erinnerte, umhüllte wieder seinen mageren Körper.

„Meine Tochter Justina", stellte er vor.

„Vater, du erlaubst", sagte sie. Ohne eine Antwort abzuwarten öffnete Justina die Tür zum Garten. Dann nahm sie das karierte Plaid von der Couch und breitete es ihrem Vater über die Beine. „So, damit du keinen Zug bekommst. Aber solange die Sonne noch nicht auf der Terrassentür steht, könnte ein bisschen frische Luft wirklich nicht schaden." Sie drehte sich zu mir um und taxierte mich abschätzend.

Ich taxierte zurück. Ebenfalls abschätzend. Ende dreißig. Typ dunkles Schmalchen. Kein Gramm Fett am durchgestylten Körper. Nicht einfach zierlicher Statur, sondern eher das Ergebnis eines eisernen Programms gegen sich selbst. Viel Sport, noch viel mehr Disziplin. Ebenmäßiges, ovales Gesicht, sorgfältig zurechtgemacht. Unzufriedener Zug um einen schön geschwungenen Mund.

Mäkelige Zicke, schoss es mir durch den Kopf. Aber ich musste vorsichtig sein mit solchen schnellen Urteilen. Vor noch nicht allzu langer Zeit hatte ich schon mal jemanden sehr falsch eingeschätzt, weil ich ihn spontan nicht gemocht hatte. Ich hoffte nur, mein Gegenüber war klug genug, auf ähnliche Erfahrungen zurückgreifen zu können. Denn dass sie mich ebenfalls nicht leiden konnte, verriet mir ihr Blick.

„Hallo Frau Blauvogel", sagte sie und setzte ein geschäftsmäßiges Lächeln auf.

Ein Profi, erkannte ich. Und damit eine Chance.

„Ihr Vater hat Ihnen erzählt, worum es geht", konstatierte ich also.

„Ja." Sie lächelte immer noch. „Und keine Bange, die Sache mit der Bezahlung ist ebenfalls geklärt".

„Ach was", sagte ich überrascht. „Und was heißt das?"

„Na ja, Nachbarschaftshilfe halt", mischte sich Augustus Monk ein. Er zwinkerte mir zu. „Ist doch wohl selbstverständlich, oder?"

„Was wollen Sie jetzt tun?" Damit wandte ich mich an Justina, die Tochter.

„Telefonieren", sagte sie, um Freundlichkeit bemüht.

„Die Unterlagen einsehen. Und dann meine" – hmmm, räusperte sie sich knapp – „neue Mandantin schnellstmöglich aus ihrer misslichen Lage befreien." Damit griff sie nach ihrer Aktentasche und reichte mir die schmale Hand.

„Da bin ich aber froh", sagte ich aufrichtig. „Wirklich froh!"

Und das war ich. Auch wenn ich sie nach wie vor nicht mochte.

Wir sahen ihr hinterher, als sie den Raum verließ.

„Keine Sorge, Kindchen." Herr Monk zwinkerte mir erneut zu. „Sie sollten sie mal vor Gericht sehen. Sie kann was, meine Tochter. Und sie hat Ja gesagt. Meine Tochter hält Wort. Das hat sie schon immer getan."

„Und was machen wir jetzt?"

„In ein, zwei Tagen wird Justina mehr wissen. Solange müssen wir uns gedulden."

Das allerdings würde ich nicht tun. Also beschloss ich, meine Kontakte spielen zu lassen. Bereits auf dem Heimweg suchte ich die Nummer auf dem Handy und rief an. Ich hatte Glück. Sie waren zurück.

***

Zum Laufen war es mir zu heiß, mein Auto hatte ich seit Monaten kaum noch benutzt und auch jetzt verspürte ich keine Lust, in die Backofenglut zu steigen, die in der Blechkiste herrschen würde. Also nahm ich das Fahrrad. Überrascht stellte ich fest, dass sich durchaus so etwas wie Fahrtwind einstellte, der die Anstrengung des Strampelns erträglich machte. Ich schlängelte mich im Zickzack durch die Teile Rüttenscheids, die ich das Namensviertel nannte, weil die Straßen Vornamen trugen wie Anna, Cäcilie, Julius, Rosa... Erreichte das Polizeipräsidium, passierte Haumannpark und Rückseite des Klinikums und folgte schließlich der Sommerburgstraße in Richtung Margaretenhöhe. Fünf Minuten später hatte ich Bauer Barkow mit seinem schönen Biergarten erreicht.

Ich kam zu spät. Früher war ich selten zu spät gekommen. Nicht nie, aber selten. Ich war immer bemüht, pünktlich zu sein. Weil ich selbst nicht gerne wartete. Und weil ich fand, dass es nicht fair war, andere warten zu lassen. Eine rücksichtslose Verfügung über anderer Leute Zeit. Jetzt aber kam ich zu spät. Wieder mal.

Seltsamerweise schien die Tendenz, zu spät zu kommen, proportional zu der Länge der Zeit zuzunehmen, die ich jetzt nicht mehr arbeitete. So, als hätte die Arbeitslosigkeit mein Verhältnis zur Zeit grundlegend verändert. Einerseits empfand ich diese Veränderung als gesund. Nicht mehr so zu hetzen, nicht dauernd am Rennen. Andererseits ärgerte ich mich darüber. Denn es gab keinen vernünftigen Grund, nicht pünktlich zu sein.

Allerdings schien meine Unpünktlichkeit nicht weiter zu stören.

Die beiden sahen geradezu unverschämt gut aus. Verändert. Das dicke honigfarbene Haar, das Bea sonst immer in einen strengen Zopf bannte, war locker am Hinterkopf zusammengefasst, ein paar Strähnen zipfelten keck in alle Richtungen. Sie sah pfiffig damit aus, wirkte entspannt und ausgeruht. Noch verblüffender war die Verwandlung, die mit Schütte vor sich gegangen war. Sein Haar war nicht mehr sorgfältig nach hinten gegelt, sondern fiel ihm in vereinzelten Strähnen in die Stirn, und an Stelle der eckigen, goldgefassten Brille trug er ein geschwungenes dunkleres Gestell. Beides stand ihm.

Am auffälligsten war jedoch etwas ganz anderes. Da war dieses Leuchten, irgendwie von innen heraus. Mit jeder Pore Zufriedenheit verströmen. Oder Glück. Wahnsinn, was so eine Verliebtheit ausmachen kann, dachte ich anerkennend.

Ich ließ mich auf den freien Stuhl plumpsen.

„Hi", sagte ich, griff mir je eine Hand von den beiden und drückte sie kurz. „Mensch, seht ihr gut aus!"

„Mir geht's auch gut", lachte Bea. „War ein richtig schöner Urlaub." Mit funkelndem Blick lächelte sie Schütte an.

„Du bist ja richtig braun geworden, Reinhold", sagte ich zu Schütte. „Dauernd am Strand rumgelungert?"

„Nee, das ist nichts für mich. Schwimmen ja, aber nicht Sonne anbeten. Ich brauche Bewegung. Wir haben wunderschöne Wanderungen gemacht. Mallorca ist ne richtig tolle Insel, von den paar Teutonengrills mal abgesehen."

Eine Weile erzählten sie mir von ihren Urlaubserlebnissen.

„Und bei dir", fragte Bea dann. „Hat sich was getan?"

„Absolute Flaute", winkte ich ab. „Jetzt in den Sommerferien wird kaum noch eine Stelle ausgeschrieben. Dafür trudeln die Außenstände ein. Leider nur Absagen. Und das, obwohl ich mich nur auf Anzeigen beworben habe, auf die mein so genanntes Profil mit mindestens achtzig Prozent zutrifft."

„Und das Arbeitsamt? Haben die dir keine Gespräche vermittelt?" Bea nahm einen großen Schluck Bier, während sie mich nachdenklich betrachtete. Eine Schaumkrone zierte ihre Oberlippe, als sie das Glas absetzte.

„Liebe Frau Blauvogel, ich kann leider absolut nichts für Sie tun", imitierte ich meine Arbeitsberaterin. „Am Aufbau, am Stil Ihrer Bewerbungen ist nichts auszusetzen. Sie machen nichts falsch. Sie haben sehr gute Zeugnisse und sehr gute Qualifikationen. Vielleicht ein wenig zu gut, in Ihrem Alter."

„Wieso zu gut?", fragte Schütte. „Ein ,zu gut' kann es doch gar nicht geben."

„Doch, kann es schon", seufzte ich. „Bei diesen Qualifikationen könnte ich als Berater vermutlich relativ schnell einen Job kriegen."

„Wo ist dann das Problem?"

„Das Problem ist, dass ich das nicht machen möchte." Ich stocherte in den Resten meines Salates herum. „Also, einen Job in der Beratung annehmen. Die Globalisierung schlägt hier voll zu. Überall werden Projekte angenommen, europaweit, weltweit. Gerade mit einem Beraterjob in der EDV-Branche ist heutzutage massive Reisetätigkeit verbunden, häufig auch lange Auslandsaufenthalte." Ich tunkte ein Stück Weißbrot in die Reste der Salatsauce und schob es mir in den Mund.

„Und", fragte Bea.

„Ich habe nichts dagegen, ab und an mal von Berufs wegen reisen zu müssen", sagte ich langsam. „Aber im Regelfall will ich abends nach Hause kommen. Heim in meine Wohnung, zu meinen Freunden, zum Qi Gong, zum Atelier oder zu meinen stillen Abenden auf meinem Balkon. Ich wäre kreuzunglücklich mit einem Leben, das sich größtenteils in Hotelzimmern abspielt. Und deshalb ist der Beraterjob für mich heutzutage weniger geeignet denn je, obwohl ich mich sehr gut dafür eignen würde, vom Wissen und der Erfahrung her. Ich muss mich also auf Sachen bewerben, die gar nicht dieses breite Spektrum an Qualifikationen erfordern."

„Und das ist ein Problem?"

„Ja. Und da hebt jetzt auch noch mein Alter sein schäbiges Köpfchen. Die Chefs, die jemanden suchen, sind in der Regel jünger als ich. Und damit haben viele ein Problem. Aber lassen wir das Thema besser, ich kriege sonst nur wieder schlechte Laune. Ich wollte euch wegen etwas anderem sprechen."

„Um was geht's denn?", fragte Schütte neugierig.

„Es geht um den Fall Schöffler."

Leise pfiff Schütte durch die Zähne. „Schon davon gehört. Was hast du denn damit zu tun?"

Mit kurzen Worten erzählte ich die Geschichte.

„Nein!", sagte Bea streng.

„Nein?"

„Um was auch immer du mich jetzt bitten willst: Die Antwort lautet Nein." Das war wieder die alte Bea. Streng. Unnachgiebig. Mit gerunzelter Stirn. Nur konnte sie bei ihrer neuen Frisur nicht ihr Handgelenk mit dem Zopf strangulieren.

„Du weißt doch noch gar nicht, was ich von dir will", protestierte ich.

„Das brauche ich auch gar nicht. Du hast mir soeben erzählt, dass du dich mal wieder in Dinge einmischen willst, die dich nichts angehen! Ich dachte, vor einem halben Jahr hätte ich dir meinen Standpunkt zum Thema Amateurdetektiv klar und unmissverständlich deutlich gemacht."

„Mach mal halb lang", mischte sich Schütte ein. „Ohne Toni hätten wir im vergangenen Winter noch lange herumgehampelt." Er legte ihr den Arm um die Schulter und schüttelte sie sanft. Sein Lächeln war entwaffnend. „Nun komm schon. Lass sie doch erst mal sagen, was sie möchte."

Bea seufzte. Dann gab sie nach. „Also spuck schon aus."

„Na ja." Verlegen drehte ich ein kleines Stück Weißbrot zu einem Kügelchen zusammen. „Es ist vermutlich nicht dein Fall, weil du ja in Urlaub warst. Aber vielleicht könntest du..." Mit einer vagen Geste ließ ich den Satz ausklingen.

„Könnte ich...?" Ironisch hob Bea eine ihrer Brauen in die Höhe. „Könnte ich was?"

„... dich ein wenig umhören." beendete ich kleinlaut den Satz. „Ich meine, mich würde doch bloß interessieren, was die Polizei so denkt und ob da noch andere Spuren verfolgt werden als Ruby Hauser."

***

In der Nacht schlief ich wieder schlecht. Trotz weit geöffneten Giebelfenstern stand die warme Luft in meinem Dachgeschoss, und die Temperatur betrug immer noch 28 Grad im Raum. Außerdem spuckte Ruby in meinem Kopf herum.

Wie üblich sind diese nächtlichen Grübeleien nicht dazu geeignet, Klarheit in eine Sache zu bringen. Einfache Dinge türmen sich zu gigantischen, unüberwindlichen Bergen auf, und ich war mir unsicher, ob und wie ich mich weiter in diese Angelegenheit einmischen sollte. Erst in den frühen Morgenstunden schlief ich ein.

SIEBEN

Augustus Monk weckte mich um halb neun aus einem unruhigen Schlaf.

„Ich hoffe, ich störe nicht", sagte er höflich. „Oder… Meine Tochter beschwert sich immer, dass ich zu früh anrufe am Wochenende…" Er klang plötzlich kleinlaut.

„Aber es ist doch kein Wochenende", sagte ich hastig. „Und außerdem ist es ohnehin viel zu warm zum Schlafen."

Das schien ihn zu beruhigen. „Justina kommt in einer Stunde", berichtete er sichtlich erleichtert. „Ich dachte, Sie würden sich für den Stand der Geschichte interessieren. Wollen Sie auch kommen?"

„Eine gute Idee", stimmte ich zu. Ich war neugierig, was Justina berichten würde.

***

Eine Stunde später saß ich ihr gegenüber und tupfte mir mit einem Papiertaschentuch verlegen den Schweiß aus dem Gesicht.

Das Schmalchen trug blütenweiße, weite Hosen und eine ebenso weiße Bluse mit sommerlich kurzen Puffärmeln, die die braungebrannten, muskulösen Arme vorteilhaft zur Geltung brachten. Eine Sonnenbrille hatte sie dekorativ in die dunklen Haare geschoben, die von einer Spange mit einer großen, weißen Satinschleife locker im Nacken zusammengehalten wurden. Sie sah kühl und gelassen aus, und ich fragte mich, wie sie es schaffte, dass das Leinen, das sie trug, so makellos glatt war, als wäre es gerade frisch gebügelt worden. Trug ich Sachen aus Leinen, sah es bereits nach einer halben Stunde schon so aus, als hätte ich eine ganze Nacht in den Klamotten geschlafen.

Mit spitzen Fingern griff Justina Monk nach dem Teller mit Gebäck, den ihr Vater schon wieder bereitgestellt hatte. Sie zögerte, ließ die Hand darüber schweben, während sie die Auswahl zu studieren schien, und führte sich schließlich geziert ein Mini-Mandelhörnchen mit Schokoladenüberzug zum Mund.

Dreißig Minuten Tennis mehr, dachte ich gehässig. „Was gibt´s Neues?" Ich fuhr mir noch einmal mit dem Taschentuch durchs Gesicht und stopfe es in die Seitentasche meines Rucksacks.

Sie kaute erst einmal gründlich und ließ sich Zeit mit der Antwort. „Frau Hauser ist wieder auf freiem Fuß", sagte Justina schließlich. „Was die Polizei in der Hand hat, kann einer Anklage nicht standhalten."

„Und was hat sie in der Hand?", fragte ich neugierig.

„Das kann ich wohl kaum mit Ihnen erörtern!"

„Warum das denn nicht?" Ich war überrascht. Schließlich hatte ich sie doch auf die Sache angesetzt.

„Sie sind nicht meine Mandantin", antwortete Justina.

„Aber Kind", mischte sich Herr Monk ein. „Frau Blauvogel ist eine Freundin von Frau Hauser und will nur helfen."

„Vater, ich darf es nicht, und das weißt du ganz genau."

Ihr gestelzter Ton brachte mich auf die Palme. „Nicht zum Aushalten!", murmelte ich, stand auf und ging zur Tür. „Und besten Dank für die ausführlichen Informationen!" Am liebsten hätte ich die Tür hinter mir zugeknallt.

Ich war verdammt wütend. Blöde Zicke! Setzte mich einfach auf Nachrichtensperre. Und aus Bea war vermutlich auch nichts herauszubekommen, so, wie sie sich gestern schon wieder angestellt hatte.

Rastlos tigerte ich durch die abgedunkelte Wohnung und überlegte, was ich weiter tun konnte. Denn ich wollte was tun, so viel war klar. Also lief ich hinunter und klopfte an die Scheibe von Bertolds Bude.

„Ruby ist wieder draußen", informierte ich ihn.

Er nickte. Offensichtlich hatte sie ihn schon angerufen. „Und ich bräuchte mal ihre Telefonnummer", schob ich nach.

***

Sie wohnte in Frohnhausen in einer Seitenstraße nahe dem Frohnhauser Markt. Angespornt durch die Entdeckung vom Vortag, dass Fahrtwind kühlen kann, nahm ich auch für diese Strecke das Fahrrad. Vom Isenbergplatz aus radelte ich in Richtung Holsterhausen, querte Rüttenscheider- und Alfredstraße, ließ das Folkwang-Museum rechter Hand liegen und folgte Gemarken- und Keplerstraße bis zu der kleinen Brücke, die an der Breslauer den Ruhrschnellweg überquert.

Ruby sah ziemlich mitgenommen aus. An ihr Bein klammerte sich ein Junge mit flachsblondem Haar und beobachtete mich mit großen, ernsten Augen.

„Hallo, ich bin Toni", sagte ich und ließ mich in die Hocke nieder. Mit der Hand formte ich einen

Kopf, an dem die Finger eine Art Schnabel bildeten. „Und das hier ist Niko."

Der Kleine verfolgte meinen Arm, der sich in einer sanften, wellenförmigen Linie auf ihn zu bewegte.

„Ich bin Niko, der sprechende Vogel", sagte ich und imitierte mit Daumen und den übrigen Fingern einen Schnabel, der beim Sprechen auf und zu klappte. „Und wer bist du?"

Der Kleine lächelte verschämt. „Jimmy", flüsterte er. Dann verbarg er schüchtern sein Gesicht am Bein seiner Mutter.

„Hallo Jimmy." Meine Hand quakte weiter. „Darf ich dir noch die Toni vorstellen? Sie ist auch ein bisschen ein Vogel, so wie ich. Sie ist ein Blauvogel. Und Blauvögel sind völlig harmlos."

Jimmy beobachtete meine Hand, die sich jetzt auf mein Gesicht zu bewegte. Er lächelte wieder verschämt.

„Jan", rief Ruby. "Kannst du dich bitte ein bisschen um Jimmy kümmern? Ich habe Besuch."

„Komme gleich", schallte es vom Ende des Flures in der ungelenken, brüchigen Stimme eines Jungen im Stimmbruch.

Er war ein hübscher Kerl, schon jetzt, und er sah nicht so verpickelt aus, wie seine Stimme vermuten ließ. Aber was wusste ich schon von Jungs in der Pubertät. Außer, dass ich immer instinktiv einen großen Bogen um sie machte, wenn ich mal einer Gruppe auf der Straße begegnete. Aber das tat ich eigentlich grundsätzlich bei Menschen, die in Horden auftraten.

Neugierig musterte er mich.

„Mein Sohn Jan", stellte Ruby vor. „Und das ist Toni, eine Freundin von Bertold. Sie hat mir die Anwältin vermittelt. Wir müssen jetzt ein bisschen miteinander reden, es wäre also lieb..."

„Kein Problem", sagte Jan. „Komm, Jimmy, du darfst auf meinem Keyboard spielen."

Ein Leuchten überzog Jimmys Gesicht. Er löste sich vom Bein seiner Mutter und lief auf Jan zu, der mit ausgebreiteten Armen auf ihn wartete. Hand in Hand verließen sie die Küche.

„Ich wüsste nicht, was ich ohne Jan machen sollte." Ruby seufzte. „Dabei muss ich aufpassen, dass ich nicht zu viel von ihm verlange. Mit sechzehn hat er natürlich ganz andere Interessen, als ausgerechnet auf sein krankes Brüderchen aufzupassen."

„Klar", sagte ich. „Aber er scheint seinen Bruder zu lieben."

„Das stimmt. Er hängt sehr an Jimmy. Dabei ist er selbst noch ein halbes Kind. Ich müsste mich viel mehr um ihn kümmern. Neulich hatte er es irgendwie geschafft, sich ziemlich übel an der Hand zu verbrennen. Oder zu verätzen, ich weiß nicht so genau." Ruby seufzte. „Natürlich hat er versucht, es vor mir zu verbergen. Er weiß, dass ich meine ganze Kraft für Jimmy brauche."

„Er ist ein Teenager", versuchte ich zu trösten. „Es ist normal, dass er sich von dir lösen will und nicht mit jedem Wehwehchen zu dir rennt. Und wie alt ist der Kleine?"

„In zwei Monaten wird er vier. Man sieht ihm das nicht an, er ist durch die Krankheit sehr zart und nicht besonders kräftig. Willst du was trinken?"

„Wasser wäre schön", sagte ich. „Kann ruhig Leitungswasser sein, das trinke ich zu Hause auch immer."

„Kommt nicht in Frage", antwortete Ruby. „Das Mineralwasser ist wenigstens kalt."

Aufmerksam sah ich mich in der großen Wohnküche um. Ein hoher Kühlschrank, der so aussah, als hätte er schon ein paar Jährchen auf dem Buckel. Eine zusammengestoppelte Küchenzeile unter einer mit Alltagsspuren versehenen Buchenplatte. Ein alter Küppersbusch-Herd mit emailliertem Klappdeckel separat daneben. Schlichte, offene Regale neben der Tür und über der Arbeitszeile, gefüllt mit einem bunten Sammelsurium aus Tellern, Tassen, Töpfen, Pfannen, Vorräten und einer Reihe von zerfledderten Kochbüchern. Eine üppige Pflanze am hohen Altbaufenster. Dunkelgrün lackierte alte Holzdielen, ein großer bunter Flickenteppich. Durch die weit geöffnete Balkontür war das Grün von Bäumen zu sehen.

Gemütlich, urteilte ich spontan. Zusammengestoppelt, gewiss nicht teuer, aber sehr gemütlich. Ich ließ mich auf der Eckbank nieder, die ebenso wie die Stühle bunt lackiert war, jedes Bein in einer anderen Farbe. Von der Mitte des schlichten Holztisches grinste mich ein angelnder Frosch aus Pappmaschee an.

Ruby setzte sich zu mir an den Tisch. „Wann bist du rausgekommen?", fragte ich leise.

„Gestern schon, mittags. Frau Monk hatte mich in Windeseile draußen. Wir sind dann erst mal zu ihr ins Büro gefahren und sie hat mir eine Reihe von Fragen gestellt. Dann hat sie veranlasst, dass die Kinder zurück konnten."

„Ich möchte dir auch einige Fragen stellen", begann ich vorsichtig. Ich wusste nicht so recht, wie ich anfangen sollte. „Vielleicht erzählst du mir einfach mal was zu dieser Insolvenzgeschichte. Wer war dein Arbeitgeber?"

„LifeStyle Systems GmbH. In Oberhausen."

„Ein Softwarehaus, hat Bertold erzählt."

Ruby nickte.

„Und was hast du da gemacht?"

„Ich bin seit knapp zwei Jahren dort im Support-Zentrum. Oder Callcenter, wie es heute so schön modern heißt." Ironisch verzog sie ihren Mund. „Wie auch immer. Wir nehmen die Kundenanrufe entgehen. Wenn Kunden Probleme mit der Software oder neue Anforderungen haben, wenn sie neue Funktionen einführen wollen... Hardwareprobleme... all das schlägt erst mal im Support-Zentrum auf. Über Mangel an Arbeit konnten wir uns nicht beklagen. Wir haben immer viel zu tun gehabt."

„Warum dann die Insolvenz?"

Ruby zuckte mit den Schultern. „Das kann ich wirklich nicht beantworten. Ich weiß nur, dass wir einen sehr großen Kundenstamm hatten. Und sofort nach der ersten Insolvenz wurde ein Folgeunternehmen gegründet. Systems for LifeStyle. Der größere Teil der Mitarbeiter wurde in die AG übernommen. Das Geschäft lief ganz normal weiter. Dann kam die zweite Insolvenz."

„Wie das?"

„Woher soll ich das wissen? Unser Gehalt wurde immerhin in den ersten beiden Monaten ausbezahlt, wenn auch nicht pünktlich. Die AG wartete auf irgendwelche Gelder, die ihnen zugesagt worden waren. Das ging über zwei Monate so. Dann hieß es plötzlich, dass der Insolvenzverwalter die Software an die Konkurrenz verkaufen würde."

„Oha!" Ich wusste, was das bedeutet. „Und das wär's dann", fasste ich zusammen.

„Ja. Das wär's dann. Knockout in der letzten Runde." Müde fuhr sich Ruby über die Augen.

„Wieso hat man denn ausgerechnet dich im Verdacht, den Kerl umgebracht zu haben?"

„Weiß ich auch nicht." Verlegen sah sie aus dem Fenster. Eine leise Röte überzog plötzlich ihr Gesicht. Dann lachte sie mich an. „Vermutlich, weil ich ziemlich ausgerastet bin."

„Was war der Auslöser?"

„Na ja. Ungewissheit. Formularkriege. Insolvenz-geldantrag. Kündigung. Neuvertrag. Zwei Monate verstrichen und wir hatten nach wie vor kein Geld gesehen. Der Insolvenzverwalter ließ sich selbst nicht mehr blicken, schickte nur noch einen seiner Mitarbeiter zu uns, der uns vertröstete. Das dauere alles seine Zeit, sagte er. Die vorläufige Insolvenz müsse erst mal gerichtlich festgestellt werden..." Sie strich sich eine rotblonde Locke aus dem Gesicht.

„Mein Konto war hoffnungslos überzogen, mein Dispokredit inzwischen gesperrt und ich mit drei Mieten im Rückstand. Ich bekam kein Geld mehr aus irgendeinem Automaten und Bertold – ausgerechnet Bertold, der es ja nun auch nicht gerade dicke hat – bezahlte eine meiner Monatsmieten und versorgte uns mit Lebensmitteln aus der Metro. Schließlich hieß es, dass das Insolvenzgeld überwiesen würde. Ich ging täglich zur Bank und fragte meinen Konten-stand ab. Und was kam?"

„Ich weiß nicht", sagte ich leise.

„Eine Anzahlung." Sie verzog ihr Gesicht zu einer Grimasse. „Nur eine Anzahlung auf das Insolvenz-geld. Siebzig Prozent, mehr nicht. Der Rest würde erst nach der Hauptverhandlung ausgezahlt, hieß es. Und die wäre frühestens Ende des Jahres. Da bin ich ausgeflippt."

„Was hast du gemacht?", fragte ich interessiert.

„Ich bin mit ein paar Kollegen im Schlepptau ins Büro des Insolvenzverwalters marschiert, habe seine Sekretärin beiseite geschubst, als sie mich daran hin-dern wollte, ins Allerheiligste vorzudringen, und habe Herrn Schöffler meine überfälligen Rechnungen auf den Tisch geknallt. Und dann habe ich angefan-gen zu brüllen. Ich bin völlig ausgerastet." Sie grins-te. „Ich habe seinen vollen Kaffeebecher gegen die Wand geschleudert und dabei leider einen Bilderrahmen getroffen – eines von diesen rahmenlosen Teilen, allerdings sehr groß. Das Glas zersprang mit einem hässlichen Geräusch, und die weiße Wand war übersät mir braunen Spritzern. Und sein weißes Hemd ebenfalls." Ruby lachte und zeigte ihre schiefen Zähne, die aus der Reihe tanzten.

Ich lachte mit. „Von wegen weiße Weste…" Dann wurde ich wieder ernst. „Aber der Insolvenzverwalter konnte doch vermutlich nichts dafür. Für die Anzahlung, meine ich. Das ist doch sicher rechtlich so festgelegt."

„Das stimmt. Nur kursierten da diese Gerüchte. Der Insolvenzverwalter soll angeblich hoch gepokert haben. Dabei ging es um den Verkaufspreis der Software oder so. Genaues weiß ich darüber allerdings nicht."

Ich runzelte die Stirn. Die Sache war mir noch lange nicht klar.

***

Es war bereits Mittag, als ich Rubys Wohnung verließ. Langsam schlenderte ich über den Frohnhauser Markt und war überrascht über die Menge der Stände auf dem großen Platz, der es mit dem Rüttenscheider Markt durchaus aufnehmen konnte. Automatisch verglich ich die Preise. Entschieden ziviler. Es fehlten allerdings auch die in Rüttenscheid vertretenen Gourmet-Stände mit ihrem Angebot teurer französischer Käse, handgefertigter Nudeln oder eingeflogener exotischer Früchte. Die jedoch konnte ich mir ohnehin nicht mehr leisten. Bald jedenfalls.

Spontan dachte ich ans Kochen. Überlegte, ob ich nicht doch – der Hitze zum Trotz – mal wieder was Leckeres brutzeln sollte. Gazpacho kam mir in den

Sinn. Und Grüne Soße. Schließlich kaufte ich Zucchini, Tomaten, rote Peperoni, Knoblauch, Kartoffeln, ungespritzte Zitronen, drei Bund Dill, Kerbel, glatte Petersilie, Schnittlauch, Melisse, Basilikum und eine süß duftende Honigmelone.

Mit schweren Plastikbeuteln an jeder Hand steuerte ich das Jetzt und Hier an, eine nett aussehende Gastronomie an der Mülheimer Straße am Rande des Marktes. Ich ergatterte einen freien Tisch unter einem Sonnenschirm.

Fremdes Revier. Neugierig sah ich mich um. Das Publikum war bunt gemischt, Alte, Schwarze und Türken ebenso vertreten wie junge deutsche Mütter mit ihren Kinderwagen. Ein Querschnitt durch die bunte Bevölkerungsstruktur des Stadtteils, in dem ich mich befand. Ich spähte ins Innere des Bistros, registrierte einen großen, angenehm hellen Raum mit viel hellem Holz und einer opulenten, dunklen Bar an der Stirnseite des Raumes und befand, dass es durchaus eine Kneipe war, die ich auch abends mal aufsuchen könnte.

Ich bestellte Cappuccino und Wasser. Als ich den obligatorischen Keks zum Cappuccino aß, bemerkte ich überrascht, dass mein Magen knurrte. Aufmerksamer Blick auf die Speisekarte. Klang ja ganz lecker, aber zu mehr als einem großen Salat konnte ich mich wieder nicht durchringen.

In den letzten fünf Wochen hatte ich immer weniger gegessen. Tagsüber hatte ich keinen Hunger und der Gedanke an fette, schwere Speisen verursachte bereits im Vorfeld Übelkeit. Es lag an der Hitze. Ich ernährte mich hauptsächlich von Melonen, Quarkspeisen, Yoghurts und Salaten, trank literweise Wasser, Apfelschorle und Eistee und genoss abends zu etwas Baguette mit Käse ein, höchstens zwei Gläser kühlen Wein. Wenn überhaupt. Denn auch Alkohol kam bei der Hitze nicht sonderlich gut.

Während ich den Salat aß, ließ ich mir die Dinge noch einmal durch den Kopf gehen, die mir Ruby erzählt hatte. Bei einem weiteren großen Glas Mineralwasser sortierte ich meine Fragen und versuchte, mir eine Strategie zurechtzulegen. Schließlich griff ich zum Handy und wählte die Nummer, die mir Ruby gegeben hatte. Es klappte. Ich bekam einen Termin für den Nachmittag.

Erst jetzt stellte sich mir die Frage, wie ich meine Einkäufe auf einem Fahrrad nach Hause bringen sollte. Nicht nachgedacht, Blauvogel! Ich fluchte, als ich mit zwei prall gefüllten Beuteln an jeder Seite des Lenkers die Strecke zurück schwankte, die ich am Morgen so locker bewältigt hatte. Kein Wunder. Es schien stetig anzusteigen. Messerscharf schloss ich daraus, dass ich heute Vormittag im Wesentlichen bergab gefahren war. Oder besser gerollt.

Mit Überqueren der Alfredstraße hatte ich schließlich die höchste Stelle überwunden. Erleichtert ließ ich mich zurück ins Viertel rollen.

Obwohl ich wieder geschwitzt hatte, verzichtete ich auf eine Dusche. Es machte einfach keinen Sinn. Mit Schaudern dachte ich an mein Auto, das seit Wochen in der prallen Sonne stand. Die nächste Schweißattacke war bereits vorprogrammiert.

Ich hielt meinen Kopf unter das lauwarme Wasser, das aus der Leitung kam, rubbelte meine Haare trocken, wusch mir Achseln und die so genannte Intimzone, legte Deo nach, erneuerte den Kajalstrich unter meinen Augen und bestäubte mich mit einem Hauch meines leichten, grasig holzig riechenden Parfüms. Dann tauschte ich Shorts gegen das rote Sommerkleid und machte mich auf den Weg nach Oberhausen.

Der Berufsverkehr auf der A 40 hatte noch nicht richtig eingesetzt. Ich verließ die Autobahn bei der Abfahrt Mülheim Dümpten, folgte der Mellinghofer Straße bis fast zum Centro und tauchte dort in das Gewerbegebiet am Lipperfeld ein, wo Systems for LifeStyle eine Etage in einem der ansonsten leerstehenden Bürogebäude bewohnte.

Erleichtert verließ ich das Auto, dessen Innentemperatur wegen der geöffneten Fenster von 54 Grad auf immerhin nur noch 35 Grad abgekühlt war.

***

Martin Borg war ein gutaussehender Mann. Sehr gut aussehend. So gut aussehend, dass meinem Freund Herbert sofort das Klappmesser in der Hose aufgehen würde, wie er so gerne zu sagen pflegte, wenn er einem Typ wie dem hier begegnete. Ein bel ami, dachte ich.

Er trug das kurzärmelige, leicht knitterige Leinenhemd über der Hose, und auch der lässige Schnitt der Beinkleidung täuschte nicht darüber hinweg, dass sie erstklassig und teuer war.

„Guten Tag." Ich reichte ihm die Hand. „Nett, dass Sie sich die Zeit nehmen, mit mir zu sprechen."

„In meiner Situation greift man nach jedem Strohhalm." Bel Ami fing meinen Blick ein und lächelte mich an.

Wow, dachte ich. Der Mann hatte etwas Charismatisches an sich.

„Meine Sekretärin sagte mir, mich möchte eine Frau wegen der ganzen Geschichte sprechen, also rede ich mit Ihnen." Neugierig musterte er mich. „Sie sind kein Gläubiger, oder? Weswegen sind sie dann hier?"

„Wegen der Insolvenzgeschichte", sagte ich.

Bel ami nahm auf der Schreibtischkante Platz. „Reporterin?", fragte er lächelnd und musterte mich erneut. Mit einer Pose, die ebenso lässig wie gut einstudiert wirkte, schlug er die Beine übereinander.

Ich sagte nichts. Wenn er mich für einen Medienfritzen halten wollte, sollte es mir recht sein.

„Schön. Wie gesagt, ich greife nach jedem Strohhalm. Und zu diesem Thema habe ich wirklich viel zu erzählen. Also fragen Sie!"

Ich kramte Block und Stift aus der Tasche. „Was für eine Software haben Sie vertrieben?"

„Oh, nicht nur vertrieben." Er richtete sich stolz auf. „LifeStyle Store, kurz LSS, ist eine selbst entwickelte Standardsoftware für den Handel mit Möbeln und Einrichtungsgegenständen. Davon gibt es nur ein vergleichbares weiteres Standardsoftwarepaket auf dem deutschen Markt." Beim Reden unterstrich er einige Worte mit markanten Gesten. „LSS bedient viele Spezifika, die sowohl für die Logistik großer Einrichtungshäuser als auch die kleineren Einzelhandelsgeschäfte notwendig sind. Natürlich gibt es daneben eine Reihe von Komponenten, etwa eine Schnittstelle zu Kassensystemen, eine weitere Schnittstelle zu Lieferanten über EDI und solche Sachen. Sehen Sie her." Er ging zum Flipchart und skizzierte ein Diagramm, das die Schnittstellen darstellte.

Interessiert beobachtete ich ihn, während ich seinen Erläuterungen zu den einzelnen Komponenten folgte. Der Mann war ein absoluter Profi. Jede seiner Bewegungen saß. Vermutlich hatte er viel Geld in sündhaft teure Management-Kurse investiert und dort Technik und Rhetorik des Vortragens minutiös eingeübt.

„Außerdem bieten wir Dienstleistungen an wie beispielsweise einen kompletten Rechenzentrumsbetrieb und die Beschaffung der notwendigen Hardware für unsere Kunden."

„Ein Warenwirtschaftssystem, das die speziellen Belange für diese Branche abdeckt sowie die zugehörigen Dienstleistungen", fasste ich zusammen. „Klingt doch erst mal nach einer ziemlich lukrativen Sache."

„Das war sie ja auch. Bis dann das ganze Theater mit dem Dachverband losging. Wir wollten die Software modernisieren, sie auf den neusten technischen Stand bringen. So was kostet. Und der Dachverband hat uns seine Unterstützung zugesichert. Er bot uns eine strategische Partnerschaft an und wollte seinen Mitgliedern den Einsatz von LifeStyle Store empfehlen. Damit hätten wir die Konkurrenz aus dem Feld geschlagen."

Ich machte mir ein paar Notizen.

Martin Borg wartete geduldig.

„Wer war das?", fragte ich schließlich.

„Der Dachverband oder die Konkurrenz?"

„Beides natürlich."

„Der Dachverband heißt ZOTAG, die Konkurrenz Culgos Services. Deren Produkt ist ganz gut, aber eben nicht so gut wie unseres." Wieder schickte er mir ein charmantes Lächeln.

„Ihres?" Ironisch zog ich eine Braue in die Höhe.

Sofort traf mich ein verletzter Blick. Und augenblicklich tat er mir leid.

„Wie ging es weiter?", fragte ich also sanft.

„Ein halbes Jahr lang wurden wir vertröstet. Und Anfang dieses Jahres hat die ZOTAG plötzlich das Angebot der strategischen Partnerschaft zurückgezogen. Da war die Modernisierung bei uns aber bereits in vollem Gange. Wir hatten sogar neue Entwickler dafür eingestellt. Sie können das übrigens alles in der Computerwoche nachlesen."

Nachdenklich sah ich ihn an. „Das erklärt noch keine Insolvenz. Sie hatten doch einen großen Kundenkreis, habe ich gehört."

„Da haben Sie recht", sagte Herr Borg bitter. „Aber Sie ahnen ja nicht, wie sich ein solches Hin und Her auf die Zahlungsmoral der Kunden auswirkt. Die warten erst mal hübsch ab. Und auch die Banken sind in einer solchen Situation nicht bereit, die laufenden Kredite zu verlängern geschweige denn, neue zu geben."

„Warum, meinen Sie, hat die ZOTAG sich aus der Sache zurückgezogen?"

„Das können Sie mir jetzt glauben oder nicht. Ich denke, es war ein abgekartetes Spiel."

„Wie das?"

„Nun, seltsamerweise tritt Culgos Services jetzt als Käufer für unsere Software auf." Er blitzte mich an. „Und auf dem Markt wird gemunkelt, dass die ZOTAG plötzlich in Verhandlungen mit Culgos Services steht. Wenn das mal kein Zufall ist."

„Kann der Insolvenzverwalter das denn einfach so tun? Die Software verkaufen?"

„Er kann. Rechtlich betrachtet. Es sei denn, ich kann nachweisen, dass er damit ein gesundes Unternehmen kaputt macht."

„Und diesen Nachweis wollen Sie führen?"

„Ich gebe nicht kampflos auf. Mir ist großes Unrecht geschehen!"

Aha, dachte ich. Da also wächst der Pfeffer! Das ist die Triebkraft für seine erstaunliche Dynamik. „Sie wissen, dass Herr Schöffler tot ist?", fragte ich unvermittelt.

„Ja, natürlich. Die Polizei war deswegen schon ein paar Mal hier. Sind Sie etwa auch von der Polizei?"

„Nein." Ich musste lachen. „Wirklich nicht." Dann wurde ich wieder ernst. „Eine Ihrer Mitarbeiterinnen, Ruby Hauser, steckt in ernsten Schwierigkeiten" fuhr ich dann fort. „Sie wurde vorläufig festgenommen, ist jetzt aber wieder draußen. Die Polizei nimmt an, dass sie Herrn Schöffler umgebracht hat."

„Ruby Hauser?" Herr Borg war sichtlich überrascht. „Das glaube ich nicht!"

„Kennen Sie sie gut?"

„Nicht mehr und nicht weniger gut als die meisten anderen meiner Mitarbeiter. Sie fing vor zwei Jahren hier im Telefonsupport an und hat sich sehr schnell so gut eingearbeitet, dass wir sie von der Hotline weg in den Hintergrund gesetzt haben. Diese Entscheidung haben wir nicht bereut. Sie ist wirklich gut. Und ist bei Kunden und Kollegen gleichermaßen beliebt. Eine nette und sehr tüchtige Frau."

„Hintergrund?" Fragend hob ich eine Augenbraue.

„Unsere Support-Abteilung ist aufgeteilt", erläuterte Herr Borg. „Eine Reihe von Mitarbeitern nimmt die Anrufe entgegen, klassifiziert das Problem anhand von ein paar Standardfragen und trägt sie dann in unserer Support-Datenbank ein, möglichst mit einer Prioritätsstufe versehen." Herr Borg suchte erneut meinen Blick, um sich zu vergewissern, ob ich ihm folgen konnte.

Ich nickte.

Also fuhr er fort: „Andere Mitarbeiter im Support bearbeiten die Anfragen in dieser Datenbank. Die Mitarbeiter können sich aussuchen, welches Problem sie bearbeiten. Sie müssen nur darauf achten, dass die hohen Prioritäten zeitnah zuerst abgearbeitet werden. Das ist das, was ich mit Hintergrund meinte. Ein High-Level-Support."

„Das macht Sinn", sagte ich. „So haben die Mitarbeiter Ruhe, sich mit dem Problem zu beschäftigen, und sie können entscheiden, wann sie mit dem Kunden Kontakt aufnehmen und welche Dinge sie mit ihm klären müssen. Vielleicht ist es ja ein bekanntes Thema. Oder sie haben ein ähnliches Thema gerade in Bearbeitung oder haben etwas in der Pipeline, was zu dieser Anfrage passt."

Nachdenklich sah er mich an. „Sie sind gut im Thema", stellte er fest.

Ich machte eine ausweichende Geste. „Das, was Sie hier beschreiben, klingt endlich mal nach einer vernünftigen Lösung, sowohl für die Mitarbeiter als auch für die Kunden." Mir hatte ein solches System immer vorgeschwebt. Ich hatte es aber in meiner bisherigen Berufslaufbahn nie umsetzen können.

Erneut suchte er meinen Blick und hielt ihn fest.

Wow, dachte ich. Wirklich verdammt charismatisch, bel ami! „Frau Hauser", besann ich mich. „Der High-Level-Support."

"Ja, richtig. Der High-Level-Support analysiert also detailliert die Kundenprobleme, die in einer Support-Datenbank abrufbereit vorliegen. Diese Mitarbeiter können viele Probleme eigenständig lösen. Sie können aber auch entscheiden, ob das Problem an die Entwickler weiter gereicht werden muss."

„Sie entscheiden also, ob es sich um ein Software-Problem handelt, einen Fehler."

„So in etwa. Natürlich gibt es da auch Fehlentscheidungen oder es ist kein Programmfehler im eigentlichen Sinn. Es kommt häufig vor, dass ein Entwickler einen Weg anbieten kann, den der Support nicht findet."

„Immer von Vorteil, wenn man den Quellcode lesen kann." Ich lächelte süffisant.

„Was sagten Sie, machen Sie beruflich?" Bel ami machte erneut einen auf Blickkontakt.

Ich sah nicht weg. „Organisation, Systemanalyse, Anwendungsentwicklung. Suchen Sie sich's aus."

„Sind Sie noch zu haben?" Ein Glitzern trat in seine Augen.

Ich war mir sicher, dass ihm die Doppeldeutigkeit seiner Worte durchaus bewusst war. Was war das hier plötzlich? Verdammtes Charisma!

„Da gibt es einen kleinen Schönheitsfehler", sagte ich also kalt. „Sie sind insolvent!"

Ein verletzter Ausdruck wich dem Glitzern und mutierte zu weidwund. Ich hielt seinem Blick stand, bis er ihn abwandte. Ich hätte schwören können, dass seine Augen feucht geworden waren, und schon spürte ich wieder Mitleid.

**

Da ich schon mal in der Ecke war, beschloss ich, auf gut Glück zum Gasometer zu gehen. Früher wurde in diesem beeindruckenden Industrierelikt Gas gespeichert, das Abfallprodukt der umliegenden Kokereien. Dieses Gas wurde zur Beheizung von Hochöfen wieder verwendet. Heute wird der Oberhausener Gasometer als Ausstellungsraum genutzt. Ich sehnte mich nach der Kühle des gewaltigen Innenraums und hatte die letzte, spektakuläre Ausstellung, die ich dort besucht hatte, noch deutlich vor Augen: Die gewaltigen Engelsgeburten von Bill Viola.

Leider hatte ich Pech. Keine Sonderausstellung. Aber immerhin eine Dauerausstellung in Form einer Lichtinstallation, die ich auch noch nicht kannte.

Ich stieg die Treppe zur zweiten Ebene hinauf. Der ehemals flexible tonnenschwere Deckel des Gasometers war nun fest verankert und unterteilte das Innere so in zwei Ebenen. Zunächst sah ich gar nichts.

Dann gewöhnten sich meine Augen langsam an das Dunkel. Ich stellte mich in die Mitte des gigantischen Raumes und sah zur Decke hoch. Das war mir zu anstrengend. Also legte ich mich in die Mitte des Raumes auf den Torfboden, verschränkte die Arme unter dem Kopf, sah zu den bunten Lichtern hinauf, die im Dach des Gasometers wie ein symmetrisch angeordneter Himmel voller rechteckiger Sterne leuchteten und genoss die wunderbare Kühle. Leise Sphärenklänge berieselten mich, und ich schlief tatsächlich für eine Weile ein.

Als ich aufwachte, war es schon spät am Nachmittag, und zum ersten Mal seit sieben Wochen war mir richtig kalt. Ich beschloss, mit dem gläsernen Aufzug nach oben zu fahren und noch eine Weile die Aussicht zu genießen.

Der Blick vom Dach des über hundert Meter hohen Baus ist spektakulär. An klaren Tagen wie diesem kann man bis Bochum und Düsseldorf sehen. Ich wanderte langsam einmal im Kreis herum, genoss die Aussicht und das schummrige Gefühl, das diese immense Höhe in Magen und Kniekehlen auslöste. Doch auch hier oben schlug die Hitze gnadenlos zu, und bald verließ ich das Dach wieder. Ich überlegte, ob ich mich noch mal in den kühlen Innenraum legen sollte. Eine höfliche Lautsprecherstimme forderte die Besucher jedoch auf, sich zum Ausgang zu begeben, da das Gebäude in Kürze geschlossen werde.

Noch immer hatte ich keine Lust, in mein aufgeheiztes Auto zu steigen. Also holte ich den Schirm und eine Flasche Wasser aus dem Wagen und wanderte, den Knirps als Sonnenschirm missbrauchend, über die Emscher in den Gehölzgarten Ripshorst.

Eine Weile schlenderte ich in dem weitläufigen Garten zwischen den Bäumen aus den unterschiedlichsten Regionen der Welt umher. Dann legte ich mich in den Schatten eines Mammutbaumes und döste vor mich hin.

Die Sonne stand tief und orangerot am Himmel, als ich langsam zum Auto zurück schlenderte und über den mittlerweile nicht mehr so vollen Ruhrschnellweg zügig bei weit geöffneten Fenstern nach Hause fuhr.

***

In meinem Schaukelstuhl auf der kleinen Dachterrasse beobachtete ich, wie der Himmel langsam dieses satte Nachtblau des Hochsommers annahm. Schwalben schossen durch die Dämmerung. Ein paar Amseln sangen in den Bäumen auf dem Hinterhof ihr Schlaflied und die Fenster des RWE-Turmes und des RAG-Karrees leuchteten in intensiven Tönen. Ein Hauch von Wind wehte über die Dächer und trug ein Gemisch aus Blütendüften und dem Smog der Stadt zu mir hinauf. Meine Pflanzen, die ich gerade intensiv besprengt und abgeduscht hatte, bewegten sich wispernd in der leichten Brise. In zärtlichen Fetzen drang die rauchige Stimme von Katja Maria Werke aus dem nun vollständig geöffneten Spitzgiebel meiner zweiten Ebene... *open the door, open the door, open the door... listen, what the bird said...*

Die Lethargie der vergangenen Tage war auf wundersame Weise verschwunden. Ich liebte diese blaue Stunde. Ich liebte diesen Blick von meiner Wohnung auf die erleuchtete Innenstadt von Essen hinaus. Ich liebte diesen stillen Sommerabend auf meinem Balkon hoch über der Stadt, wo ich niemanden störte und von niemandem gestört wurde. Mein Kühlschrank war gefüllt. Ich musste nicht hinausgehen, mich nicht unters Volk mischen und mich nicht dem aufgedrehten Pulsieren eines Jahrhundertsommerabends im Viertel aussetzen.

Versonnen lauschte ich den virtuosen Tönen einer Amsel, die aus der blauen Dämmerung zu mir herüber wehten. Ich legte meine Füße auf das noch warme Balkongitter und sah in den Himmel hinauf, an dem sich noch ein paar zartorange Schlieren zeigten.

Der Einzige, der mich hier jetzt nicht stören würde, wäre Max. Max mit dem gleichen intensiven Bedürfnis nach eigenständigem Leben wie ich. Max, der trotz dieses Bedürfnisses besinnungslos Nähe saufen konnte. Ich musste lächeln, als ich an unsere erste Begegnung dachte. Winter. Kalt. Im Café Click, damals, als ich einen Hacker angefordert hatte und Max geliefert bekam. Der dann einfach blieb. Natürlich, weil ich ihn hatte bleiben lassen. Denn Max konnte schweigen. Still selbst seinen Gedanken nachhängen. Stundenlang neben mir sitzen ohne ein Wort.

Zeit, dass er endlich zurück nach Hause kam.

Ich dehnte mich und wackelte mit meinen Zehen. Mein Gehirn erholte sich allmählich von der Glut des Tages und gewann, wenn auch träge, seine volle Denkfähigkeit zurück. Ich temperierte es mit viel kaltem Wasser und einem Glas kühlem Weißwein noch weiter herunter. Ein Schälchen, gefüllt mit Oliven mit Walnusspaste und ein Teller mit mundgerecht geschnittenem Käse standen in Reichweite.

Es war nun ganz dunkel geworden. Vom Kneipenviertel drang entfernt diese Geräuschkulisse zu mir hoch, wie sie nur ein Haufen aufgedrehter Menschen an einem zu warmen Sommerabend fabrizieren kann.

Irgendwo im Hinterhof dröhnte eine Lache, die ich noch nie wahrgenommen hatte. Laut. Jovial. Störend.

Ein aufgeregter Ziegenbock mit dreifachem Bassverstärker. Etwa neu zugezogen? Das konnte ja heiter werden!

Ich ging hinein, tauschte das mittlerweile warm gewordene Kühlelement des Wasserkühlers gegen ein frisches aus dem Eisfach aus, legte die neue CD von The Nits auf und tappte barfuß mit einem Glas Weißwein in der Hand zurück ins Dunkel der kleinen Dachterrasse.

Dort durchdachte ich schließlich erneut die Geschichte, die Ruby und Herr Borg mir erzählt hatten und legte mir zurecht, was ich am kommenden Tag alles erledigen musste. Internetrecherchen in Sachen dieser seltsamen Insolvenz, Kontaktaufnahme mit dem Büro des Insolvenzverwalters. Ach ja, und Herrn Monk wartete nachmittags auf mich. Augustus, der Freundliche. Monkey. Ich musste schmunzeln.

ACHT

Bereits früh um halb sieben saß ich in meinem Büro am PC. Routinemäßig trug ich zwei Anfragen in die Datenbank der Tauschbörse ein, suchte nach entsprechenden Angeboten und schrieb mir die Telefonnummern heraus. Die Anrufe würde ich zu einer humaneren Zeit machen.

Dann startete ich die Suchmaschinen. Ich suchte unter den Stichworten ZOTAG, Culgos Services, Systems for LifeStyle, LifeStyle Systems GmbH, Martin Borg. Und G. Schöffler. Die Ausbeute war nicht groß, aber ich lud herunter, was ich fand. Dann suchte ich in den Archiven von WAZ, NRZ, Computerwoche und WDR und wurde auch hier fündig.

Ich druckte die Dateien aus, stellte sie in einer Mappe zusammen, die ich mit Systems for LifeStyle beschriftete und las sorgfältig jeden einzelnen Artikel. Während ich las, machte ich mir eine Menge Notizen.

Schließlich loggte ich mich noch mal ein. Insolvenz, gab ich als Stichwort ein. Und Insolvenzverwalter. Auch hier lud ich mir etliche Informationen herunter und stellte sie zu einem Schnellhefter zusammen, den ich mit *Insolvenzverfahren* betitelte. Die rechtliche Seite der Medaille.

***

„Toller Chef, den du da hast!" Bel Ami präsentierte sich adrett vor meinem inneren Auge.

„Du warst da?"

„Ja. Ich habe mit ihm gesprochen. Der Mann hat eine enorme Ausstrahlung. Und er weiß sie geschickt einzusetzen. Wie konntest du das aushalten mit so viel männlichem ‚Hier bin ich‘, Tag für Tag?“

„Ich bin nicht sein Typ.“ Rubys Zähne tanzten frech aus der Reihe, als sie mich angrinste. „Obwohl das bei ihm eigentlich egal ist.“

„Egal? Du meinst, er setzt diesen unglaublichen Charme bei jeder Frau ein?“, fragte ich in gespieltem Entsetzen.

„Ha. Also auch schwach geworden!“ Ruby lachte. „Aber nein. So einfach ist das nicht. Er hat sich uns Frauen gegenüber immer völlig korrekt verhalten, es gab nie auch nur den Anflug einer ernsthaften Anmache.“

„Hm“, machte ich wenig überzeugt. „Soll ich mich jetzt geschmeichelt fühlen? Mir kam sein Verhalten sehr gezielt vor und der Einsatz von Doppeldeutigkeiten wohl platziert.“

„Es geht da nicht um Männlein und Weiblein, nicht um sexuelle Anmache. Der Borg ist immer so. Er liebt es, seine Ausstrahlung spielen zu lassen.“

„Wie ein Schauspieler?“, fragte ich versuchsweise.

„Ja, der Vergleich ist nicht schlecht. Er steht auf einer großen weiten Bühne und lässt seinen Charme spielen. Was er einem dabei inhaltlich unterjubelt, ist allerdings gar nicht so witzig.“

Mit schräg gelegtem Kopf wartete ich darauf, dass sie fortfuhr.

„Na ja“, sagte sie nach einer Pause. „Das war ein ziemlich starkes Stück, was uns da geboten wurde. Erst sollten alle Mitarbeiter sich entscheiden, ob sie freiwillig auf einen Monat Gehalts verzichten würden, um überhaupt in die Folgegesellschaft übernommen zu werden.“

„Wie, ich dachte, es gibt in einem solchen Fall Insolvenzgeld", sagte ich erstaunt.

„Ja. Gibt es auch. Aber der Vorschlag wurde damit begründet, dass ˋwirˋ durch den Gehaltsverzicht einen Monat Zeit gewinnen würden."

„Wofür?"

„Für die Gründung des Folgeunternehmens. Als uns mitgeteilt wurde, dass die Gehälter nicht bezahlt werden konnten, war ja bereits Monatsende. Das heißt, dass ein Monat rückwirkend bereits mit Insolvenzgeld hätte abgedeckt werden müssen. Und Insolvenzgeld gibt es genau drei Monate, länger nicht."

Nachdenklich nickte ich. „Also wurde euch die Pistole auf die Brust gesetzt. Entweder du verzichtest auf einen Monat Gehalt, oder du kannst sofort deine Koffer packen und gehen."

„So ungefähr", bestätigte Ruby. „Nur dass uns das als große Chance verkauft wurde, um was Neues auf die Beine zu stellen, das alte Geschäft fortzuführen und damit eben nicht arbeitslos zu werden. Außerdem war jedoch klar, dass rund dreißig Prozent der Leute würden gehen müssen."

„Also solltet ihr euch mit einem Monatsgehalt sozusagen ins neue Unternehmen einkaufen", stellte ich fest.

„Nicht ganz. Darüber wurde nur grob gefiltert. Vorsortiert, sozusagen. Aber ein großer Teil der Leute hat die Bedingung akzeptiert. Ich auch. Die Lage ist zurzeit nicht gerade rosig."

„Wem sagst du das!" Meine eigene Situation war mir plötzlich wieder unangenehm präsent.

„Auf jeden Fall waren es immer noch zu viele. Die auf das Gehalt verzichtet haben, meine ich. Also wurden Neuverträge formuliert. Mit den einzelnen Mitarbeitern wurden Gespräche geführt, zu welchen

Bedingungen sie denn bereit waren, weiter zu arbeiten."

„Ich nehme an, es wurde nicht unbedingt das alte Gehalt angeboten."

„Exakt." Ruby schnaubte leicht durch die Nase. „Es war erheblich weniger. Die Differenz zum ursprünglichen Gehalt sollte direkt in eine private Altersvorsorge einbezahlt werden. Deshalb kreuzte dann auch ein Versicherungsmakler auf."

„Was?", fragte ich verblüfft. „Und was hatten die davon?" Ich überlegte kurz. „Blöde Frage. Steuerliche Vorteile natürlich."

„Genau. Ich habe einen Abend lang überlegt und dann trotzdem zähneknirschend zugestimmt. Schließlich muss ich zwei Kinder ernähren."

„Verstehe", sagte ich. Ich hätte mich in ihrer Situation vermutlich genau so entschieden. „Aber nicht alle haben einem neuen Vertrag zugestimmt?", forschte ich weiter.

„Genau. Ein paar der Doppelverdiener haben abgelehnt. Viele waren es allerdings nicht. Und dann gab es eine wirklich ekelhafte Veranstaltung." Grimmig rückte Ruby den angelnden Frosch auf dem Tisch zurecht.

„Was ist passiert?"

„Wir wurden mal wieder im Besprechungsraum zusammen getrommelt. Dann wurde eine Rede gehalten. Danke für das Vertrauen, dass Sie uns entgegen bringen durch Ihr Opfer, aber wir versprechen Ihnen, es geht weiter und wird sich auszahlen für Sie... Leider können sie in der neuen Gesellschaft nicht alle der hier versammelten Leute einstellen..." Mit zornigem Blick sah sie mich an. „Der liebe, ach so charismatische Herr Borg saß da vor uns in lässiger Haltung auf einer Tischkante. ‚Ich werde Sie jetzt einzeln aufrufen und nach links oder nach rechts schicken', sagte er. Und das tat er dann. Ungefähr hundertzwanzig Namen rief er in alphabethischer Reihenfolge auf und sagte ,links' oder ,rechts'. Am Anfang wusste natürlich keiner, was links oder rechts zu bedeuten hatte: drinnen oder draußen."

Ich war sprachlos. So was hatte ich noch nicht gehört. „Unglaublich", sagte ich schließlich leise. Und weil mir das nicht treffend genug schien, schob ich ein „Ekelhaft" hinterher. Und fand es immer noch nicht treffend genug.

„Ja. Nicht wahr? Nachdem sich die Kollegen auf der linken Seite des Raumes häuften, war dann auch klar, dass das diejenigen waren, die das Rennen machen würden. Und weißt du, was ich am schlimmsten fand?"

Stumm schüttelte ich den Kopf.

Ruby verzog ihren Mund zu einem unschönen Lächeln. „Ich war so grenzenlos erleichtert, als er mich auf die linke Seite schickte. Schwein gehabt, dachte ich bloß. Einfach nur ,Schwein gehabt'. Eine große warme Welle der Erleichterung!"

Ich schnaubte leise durch die Nase.

„Ich meine, man hätte denen den Arbeitsvertrag vor die Füße schleudern müssen für diese Veranstaltung, jeder von uns. Aber wir hielten alle brav den Mund, nickten dankbar und gingen wie in Trance nach Hause. Keiner hat gesprochen, keiner hat den anderen auch nur angesehen. Jeder starrte betreten auf den Boden oder sonst irgendeinen neutralen Fixpunkt, nur um ja niemanden ansehen zu müssen. Ich hab mich so verachtet dafür, später, als mir klar wurde, was da überhaupt abgegangen war!"

„Eine Art Schock", mutmaßte ich.

„Stimmt", bestätigte Ruby. „Diese Show hat uns alle geschockt. Mit ein paar Kollegen habe ich am nächsten Tag darüber geredet. Denen ging es genauso wie mir. Das macht die Sache aber nicht besser."

„Wann kam der Insolvenzverwalter ins Spiel?"

„Der war doch von Anfang an dabei. Ich glaube, von ihm kam auch der Vorschlag mit dem Gehaltsverzicht."

Nachdenklich trommelte ich mit dem Finger auf die Tischkante. Mir kam das alles sehr seltsam vor. Ich wusste viel zu wenig über den Ablauf von Insolvenzen. Ich würde mich schlau machen müssen.

***

Wieder einmal nahm ich auf dem senfgelben Sofa in dem schönen Stadthaus in der von Seeckt-Straße Platz.

„Können wir zu dem Thema mal ganz von vorne anfangen", bat ich Herrn Monk.

"Aber gerne. Wat is en Insolvenz. En Insolvenz, dat is ene janz eigentümliche Sache." Schelmisch blinzelte er mich an.

Ich grinste. „… nur einen wänzigen Schlock …", trug ich zu seinem Zitat bei. „Aber jetzt mal im Ernst, Herr Monk. Je mehr ich darüber nachdenke, desto seltsamer wird das alles. Deshalb wüsste ich gerne mehr über Insolvenzen, zum Beispiel, wann die ganze Chose denn losgeht."

„Voraussetzung für die Eröffnung des Insolvenzverfahrens ist ein so genannter Insolvenztatbestand."

„Insolvenztatbestand! Das ist schwerstes Juristendeutsch! Was soll das heißen?"

„Zahlungsunfähigkeit, drohende Zahlungsunfähigkeit oder Überschuldung", sagte Herr Monk wie aus der Pistole geschossen.

„Und wer ruft die Insolvenz aus?"

„Eine Insolvenz wird nicht ausgerufen. Es wird ein Antrag auf Insolvenz gestellt, und der wird gerichtlich beschieden."

„Aha", machte ich. „Wer beantragt denn?"

„Schuldner oder Gläubiger, allerdings mit unterschiedlicher Argumentation. Der Insolvenztatbestand spielt dabei eine entscheidende Rolle. Er entscheidet letztendlich über den Termin, wann bei welchem Unternehmenszustand das Entscheidungsrecht über das Vermögen des Unternehmens auf die Gläubiger zu übertragen ist."

„Herr Monk", unterbrach ich ihn. „Für Sie ist das alles ganz einfach zu verstehen, aber ich bin ein unwissender Laie und fand Gesetzestexte immer schon schwer bis gar nicht lesbar. Ich bitte um Nachsicht, aber ich begreife nur die Hälfte von dem, was Sie mir hier sagen."

„Oh. Verzeihung, Sie haben natürlich Recht, Kindchen." Ein schuldbewusster Ausdruck trat in sein Gesicht. „Wissen Sie, wenn man vierzig Jahre lang nur mit Juristen zu tun hat, dann merkt man das selber gar nicht mehr." Er suchte nach Worten und sah mich dann hilfesuchend an mit seinem greisenhaften Affenkindgesicht. Ganz offensichtlich hatte er den Faden verloren.

„Wenn ich das richtig verstanden habe, ging es darum, dass es wohl Abstufungen bei der Zahlungsunfähigkeit gibt und dass das für irgendeinen Termin entscheidend ist", half ich ihm weiter.

„Richtig. Als zahlungsunfähig gilt bereits der, der seine Schulden in Höhe von fünf bis zehn Prozent nicht begleichen kann. Voraussichtlich zahlungsunfähig ist man, wenn man in Form von Mahnungen etc. nachweisen kann, dass man zu einem bestimmten Zeitpunkt in der Zukunft nicht zahlungsfähig sein wird. Überschuldung liegt vor, wenn das Vermögen die bestehenden Verbindlichkeiten nicht mehr deckt, das heißt wenn die Passiva die Aktiva übersteigen. Ist das soweit klar?", fragte Herr Monk freundlich.

Ich nickte. „Zahlungsunfähig, voraussichtlich zahlungsunfähig, überschuldet", fasste ich zusammen.

"So ist es." Herr Monk schmunzelte sein feines Monk-Lächeln. „Und je nachdem, was die Ursache für die Beantragung einer Insolvenz ist, kann es früher oder später dazu kommen, dass die Entscheidung, was mit dem Vermögen passiert, an die Gläubiger übertragen wird."

„Eine Sache verstehe ich absolut nicht." Ich runzelte die Stirn. „Ruby Hauser hat mir erzählt, dass der Insolvenzverwalter noch vor Eröffnung der Insolvenz mit ins Boot kam. Wie kann das denn sein?"

„Das ist durchaus möglich." Anmutig führte Herr Monk seine Teetasse zum Mund und nahm ein Schlückchen. „Er wurde nach Antragstellung auf Insolvenz vom Gericht als vorläufiger Insolvenzverwalter bestellt. Das Verfahren ist damit aber noch lange nicht eröffnet."

„Wann macht man denn so was?", fragte ich.

„Ziel dabei ist es, notwendige Sanierungsmaßnahmen schnell durchzuführen und Eingriffe von Schuldnern und Gläubigern zu verhindern." Herr Monk pustete in seinen Tee, um ihn abzukühlen. Mit gespitzten Lippen nahm er einen weiteren Schluck. „Der vorläufige Insolvenzverwalter darf die Masse nicht verwerten. Er darf das Unternehmen aber fortführen oder auch stilllegen, letzteres allerdings nur mit Zustimmung des Gerichts. Außerdem soll er feststellen, ob genügend Vermögen zur Deckung der Verfahrenskosten vorhanden ist."

Ich hob meine Hand, um ihn zu unterbrechen. „Und was macht nun ein echter Insolvenzverwalter? Ich meine, im Gegensatz zu einem vorläufigen?"

„Der Insolvenzverwalter handelt in so genannter Prozess-Standschaft für den Schuldner."

„Herr Monk...", mahnte ich und lächelte ihn an.

„Oh. Verzeihung. Das bedeutet, dass er über das Insolvenzvermögen verfügen kann und damit auch die Prozesse im eigenen Namen führt."

„Sie meinen, er tritt als Kläger auf?", fragte ich ungläubig.

„Nein. Er nimmt nur die Interessen derjenigen wahr, denen Geld geschuldet wird. Dabei ist er auch befugt, das noch vorhandene Vermögen anzugreifen."

„Und da wird's dann haarig, vermute ich."

„Ja. Denn nach neuer Rechtssprechung sollte der Erhalt von Arbeitsplätzen ebenfalls Zielsetzung des Insolvenzverwalters sein. Wenn er nun jedoch anteilmäßig mehr am Ausschlachten eines Unternehmens verdient als an dessen Erhalt, könnte das seine Entscheidungen stark beeinflussen."

Nachdenklich nickte ich. „Worin genau besteht denn dann seine Aufgabe?"

„Er muss sortieren, Kindchen. Er muss erst mal gucken, was überhaupt zur Insolvenzmasse gehört. Nicht alles, was in einem insolventen Unternehmen herumsteht, ist automatisch Insolvenzmasse. Wenn zum Beispiel ein Maschinenpark nur geliehen ist, gehören diese Maschinen natürlich nicht dazu. Er muss aber auch aufpassen, dass die Insolvenzmasse nicht plötzlich schwindet."

„Sie meinen, er muss aufpassen, dass kein Mitarbeiter die Lager leer räumt?"

„Es müssen nicht unbedingt nur die Mitarbeiter sein. Es gab schon genug Fälle, wo der Firmenchef höchstpersönlich die Außenlager abgeräumt hat", sagte Herr Monk trocken. „Oder stickum ein paar Konten geräumt hat. Ist alles schon da gewesen."

„Böse, böse", kommentierte ich. „Also muss er erst mal eine Art Inventur machen?"

„Genau." Herr Monk strahlte. „Außerdem muss er dafür sorgen, dass die so ermittelte Masse gleichmäßig an die Gläubiger verteilt wird. Der Übersichtlichkeit wegen ist er also verpflichtet, sowohl ein Verzeichnis über die Massegegenstände als auch über die beteiligten Gläubiger zu erstellen."

Mir schwirrte der Kopf.

„Und damit wären wir wieder bei der Ausgangsfrage: Wat is also en Insolvenz. En Insolvenz, dat is en Ding, dat keiner so recht haben mag... außer die, wo daran verdienen tun!" Wieder blinzelte Herr Monk schelmisch. „Und dat, dat sinn von de Erfahrung her die Verwalter von det janze Desaster!"

Ich musste lachen. „Die Insolvenzverwalter", setzte ich den Satz fort.

„Genau", sagte Herr Monk. „Obwohl die natürlich bestreiten, dass sie daran gut verdienen. Aber das ist Blödsinn. Schließlich steht ihre Einnahme ja in unmittelbarem Verhältnis zur Insolvenzmasse."

„Wie kommt ein Insolvenzverwalter eigentlich zu seinem Auftrag", fragte ich langsam.

„Er wird bei der Eröffnung der Insolvenz gerichtlich bestimmt."

„Und was sind das für Leute?"

„Insolvenzverwalter?" Fragend sah Herr Monk mich an.

Ich nickte. „Ja, Insolvenzverwalter. Was sind das für Leute?"

„Rechtsanwälte in der Regel, die sich auf Insolvenzrecht spezialisiert haben. Manchmal auch Steuerberater und Wirtschaftsprüfer. Das Berufsbild ist

rechtlich nicht geschützt. Bedingung hierbei ist lediglich, dass es eine von Gläubigern und Schuldnern
unabhängige Person sein muss und dass sie der
Aufgabe gerecht werden kann von ihrem Fachwissen
her."

„Wie wird man das? Also, Insolvenzverwalter,
meine ich. Wie kommt man an diesen Job ran?"

Herr Monk lächelte. „Man bietet seine Dienste als
Insolvenzverwalter an und hofft, dass das Gericht
einen in einem Verfahren dann dazu benennt. Allerdings ist das gar nicht so einfach. Es gibt renommier-
te Kanzleien und Praxen, die schon jahrelang dick im
Geschäft sind und deshalb auch bevorzugt bestellt
werden."

„Eine richtige Mafia also", stellte ich fest. „Und
unser Herr Schöffler war dick im Geschäft."

„Ich habe mich über den Herrn etwas schlau gemacht", nickte Herr Monk. „Er hat viele Aufträge
gehabt, auch wirklich große Fische in dem Bereich.
Erinnern Sie sich an den Fall Krokock?"

„Krokock?" Aber sicher erinnerte ich mich. Die Insolvenz dieses großen Telekommunikationsunter-
nehmens hatte vor einem knappen Jahr für Schlag-
zeilen und Massenproteste gesorgt. „Das ist ein
wirklich dicker Fisch!"

Damit verabschiedete ich mich. So recht verstanden hatte ich das alles zwar noch nicht, aber in meinem Hirn hatte sich eine Idee festgesetzt. Also stieg
ich seufzend in die Backofenglut meines Autos und
machte mich wieder auf den Weg nach Oberhausen.

***

Herr Borg war immer noch willens, mich zu empfangen, auch wenn er nach wie vor nicht wusste, wa-

rum ich mit ihm sprechen wollte. Aber das schien ihm egal zu sein, solange ihm nur jemand zuhörte Und immer noch war Martin Borg ganz bel ami.

„Erzählen Sie mir etwas von Herrn Schöffler", bat ich. „Er wurde Ihnen doch quasi vor die Nase gesetzt. Wie hat sich das denn genau abgespielt?"

„Vor die Nase gesetzt? Sie sagen es. Das trifft des Pudels Kern." Martin Borg bedachte mich mit seinem charismatischen Lächeln.

Ich lächelte nicht zurück. Mein Charisma behielt ich mir für speziell ausgesuchte Menschen vor. „Soweit ich informiert bin, bestimmt das Gericht, welcher Anwalt die Insolvenz begleiten soll. War Herr Schöffler denn kooperativ?"

„Zunächst schien das so zu sein", sagte Borg bedächtig. „Er sah sich die Software an, verschaffte sich einen Überblick über die Mitarbeiter und deren Einsatzgebiete, machte Aufstellungen über das Inventar und äußerte sein Bedauern und auch sein Erstaunen darüber, dass ein so gutes Geschäftsfeld zahlungsunfähig werden konnte."

„Er befand die Software also für gut?"

„Nein", sagte Borg. „So war es nicht. Er gab zu, dass er das nicht selbst beurteilen könne und dass er den Wert der Software würde schätzen lassen müssen. Er war erstaunt darüber, dass bei einer so großen Anzahl an Kunden, die alle Wartungsverträge abgeschlossen hatten, eine Insolvenz unvermeidlich gewesen war."

„Ihren Mitarbeitern wurde nahe gelegt, dass sie auf einen Monat Gehalt verzichten sollten. Stimmt das?"

„Ja. Das war ein Ratschlag von Herrn Schöffler. Er zielte damit auf den Zeitfaktor ab."

„Zeitfaktor?", fragte ich scheinheilig. „Sie meinen damit den Beginn der Auszahlung von Insolvenzgeld, ist das richtig?"

„Darum ging es", bestätigte Herr Borg. Er schickte mir einen charismatischen Blick. „Dadurch konnten wir einen Monat Zeit gewinnen. Es werden maximal drei Monate Insolvenzgeld bezahlt. Da ein Monat fast verstrichen war, schien es nur logisch, auf diesem Weg einen weiteren Monat zu gewinnen."

„Auf den Knochen Ihrer Mitarbeiter", stellte ich trocken fest.

„Aber Frau Blauvogel!" Ein verletzter Blick hielt mich fest. „Ich bin doch kein Unmensch! Es ging um die berechtigte Hoffnung, Zeit für die Gründung eines Folgeunternehmens zu gewinnen, das einen Großteil der Mitarbeiter weiter beschäftigen konnte."

„Wie sollte das denn gehen? Ich denke, Sie waren zahlungsunfähig!"

„Nein. Zahlungsunfähig war ich noch nicht. Es war aber abzusehen, dass ich nicht mehr zahlen konnte. Also habe ich die Insolvenz beantragt, ganz im Interesse meiner Mitarbeiter."

„Also nur voraussichtlich zahlungsunfähig. Das ist natürlich nominell ein himmelweiter Unterscheid. Ihre Mitarbeiter haben aber so oder so für einen Monat kein Geld bekommen."

„Erstens wollte ich Investoren finden, zweitens gibt es EU-Gelder für junge Unternehmen", sagte Herr Borg würdevoll. „EU-Zuschüsse, Subventionen in nicht unerheblicher Höhe. Und die wollte ich beantragen."

Ich runzelte die Stirn. „Auch ein Tipp von Herrn Schöffler?"

„Er hat sich nicht gegen diese Idee gestellt."

„Und warum junges Unternehmen? Ich meine, die LifeStyle Systems GmbH hatte doch ein Vorleben und existierte schon seit Jahren. Die Systems for LifeStyle AG sollte mit dem gleichen Produkt und dem gleichen Mitarbeiterstamm fortgeführt werden. Ist das nicht Augenwischerei? Man kann doch wohl kaum behaupten, dass das eine neue Geschäftsidee wäre."

„Sehen Sie, Frau Blauvogel." Bel ami beugte sich leicht nach vorn und blickte mir in die Augen. Wartete mit leicht geöffneten Armen, die Handflächen in einer empfangenen Geste zu mir gewandt, um mich abzuholen und zu begleiten in seine ach so vernünftigen Argumentationen. Sein Tonfall wurde werbend. „Ein solches Handeln bricht keinerlei Gesetze. Die Gründung eines neuen Unternehmens mit Mitteln der EU geschieht doch nur zum Wohl der Mitarbeiter. Es sichert Arbeitsplätze."

„Indem es sie verbilligt", sagte ich kalt.

„Sie sind aber wirklich hartnäckig", sagte er lächelnd. „Begreifen Sie denn nicht, dass das die einzige Chance war, den Mitarbeitern die Arbeitsplätze zu sichern? Frau Blauvogel" – er klebte an meinem Blick – „ich habe alles, wirklich alles Menschenmögliche getan, um das Geschäft weiter führen zu können. Weiterzuführen und den Menschen in diesem Unternehmen eine Perspektive geben zu können."

„Das glaube ich Ihnen sogar", sagte ich, löste den Blickkontakt und sah aus dem Fenster. „Trotzdem kommt es mir etwas seltsam vor, sich mit einer Umfirmierung von einer GmbH in eine AG unter etwas anderem Namen seiner Schulden entledigen zu können, an Mittel von der EU aus dem Topf für junge, neu gegründete Unternehmen heranzukommen und die Misere dadurch loszuwerden. Es hat ja offensichtlich auch nicht geklappt."

„Weil Schöffler das boykottiert hat", rief Borg mit dramatischer Stimme. „Weil er verhindert hat, dass uns auch nur irgendeine Bank einen Kredit geben wollte."

„Moment mal!" Ich war irritiert. „Sie sagten doch gerade, dass die EU das Projekt subventionieren wollte. Wozu dann noch Kredite?"

„Erstens dauert es eine Weile, bis die EU zahlt. Zweitens wollte Schöffler einen Kaufpreis für die Software haben. Und diesen Kaufpreis sollte die AG aufbringen. Die Summe war hoch. Und dafür brauchte ich einen Kredit. Glauben Sie mir" – er beugte sich wieder leicht nach vorne und zeigte sein sensibles Inneres. „Ich wollte das Beste für meine Mitarbeiter. Und Schöffler hat das boykottiert, indem er erst den Preis der Software in astronomische Höhen getrieben hat, und dann nicht abwarten wollte, bis ich die entsprechenden Bankbürgschaften vorweisen konnte. Er hat mich ruiniert!" Wieder glitzerte es feucht in seinen Augen.

Dieses bewusste Einsetzen der Körpersprache. Und schon wieder feuchte Augen. Er wollte, dass ich es sah. Ich ärgerte mich, dass es ihm beinahe gelungen war, mich zu beeindrucken.

Unwillkürlich musste ich an die Szene denken, die Ruby mir geschildert hatte. Ich schnaubte durch die Nase. „Das Beste für Ihre Mitarbeiter? Sagen Sie, Herr Borg", griff ich also an. „Was zum Teufel hat Sie denn dann geritten, Ihre Mitarbeiter vorzuführen, als wären sie in einer beschissenen Realityshow? Zu viel *Deutschland sucht den Superstar* gekuckt, oder was? Oder war das Martin Borg privat, der sich mit Dieter Bohlen verwechselt hat?"

„Wovon reden Sie", fragte Borg irritiert.

„Die guten ins Töpfchen, die schlechten ins Kröpfchen..." Ich lächelte böse. „Ach nein, das war ja anders. Die einen nach links, die anderen nach rechts.

So ging das doch. Können Sie mir erklären, was das sollte?"

Er warf mich raus.

***

Die Gluthitze des Spätnachmittags verschlug mir den Atem. Fluchend stieg ich in den Ford, startete den Wagen und verbrannte mir die Hände am Lenkrad. Ich schaffte es gerade bis zur großen Kreuzung von Essener zu Mülheimer Straße. Das tue ich mir nicht an, dachte ich, steuerte den Parkplatz hinter der Kreuzung an und verließ den Wagen fluchtartig wieder. Dort fand ich einen Einstieg in den Garten des Oberhausener Schlosses.

Zwei Stunden hing ich schlaff auf einer Bank im Schatten und beobachtete, wie übersättigte Enten träge in der nicht gerade einladend aussehenden Brühe des Teiches dümpelten. Ein Kleinkind bewarf sie mit Brot. Nicht mal die Fische machten sich die Mühe, danach zu schnappen. Kein Wunder, dass der Tümpel stank.

Schließlich gab ich mir einen Ruck, schlenderte zum Auto zurück und fuhr heim. Auf der Rückfahrt überfuhr ich mehrere Deutschlandfähnchen, was mir ein schadenfrohes Grinsen entlockte. Lange suchte ich nach einem Parkplatz im Viertel, fand schließlich eine sehr enge Lücke in der Paulinenstraße und brauchte fast drei Minuten, bis ich den Wagen dort hineinmanövriert hatte. Während ich schweißüberströmt rangierte, signalisierte mein Handy vibrierend den Eingang einer SMS. Erst spät am Abend fiel es mir wieder ein.

Max kommt zurück. Max kommt zurück. Max kommt zurück! Ich tanzte im Schimmer der Sterne auf dem Balkon.

„Max kommt zurück", raunte ich der Schönmalve zu. „Morgen kommt er heim!"

Ich wählte eine CD von Dido aus. Legte die Füße auf die Balkonbrüstung, sah still in die Nacht hinaus und freute mich.

Am nächsten Morgen stand ich früh auf. Mit meiner Oma-Karre zockelte ich zu Karstadt auf die Rüttenscheider und fuhr hinunter in die große Lebensmittelabteilung. Ausnahmsweise. Weil Max heim kam und ich etwas Besonderes kochen wollte. Verschiedene Sorten von filetiertem Fisch. Krabben. Fischrogen. Viel Dill. Möhren. Rote Beete-Kugeln im Glas. Weißbrot und Butter. Frischen Meerrettich. Schlagsahne. Ananas, Mango und Papaya. Und zwei Flaschen sündhaft teuren Riesling von der Mosel.

Dann fing ich an zu kochen. Fünf Stunden verbrachte ich in der Küche. Schnitt. Quirlte. Dämpfte. Rührte. Köchelte. Ich spülte die rote Beete unter kaltem Wasser und weichte sie lange in Milch ein, um den Essig-Geschmack zu vertreiben. Raspelte die Möhren in feine Streifen und blanchierte sie kurz. Zupfte die zarten Blättchen von vier Bund Dill ab. Hobelte dünn die Schale ungespritzter Zitronen und Orangen. Schnitt die Fischfilets in kleine Rauten, dünstete sie Stück für Stück ganz kurz an, ebenso die Krabben. Spülte die Milch von der roten Beete und schnitt diese ebenfalls in feine Streifen. Weichte Gelatine auf und würzte die Flüssigkeit kräftig mit Salz, Pfeffer, Muskat und der gehobelten Zitrusschale.

In eine längliche Kuchenform schichtete ich abwechselnd Fisch, Krabben, Dill, Fischrogen und Gemüse und füllte sie Schicht für Schicht mit der flüssigen Gelatine auf. Dann stellte ich die Form in den Kühlschrank. Reinigte den Feldsalat, zupfte ihn auseinander und stellte ihn ebenfalls kalt. Bereitete eine fruchtige Salatsauce, schnitt die Austernpilze, briet Knoblauch und Zwiebeln und füllte sie mit den Pilzen in eine gebutterte Auflaufform, die ich in den noch nicht geheizten Ofen stellte. Legte das Weißbrot zum Aufbacken am Ofen bereit. Schlug Sahne, rieb den frischen Meerrettich und zog vorsichtig ein paar Löffel der geschlagenen Sahne darunter. Schälte Ananas, Mango und Papaya, schnitt die Früchte in dünne Streifen und beträufelte sie mit einem Gemisch aus Orangensaft, Granatapfelsirup und Cognac. Pürierte einen Teil der Ananas und verquirlte das Fruchtpüree mit ein paar Löffeln Yoghurt. Hob vorsichtig die Reste der geschlagenen Sahne darunter. Gab den Ananas-Sahne-Yoghurt über das marinierte Obst und stellte die Teller in den Kühlschrank.

Ich schmückte den Stehtisch mit Kerzen und Kapuzinerkresseblüten und holte meine schönen Steinguttelller aus dem Schrank, groß wie in einem Sternerestaurant. Schön sah es aus. Gut roch es. Nur ich fühlte mich nicht mehr ganz taufrisch nach diesem Koch-Marathon. Ein Blick auf die Uhr sagte mir, dass ich noch eine knappe Stunde hatte.

Ich entfernte die nachwachsenden Härchen von meinen Beinen. Rasierte mir die Achseln und stutze meine Schamhaare zu einer frechen Kurzhaarfrisur zurecht. Schmirgelte mir die Hornhaut von den Fersen. Rieb meine Haut mit einem Rubbelhandschuh weich und duschte ausgiebig. Betupfte mich mit ein paar Tropfen meines nach Gräsern und Hölzern duftenden Parfums. Bloß nicht zu viel. Betonte meine Augen mit etwas Kajal. Bloß nicht zu auffällig. Streifte mein schlichtes Shirt-Kleid über, das mit dem tiefen Rückenausschnitt. Bloß nicht zu schick. Fuhr mir mit den Fingern durch das schon wieder trockene Haar und zauste es strubbelig. Bloß nicht zu brav.

Max war bald da und ich freute mich wie ein Schneekönig. Nein. Eine Schneekönigin. Nein. Eine Sommernachtskönigin. Nein. Eine Sommernachtselfe, die verliebt auf ihren Puck wartet.

**

„Hast du etwa abgenommen?", fragte er, als seine Hände über meinen Rücken strichen.

„Weiß nicht", murmelte ich. „Kann schon sein. War zu heiß zum Essen."

Argwöhnisch schob Max mich ein Stückchen von sich weg und begutachtete mich.

„Du hast abgenommen", stellte er fest. Es klang vorwurfsvoll.

„Spinner!" Ich lachte. „So schlimm ist es nicht. Komm, überzeug dich." Ich zog ihn in meine Arme.

Er seufzte, als seine Hände über meinen Po strichen. „Noch alles dran. Gottseidank!" Dabei entdeckte er, dass ich unter dem Kleid nichts anhatte. Er seufzte erneut und schmirgelte mir seinen Dreitagebart durchs Gesicht. „Ich habe dich vermisst!"

„Hm", brummte ich zustimmend und drückte ihn fest.

Schritt für Schritt schob er mich vor sich her zum Sofa.

Später, nachdem wir auf dem Sofa unseren Hunger gestillt hatten, später, nachdem wir uns an Edelfischen in Aspik, Feldsalat mit Austernpilzen und den Obstspalten mit dem Fruchtmark-Yoghurt gütlich getan hatten, später, nachdem bereits die zweite Flasche des sündhaft teuren Riesling angebrochen war, später, nachdem wir in die zweite Ebene hinaufgestiegen und uns wieder unserem anderen Hunger gewidmet hatten, sehr viel später also richtete Max sich auf.

„Ich muss jetzt nach Hause", verkündete er und schwang die Beine über die Bettkante.

„Nach Hause?", fragte ich schläfrig. „Warum?"

„Ich muss. Da wartet jemand auf mich."

„Was?" Mit einem Ruck setzte ich mich auf. Plötzlich war ich gar nicht mehr verschlafen.

„Zu Hause wartet jemand auf mich", wiederholte Max. „Ich habe sie im Urlaub kennen gelernt." Ein verträumter Ausdruck zog über sein Gesicht.

Ich erstarrte.

„Ich bin sicher, du wirst sie sehr mögen", lächelte Max. „Komm morgen zum Frühstück vorbei. Dann stelle ich euch einander vor. Und jetzt schlaf gut, du blauer Vogel du." Mit diesen Worten fuhr er in seine Hosen, zog sich das T-Shirt über den Kopf, drückte mir einen Kuss auf die Stirn und verschwand die filigrane Buchentreppe hinunter.

Wovon sprichst du, wollte ich ihm hinterher rufen. Wer ist sie? Ich rief nicht. Er hatte es doch gesagt. Was gab es da noch zu fragen.

***

Schlafen konnte ich nicht. Bilder zogen durch meinen Kopf. Bilder eines verliebten Max, der im Norden jemanden kennen gelernt hatte. Bilder von einer gesichtslosen jugendlichen Schönen, die in seiner

Wohnung auf ihn wartete. Bilder von zwei Körpern, ineinander verschlungen. Konnte das sein? Nach diesem berauschenden Abend hier? Nein. Konnte es nicht. Oder doch?

Unruhig wälzte ich mich hin und her. Traurig. Wütend. Verwirrt. Schickte die Bilder weg, verbot mir die Gedanken. Es half nichts. Irritiert. Zaghaft. Ein Mantel aus Blei legte sich schwer um mein Herz.

ZEHN

Früh um sechs saß ich bereits an meinem Schreibtisch. Aber ich war zu aufgewühlt, um mich auf meine Recherchen konzentrieren zu können. Also streifte ich mir Shorts, Ringershirt und Turnschuhe über und verließ die Wohnung.

Laufen. Schnell. Schneller. Noch schneller. Ich folgte der Von-Seeckt-Straße, querte die Müller-Breslau dort, wo Staples auf Mc Doof trifft, hetzte im Stechschritt den Fußweg parallel der Auffahrt zur A 52 entlang, stampfte hinüber über die Fußgängerbrücke und trampelte den schmalen Weg bis zur Autobahn hinunter, durch die Unterführung hindurch und weiter hinab, bis ich endlich das Walpurgistal erreichte. Traurig. Verwirrt. Das Herz ummantelt von Blei.

Ich fing an zu rennen. Rannte, als wäre jemand hinter mir her. Galoppierte vor den Bildern davon, die sich in meinem Kopf breit machen wollten. Die irgendwie nicht sein konnten und sich trotzdem hartnäckig dort eingenistet hatten. Max und ich gestern Abend. Sein Begehren. Unsere Lust aufeinander. Max und eine gesichtslose Schöne in seiner Wohnung. Eine, die ich kennen lernen sollte. Was zum Teufel ging da vor sich! Verwirrt. Traurig. Zornig. Das Herz schwer in seiner Bleikammer.

Ich rannte vorbei an den Schrebergärten, die sich im Walpurgistal aneinander reihen, Parzelle an Parzelle, galoppierte die Straße hinunter und blieb schließlich keuchend, schweißüberströmt und zitternd von der ungewohnten Anstrengung stehen. Seitenstechen. Das Herz schlug hart und unkontrolliert gegen den Mantel aus Blei. Ich stützte die Hände auf die Knie und japste nach Luft. Acht Uhr, und die Sonne brannte einem bereits schon wieder Löcher in dem Pelz.

„Mist", flüsterte ich. Wollte schon wieder losrennen, besann mich dann aber eines Besseren. Es hatte schon seinen Grund, warum ich sonst immer nur schnell ging und nicht joggte. War schließlich schonender für die Gelenke, und die wollte ich mir doch noch ein Weilchen bei Laune halten.

„Verdammt", fluchte ich noch mal laut. Dann ging ich langsam die Straße hinauf, vorbei an der Kneipe, die sich seltsamerweise „Zum Loch" nennt, und folgte der Rellinghauser, bis ich auf die alte Trasse stieß.

Als ich in den Schatten der Bäume trat, fing ich an zu weinen. „Scheiße Scheiße Scheiße, verdammte!" Wütend kickte ich einen Stein von mir weg. „Du blöder Mistkerl! Ein bisschen was dazu sagen solltest du mir schon noch." Mit diesem immerhin halbwegs klaren Gedanken wandte ich mich stadteinwärts und folgte der Trasse in Richtung Giradetzentrum.

Die Trasse ist eine ehemalige Zechenbahnstrecke, die sich im Westen der Stadt von Haarzopf bis in den Osten der Stadt nach Steele hinzieht. Anfang der neunziger begann die Stadt Essen, die Schienen herauszureißen und die Strecke zu einem Fahrrad- und Spazierweg umzubauen, und heute kann man von Mülheim Heißen bis nach Steele und von dort auf der anderen Seite der Ruhr über den Leinpfad weiter bis nach Hattingen und Bochum wandern, zu Fuß oder mit dem Rad, ganz wie es beliebt.

Ich verließ die Trasse am Giradetzentrum und folgte der Rüttenscheider stadteinwärts. Die Sonne brannte das Salz der Tränen in langen, schlingernden Bahnen in mein Gesicht.

Zurück nach Hause? Aber ich hatte schrecklichen Durst. Mit fiel der zusammengefaltete Zwanzig-Euro-Schein in der Reißverschlusstasche meiner Shorts ein. Ich ergatterte einen der sonnenbeschirmten Tische am Mondrian und bestellte Milchkaffee und eine große Apfelschorle. In gierigen Schlucken stürzte ich die Schorle in mich hinein. Für den Kaffee ließ ich mir mehr Zeit, derweil ich beobachtete, wie das geschäftige Treiben auf der angesagten Einkaufsmeile des südlichen Essens auf Touren kam.

Anderthalb Stunden später befand ich mich vor Max Wohnung. In der Toilette der Eisdiele auf der Gemarkenstraße hatte ich mir die Tränenspuren aus dem Gesicht gewaschen und die Haare zurecht gezauselt. Der Schweiß auf meinem schwarzen Ringershirt war getrocknet und hatte helle Spuren unter den Achseln hinterlassen, die schlaflose Nacht dunkle Ringe unter meinen Augen.

Noch war es Zeit, nach Hause zu gehen. Aber besser ein Ende mit Schrecken als ein Schrecken ohne Ende. Mir doch egal, raunzte ich mich an und klingelte forscher, als mir zumute war. Als er die Tür öffnete, schleckte ich betont lässig an meinem Eis herum.

***

„Wohl ein bisschen zu lang in der Sonne gewesen", kommentierte Max und küsste mir auf die Schulter. „Du musst aufpassen, mein Vögelchen, du hast einen Sonnenbrand auf der Schulter."

Ich hatte große Lust, ihn zu schlagen. Er ist nicht mein Eigentum. Sagte der Verstand. Hat mich verletzt. Jammerte mein Herz. Nun klär doch erst mal, was hier los ist. Der Verstand.

Ich schlug nicht. Stattdessen machte ich die Augen schmal. „Also, wen wolltest du mir vorstellen, Mäxchen?", fragte ich grantig.

Max lächelte verliebt. „Pst", machte er, als er die Tür zum Wohnzimmer öffnete. „Komm schnell rein, und dann Tür zu."

„Ach, schüchtern ist sie auch noch!" Aggressiv stampfte ich hinter ihm ins Zimmer. Wappnete mich.

„Nun trampele doch nicht so rum", sagte Max. „Du verschreckst sie doch. Setzt dich."

Es war niemand im Raum. Verblüfft ließ ich mich neben Max auf dem Fußboden nieder.

„Pst", machte er wieder.

Und dann hörte ich es. Ein zartes, klägliches „Maunz". Etwas Schwarzes tappste auf uns zu. Klein, großäugig, den dünnen Zargel hoch erhoben. Eine kleine Handvoll Katze. Mir klappte die Kinnlade runter. Dann wurde ich sauer. „Du Arsch", zischte ich ihn leise an. „Du hast mich glauben lassen, du hättest eine andere Frau kennen gelernt!"

„Nicht direkt. Das war deine Interpretationsleistung." Aufmerksam sah Max mich an. „Wenn du mich direkt gefragt hättest, hätte ich es dir erklärt. Aber du hast nicht gefragt."

„Arsch", zischte ich noch einmal.

„Du hast mich neulich Nacht auch ganz schön zappeln lassen mit deinem Augustus." Max Lächeln war entwaffnend. „Eine billige Retourkutsche, ich geb es ja zu. Ich würde mal sagen, jetzt sind wir quitt!"

Da hatte er Recht. Ich starrte ihn an. Platzierte einen wohl gezielten Schlag auf seinem Oberarm, nicht zu fest, aber auch nicht ohne. „Das war gemein!", grollte ich. Dann musste ich lachen. Eine Welle von Erleichterung flutete durch meinen Körper. „Okay, eins zu eins. Damit sind wir quitt."

Neben uns maunzte das Katerle.

„Darf ich vorstellen: Clyde", sagte Max stolz. Er strahlte jetzt wie ein Honigkuchenpferd.

„Der ist ja entzückend!" Vorsichtig streckte ich dem Kerlchen meine Hand entgegen. „Hallo, mein Kleiner. Katerle mio", flötete ich sanft. „Komm doch mal her."

Er kam tatsächlich. Stupste seinen Kopf in meine Hand und ließ sich kraulen. Mein Herz, eben noch schwer von bleierner Verzagtheit, schmolz wie Butter in der Sonne.

Etwas raschelte in der Ecke, in der Max Bücherregale standen.

„Wo es einen Clyde gibt, muss es auch eine Bonnie geben. Bonnie", schmeichelte Max. „Süße, wo steckst du denn. Komm doch mal her."

„Noch eine", sagte ich staunend, als sich vorsichtig ein kleines getigertes Gesichtchen blicken ließ.

„Sie ist etwas zurückhaltender", erklärte Max. „Bonnie", flötete er noch mal, und dann wackelte auch das Tigerchen auf uns zu.

„Mensch Max", sagte ich andächtig. „Die sind absolut hinreißend!"

„Ja, nicht wahr?" Max lächelte. „Ich war sofort hin und weg. Wolfgangs Katze hat vor kurzem geworfen. Zwei hat seine Mutter genommen, aber der Rest des Wurfs muss ins Tierheim, falls sich auf das Inserat nicht noch jemand meldet. Ich habe die beiden aus Gretsiel mitgebracht. Du hast so sehnsüchtig von euren Katzen erzählt, die ihr früher hattet..."

„Mir hast du sie mitgebracht? Aber die können doch gar nicht raus bei mir, die kleinen Stubentiger!"

„Nicht direkt dir. Oder doch, also..." Max räusperte sich. „Ich wollte dich schon fragen, bevor ich zu Wolfgang gefahren bin. Aber..."

Neugierig musterte ich ihn. Er schien etwas verlegen zu sein.

„Du kannst es dir ja mal in Ruhe überlegen", druckste er. „Ich meine, ist ja bloß so ne Idee."

„Wovon sprichst du, Max?", fragte ich misstrauisch.

„Na ja, die alte Frau Winkler nebenan, die hat sich jetzt entschieden. Ende des Jahres geht sie in ein betreutes Wohnen, und da dachte ich... also die Wohnung ist genau so geschnitten wie meine, bloß spiegelverkehrt... und deine Wohnung ist doch ziemlich teuer..."

„Du willst mit mir zusammenziehen?", fragte ich ungläubig. Mein Herz, vom Blei befreit, schlug plötzlich seltsam laut.

„Nicht direkt, nein", sagte er hastig. „Wir hätten natürlich jeder eine eigene Wohnung, so wie jetzt auch. Nur der Garten, den könnte man gemeinsam... also, mir liegt ja ohnehin nicht so viel am Gärtnern, das hat Frau Winkler immer gemacht... ich bin da eh nicht so oft, weißt du ja... würde dich da dann auch gar nicht stören..."

Das war zu viel für einen Tag! Mir war flau im Magen. Ich wusste nicht, was ich sagen sollte. Mit dem Blick folgte ich dem schwarzen Katzentier, das sich mit einem hohen Satz auf das getigerte stürzte. Bonnie und Clyde, dachte ich. Und lächelte. Raffiniert eingefädelt. Sehr raffiniert.

„Ich meine... war ja bloß ne Idee", verteidigte sich Max. „Ich weiß doch, wie sehr du an deiner Wohnung hängst. Aber knapp zweihundert Euro weniger, das ist nicht zu verachten... wie gesagt, nur so als Idee..."

Er hatte bereits alles genau durchgerechnet! Ich grinste ihn schief an. „Ist ein bisschen überraschend. Ich lass es mir durch den Kopf gehen, du Mistkerl."

***

„Kindchen, Kindchen, Sie müssen aufpassen.“ Augustus Monk warf das karierte Plaid auf den Boden und stemmte sich aus dem Rollstuhl hoch. Erstaunlicherweise konnte er auf seinen eigenen Beinen stehen.

„Aufpassen? Meinen Sie, ich muss sonst auch noch die Insolvenz beantragen?“

„Nein, Kindchen. Keine Privatinsolvenz bitte. Die ganzen Firmeninsolvenzen reichen uns Richtern doch schon.“ Er kam mit federnden Schritten auf mich zu und griff nach meiner Hand.

„Wovor soll ich mich denn in Acht nehmen?“

Verwundert sah ich, dass die Hand, die die meine hielt, ganz glatt war wie die eines jungen Mannes. „Vor den Männern, was sonst. Hüten Sie sich bloß vor den Männern.“

„Ach, das meinen Sie.“ Ich musste schmunzeln.

„So viele stehen doch gar nicht Schlange bei mir. Oder habe ich da etwas verpasst.“

„Und der schöne Herr Borg? Der hat dich doch ganz schön betört.“ Diese Stimme kannte ich. Ich versuchte, den Kopf zur Seite zu drehen. Aber irgendwie wollte mir das nicht gelingen.

„Quatsch, Großmutter“, protestierte ich also, ohne sie ansehen zu können. „Ausgerechnet der Borg! Du siehst Gespenster.“

„Und du den Wald vor lauter Bäumen nicht. Männer wollen doch alle immer nur das Eine.“

Ich lachte hell auf. „Würde mich wundern, wenn das so wäre, Großmutter. Ich finde, dafür sind sie viel zu häufig mit viel zu vielen anderen Dingen beschäftigt als ausgerechnet mit dem Einen.“

„Über seine Großmutter sollte man sich nicht lustig machen“, tadelte Herr Monk leise.

„Hochmut kommt vor dem Fall", teilte mir die alte Dame mit. „Sei wie das Veilchen im Moose, bescheiden, sittsam und rein, nicht wie die stolze Rose, die immer bewundert will sein..." Und brach in schrilles Gelächter aus.

„Großmutter, warum hast du so spitze Zähne", wollte ich fragen. Und: „Großmutter, warum lachst du so schrill?" Aber ich fragte nicht.

Verwirrt sah ich mich im Raum um. Es war hell. Und halbwegs kühl. Ich war auf Max Bett eingeschlafen, mitten am Tag. Und es war nicht Großmutter, sondern mein Handy, das hier so beharrlich Laut gab.

„Hi, hier Reinhold."

„Ööh, hallo", stotterte ich überrascht. Damit hatte ich nicht gerechnet.

„Ich wollte was mit dir besprechen", sagte Reinhold.

„Ach. Was denn?"

„Nicht am Telefon. Ich dachte, vielleicht hast du ja nach meinem Schichtende ein bisschen Zeit. Ich wollte dir auch was zeigen."

Jetzt war ich neugierig. „Wo sollen wir uns treffen?", fragte ich.

„Ich hole dich ab. Passt es dir gegen sechs?"

„Na gut. Sechs ist in Ordnung."

***

„Wo ist Bea?"

„Steig erst mal ein."

Ich muss ihn wohl ziemlich misstrauisch angesehen haben.

„Keine Bange, du bist immer noch nicht mein Typ!", witzelte Reinhold. „Nun steig schon ein. Ich will dir was zeigen. Es geht um den Fall Schöffler."

Ich lachte und schob mich auf den Beifahrersitz des schwarzen Golf GTI.

„Was gibt es da zu lachen?", fragte Reinhold.

„Och, ich musste nur gerade an unsere erste Begegnung denken", schmunzelte ich. „Mein Typ bist du entschieden auch nicht, Mr. Wichtig!"

Er wurde tatsächlich rot. „War ich wirklich so schlimm?"

„Ach", sagte ich wegwerfend. „Es soll ja Frauen geben, die auf aufgeblasene Bullen stehen." Begütigend legte ich ihm die Hand auf den Arm. „Ich habe dich halt falsch eingeschätzt. Hattest wohl einfach eine schlechte Phase damals. Du bist überhaupt nicht verkehrt, Schütte." Ich grinste ihn an. „Aber trotzdem bist du nicht mein Typ."

„Na, dann ist ja alles geklärt." Auch Schütte lächelte.

Die Ruhrallee in Richtung Baldeneysee litt mal wieder unter der üblichen Feierabendverstopfung

„Wohin fahren wir eigentlich?", fragte ich neugierig.

„An den Ort des Geschehens."

„Du bist ja ein richtiger Geheimniskrämer", bohrte ich weiter.

„Nun wart's halt ab, Toni."

Ich wartete noch eine halbe Stunde, bis wir endlich auf den Parkplatz bei der Roten Mühle einbogen.

Die Rote Mühle ist ein altes Natursteingebäude direkt an der Ruhr. Im Winter würde ich nie auf die Idee kommen, dort einzukehren. Im Sommer aber besticht die Rote Mühle durch ihren wunderschönen Biergarten mit den alten Platanen und dem Blick auf die Ruhr. Ein typisches Ausflugslokal eben.

„Lass uns noch ein paar Schritte gehen", sagte Schütte. „Ich wollte dir erst was zeigen. Später können wir ja hier noch ein Bier trinken, wenn du Lust hast."

In unmittelbarer Nachbarschaft zur Roten Mühle gibt es ein großes, relativ naturbelassenes Gebiet zwischen Ruhrallee und Ruhr. Entgegen den Ufern des Baldeneysees ist dieses Stück nur wenig begangen und wird hauptsächlich von Hundebesitzern besucht, die ihren Hunden auf den weiten Wiesen Auslauf geben. Wir folgten dem Trampelpfad durch die mit Weiden bestandenen Ruhrwiesen in Richtung des Sees, bis er in einem buckeligen Stück mündete, das mit grobem Kopfsteinpflaster bedeckt war.

Der Baldeneysee ist kein natürlicher See. Aus dem Osten kommend verbreitert sich die Ruhr ab der Fußgängerbrücke auf Höhe des Kupferdreher Bahnhofs auf doppelte bis dreifache Breite, da sie in Werden durch eine Staumauer aufgehalten wird, die das Wasser in kontrollierten Bahnen in die westliche Ruhr abfließen lässt.

Flussaufwärts in Sichtweite zu der Fußgängerbrücke, die das Ostende des Sees begrenzt, liegt die Kampmannbrücke, eine schmale, einspurige Autobrücke, die den Stadtteil Heisingen direkt mit Kupferdreh verbindet. Dort führte Schütte mich hin.

„Hier ist es passiert." Schütte wies auf die flachen Steine, die das Bett am Nordufer des Flusses begrenzten.

„Ich dachte, er hätte in einem Kahn gelegen, der auf dem See trieb", warf ich erstaunt ein. „So stand es zumindest in der Zeitung."

„Das stimmt auch. Aber der Kahn muss ja von irgendwo her gekommen sein. Die ermittelnden Beamten haben aufgrund der Strömung die ungefähre Richtung berechnet und das Ufer abgesucht. Sie vermuten, dass Schöffler über das Brückengeländer der Kampmannbrücke gestürzt ist."

Mein Blick folgte seiner Hand.

„So hoch ist die doch gar nicht", sagte ich skeptisch.

„Er ist unglücklich aufgekommen. Komm mit auf die Brücke."

Wir stiegen über das grobe Kopfsteinpflaster zur Straße hoch.

Die Brücke war schmal. Eine Leitplanke, die parallel zum Geländer verlief, trennte eine Art Gehweg ab. Mit dem Rad war ich oft darauf ausgewichen, wenn die Ampel in der gewünschten Richtung auf Rot stand. Der Gehsteig war uneben und schmal und hatte außerdem eine unangenehme, leicht zu übersehende Kante zur Leitplanke hin. Ich hatte mich hier mit dem Rad schon ein paar Mal beinah lang gelegt.

„Wie kommt ihr darauf, dass er von hier oben gefallen ist?" Ich lehnte mich über das Geländer und sah hinunter.

„Geschwindigkeit, Aufprall, Aufschlagwinkel..." Schütte machte eine vage Bewegung mit der Hand. „Die Gerichtsmedizin kann so was ziemlich genau berechnen. All das spricht jedenfalls dafür, dass er sehr schwungvoll in hohem Bogen über das Geländer geflogen ist."

„Selbstmord?"

„Unwahrscheinlich. Taucher haben sein Rad auf der anderen Seite der Brücke im See gefunden. Wenn er selbst gesprungen ist, muss er das Rad vorher über das Geländer geworfen haben."

Ich zuckte mit den Schultern. „Klingt wirklich nicht sehr wahrscheinlich. Außerdem ist da ja noch die Sache mit dem Kahn. Oder ist er direkt dort reingefallen, und der Kahn hat sich losgerissen?"

„Eher nicht. Sie haben das Blut von Schöffler dort unten auf den Ufersteinen gefunden, nicht jedoch an den Stellen im Boot, an denen man sich den Schädel hätte einschlagen können. Es kam also erst später ins Spiel. Und Schöffler war mit Blättern bedeckt. Es sah aus, als habe ihn jemand nach dem Sturz in den Kahn gelegt und dann zudecken wollen."

„Blätter?"

„Ja, Blätter. Riesiger Bärenklau, genau gesagt."

„Kenn ich nicht." Ich schlug nach einer Mücke, die mich zärtlich umsirrte.

„Kennst du bestimmt. Das Zeug wächst doch überall hier an der Ruhr. Ist übrigens giftig."

„Klingt wirklich nicht nach Selbstmord. Du hast nicht zufälligerweise Tatortfotos dabei?"

„Das geht jetzt wirklich zu weit, Toni", ereiferte er sich.

„Dann halt nicht! Es ist doch nur, um mir ein Bild davon machen zu können", verteidigte ich mich. „Vielleicht würde mir ja noch was auffallen."

„Es geht nicht, Toni. Aber da ist noch was. Sie haben Bremsspuren eines breiteren Reifens hier auf dem Gehweg gefunden."

„Was schließt ihr daraus?"

„Es könnte sein, dass er auf seinem Rennrad verfolgt wurde. Von einem Moped oder Motorrad, so genau lässt sich das nicht sagen. Ist ja leider kein Erduntergrund. Auf jeden Fall war es ein Zweirad mit wesentlich breiteren Reifen, als ein Fahrrad sie hat."

„Seid ihr wegen des Motorrades auf Ruby Hauser gekommen? Oder was war der Grund, sie näher ins Visier zu nehmen?"

„Hör mal, meine Kollegen machen nur ihre Arbeit. Und ich dürfte dir gar nichts davon sagen, streng genommen!"

„Schon gut. Ich mein ja nur. Motorräder gibt es doch wie Sand am Meer."

„Es gab noch einen anderen Hinweis. Jemand hat gegen halb elf einen Rennradfahrer am Kupferdreher Bahnhof vorbeifahren sehen, gefolgt von einem Motorrad. Das Motorrad war ein altes Schätzchen. Ein Oldtimer, sagt der Zeuge. Deshalb hat er überhaupt genauer hingeguckt. Da es dämmrig war, konnte er die Marke nicht erkennen. Als ihm Fotos vorgelegt wurden, hat er ein paar Maschinen in die nähere Auswahl genommen. Seiner Meinung nach war es eine alte Ostmaschine, eine MZ. Und rate mal, was Ruby Hauser für eine Maschine fährt."

„Etwa eine MZ?"

Schütte nickte.

„Hm", brummte ich nachdenklich.

„Komm, lass uns zurückgehen. Ich habe Durst."

Schweigend machten wir uns auf den Rückweg. Erst als wir in der Roten Mühle ein kühles Weizen vor uns auf dem Tisch stehen hatten, nahm ich den Faden wieder auf.

„Von wem wurde Schöffler eigentlich gefunden?"

Schütte wischte sich den Schaum von der Oberlippe. „Ein Achter von einem Ruderclub aus Fischlaken war am frühen Morgen hier unterwegs. Sie sahen ihn am Ufer halb im Wasser liegen. Er war schon kalt, als sie ihn fanden." Er nahm noch einen langen Schluck. „Köstlich", seufzte er. „Leider kann ich nur das eine hier trinken, ich muss ja noch Auto fahren."

„Du kann ein bisschen von mir abhaben, wenn ich noch eins bestellen sollte. Ist Schöffler eigentlich regelmäßig gefahren? Fahrrad, meine ich?"

„Ne, lass mal. Eins ist wirklich genug." Er nahm noch einen Schluck. „Seine Nachbarin sagt, er habe in diesem Sommer erst damit angefangen. Er ist abends gefahren, aber so richtig regelmäßig nicht."

„Hm", machte ich wieder.

Träge beobachteten wir die Blesshühner, die auf dem Ruhrarm gegen die Strömung an paddelten, und leerten langsam unsere Gläser.

„Warum machst du das überhaupt, Schütte?", durchbrach ich schließlich das Schweigen.

„Was?", fragte er harmlos.

„Na, das hier. Zeigst mir den Ort des Geschehens, erzählst mir von Zeugen und den näheren Umständen..."

Er zuckte mit den Schultern. „Du wolltest es doch wissen."

„Ach, und das reicht, um mir Einblick in die laufende Ermittlung zu geben? Du meinst, da braucht nur jemand zu kommen und ‚Hi Schütte, erzähl mir doch mal was zum Fall Schöffler' zu sagen, und schon plauderst du die Interna aus?"

„Natürlich nicht", sagte Schütte verlegen. „Aber als du neulich gefragt hast, habe ich mich ein wenig umgehört. Nur, weil ich wissen wollte, warum dich das so interessiert. Ist ja gar nicht mein Fall, der Schöffler."

„Und?", bohrte ich nach. „Was hat dich dann dazu bewogen, mich einzuweihen?"

„Die beiden Kollegen, die den Fall bearbeiten, zählen nicht gerade..." – er räusperte sich – „zu meinen Lieblingskollegen. Vor drei Jahren habe ich im Rahmen einer Ermittlung enger mit ihnen zusammenarbeiten müssen – so wie jetzt im Winter mit Bea."

Aufmerksam sah ich ihn an.

„Sie haben damals zu sehr vorschnellen Schlüssen geneigt. Ich konnte das auffangen, weil wir am gleichen Fall gearbeitet haben. Aber wie schon gesagt, Schöffler ist nicht mein Fall..."

Ich trank meinen letzten Schluck Bier, beobachtete weiter die Blesshühner und wartete geduldig.

„Bea hat in der Essener Kantine mitbekommen, dass sie geprahlt haben, wie schnell sie dem Täter auf die Spur gekommen sind", sagte er schließlich. „Verstehst du? Sie haben mal wieder sehr schnell einen Schluss gezogen!"

„Und deshalb denkst du, es wäre nicht schlecht, wenn ich mich noch ein wenig umsehe, richtig?"

„Du steckst deine Nase doch sowieso schon rein", sagte er leise. „Ich will damit ja nicht behaupten, dass die Kollegen falsch liegen mit ihrem Schluss. Aber ich hätte ihn nicht gezogen, nicht bei dieser Beweislage. Und selbst wenn ich ihn gezogen hätte, würde ich trotzdem noch andere Möglichkeiten überprüfen. Das jedoch scheinen sie nicht vorzuhaben."

Ein Hund sprang ins Wasser und hielt auf die Blesshühner zu. Ich erschlug eine Mücke, die sich auf meiner Schulter niedergelassen hatte. „Komm, lass uns gehen, die fallen sonst gleich in Scharen über mich her." Ich signalisierte der Bedienung, dass wir zahlen wollten.

„Sag bloß Bea nichts davon!", bat Schütte, als er mich wieder zu Hause absetzte. „Sie würde mich lynchen."

„Danke für die Informationen." Ich umarmte ihn flüchtig. „Das rechne ich dir hoch an!"

***

Es war neun Uhr abends, als ich nach Hause kam. Ich öffnete die Fenster im Wohnraum, die sich auf

Brusthöhe über die gesamte Front ziehen und zum Isenbergplatz hinausgehen, stieg in die zweite Ebene hinauf und öffnete auch die Fenster des Spitzgiebels. Dankbar merkte ich, dass tatsächlich so etwas wie Durchzug entstand, der die abgestandene Luft aus der Wohnung trieb. Ich streifte Kleid und Slip ab und spürte, wie der Windzug meinen Körper streichelte.

Plötzlich merkte ich, wie müde ich war. Nur ein paar Minuten, dachte ich. Nur ein bisschen hinlegen und ausruhen. Ein paar Minütchen nur. Das ungemachte Bett zog mich magisch an. Vom Isenbergplatz drangen die vertrauten Geräusche eines Sommerabends zu mir hoch: Stimmgemurmel. Lachen. Kinderrufe. Knatternde Mopeds. Hundegebell. Das DuffDuffDuff aufgedrehter Autobassboxen.

Ob es an den lärmenden Mopeds lag, die im Viertel herum schwärmten wie Fliegen um einen Scheißhaufen, weiß ich natürlich nicht. Aber ich träumte von einem Motorrad. Eine dicke Gestalt, der Disney-Figur Kater Carlo nicht unähnlich, fuhr auf einem Strich entlang, der vor ihm von einer imaginären Hand immer weiter gezeichnet wurde. Die Hand zeichnete Beulen in den Strich, und bei jeder Beule hopste der Dicke von dem Motorradsattel in die Höhe und plumpste wieder auf den Sitz zurück. Hinter ihm her fuhr ein Fahrradfahrer, dünn wie eine Bohnenstange. Obwohl auch er bei jedem Buckel in die Höhe hopste, war er schneller als das Motorrad und holte stetig auf. Dann zog er eine Pistole. Wie die Dalton Brothers ballerte er auf den Dicken, der ebenfalls eine Pistole zog, sich beim Fahren umdrehte und zurück schoss. Peng Peng Knall. Der Dünne schimpfte und zeterte, und an dem Gezeter erkannte ich, dass es eine Frau war.

Ich wachte auf. Vom Isenbergplatz tönte eine hysterische Frauenstimme zu mir hinauf, unterbrochen von einem tieferen Gebrumme. Das Geschrei musste ich in meinen Traum eingebaut haben. Etwa eine Frau in Not?

Widerwillig stand ich auf, kletterte die Leiter hinunter und spähte aus dem Fenster auf den Platz.

Die Frau war schon reichlich angeschlagen. Sie wankte keifend hinter einem Typ her, der in Richtung Moltkestraße ging. Erreichte den Mann, zerrte an seinem Arm, keifte weiter. „…kannst doch nicht einfach gehen…", hörte ich.

Der Mann drehte sich um und sagte ungehalten „Wir reden morgen drüber." Machte sich los von ihr und wollte weiter gehen.

„Du Schwein", kreischte die Frau und zerrte an ihm.

Eine Weile ging das hin und her.

Keine Frau in Not, entschied ich kopfschüttelnd, sondern eine Frau, völlig bescheuert! Genervt von dem unsinnigen Streit schloss ich die Fenster zum Platz. Um diese Uhrzeit fingen die Leute an, unangenehm zu werden. Nicht alle natürlich, aber immer wieder gab es Szenen wie diese, streitende, pöbelnde oder einfach nur grölende Betrunkene, die laut singend durch die Straßen nach Hause wanderten. Das Viertel, so sehr ich es auch mochte, begann mich zu nerven.

Natürlich schlief ich nicht mehr ein. Wälzte mich stattdessen schwitzend von einer Seite auf die andere. Hörte, wie die ersten Amseln sich in den Bäumen regten. Die ersten Mopeds und Autos wieder in die Gänge kamen. Und befand schließlich, dass ich, wenn ich ohnehin nicht schlief, ebenso gut aufstehen könnte.

ELF

Der Baldeneysee glitzerte in den Strahlen einer Sonne, die bereits um diese Uhrzeit eine erschreckende Kraft entfaltete. So früh am Morgen gehörte der See noch den Anglern. Es würde wieder ein heißer Tag werden. Aber noch lagen weite Teile des Südufers im Schatten, und ein paar Jogger nutzten die morgendliche Stunde, um sich und ihren Hunden noch etwas sportliche Bewegung zu verschaffen, bevor sich die Stadt wieder in einen Backofen verwandeln würde.

Auf dem Bootssteg des Ruderclubs FC Fischlaken war ein Mann damit beschäftigt, Vogelkot von den Planken zu schrubben.

„Guten Morgen", rief ich hinüber. „Kann ich Sie mal was fragen?"

„Moin", rief er zurück. „Kommen Sie ruhig." Er winkte mich zu sich heran.

Der Steg schwankte leise, als ich ihn betrat.

„Diese verdammten Viecher", sagte er. „Es ist ihnen einfach nicht beizubiegen, dass das hier kein Klosett ist."

Ich lachte. „Vielleicht sollten Sie ein Schild anbringen. WC mit einem roten Balkenkreuz durch, so was in der Art."

Auch er lachte. „Was kann ich für Sie tun?"

„Ich suche jemanden, der dabei war, als man den Toten im Kahn gefunden hat in der vergangenen Woche."

„Reporterin?" Er wirkte neugierig.

„Freie Journalistin", log ich. „Immer auf der Suche nach einer guten Geschichte, leider ohne zu wissen, ob ich sie überhaupt los werden kann. Die Geschichte, meine ich."

„Walter Volkmann. Ich war selbst dabei." Er sagte das so, als sei es ein Verdienst. „Ich bin sowieso fertig hier. Sollen wir uns auf die Bank dort setzen?"

Herr Volkmann hatte etwas von einem in die Jahre gekommenen Jockey. Oder besser noch einem Seemann. Drahtig, nicht sehr groß, immense O-Beine. Ein faltiges Gesicht, das geprägt zu sein schien durch häufige Aufenthalte im Freien bei jedem Wind und Wetter.

„Sie waren also dabei, als der Tote gefunden wurde", fragte ich aufmunternd. Mehr brauchte ich nicht zu tun. Augenblicklich sprudelte es aus ihm heraus.

„Also wir sind morgens um halb sechs los, so wie immer am Mittwoch und am Freitag. Im Sommer natürlich nur. Ich bin der Steuermann. Sie dürfen mich übrigens gerne zitieren."

Ich verkniff mir das Grinsen. „Was für ein Boot steuern Sie?"

„Einen Achter, so einen wie den da draußen", sagte er stolz.

Ich beobachtete den Achter, der friedlich seine Bahn zog. Die Ruderer bewegten sich in rhythmischem Gleichklang... eins zwei eins zwei... synchron tauchen die Blätter ins Wasser, Ziehen, und eins zwei eins zwei... synchron hoben sich die Blätter, verließen den glatten Spiegel des Sees, feine Tropfen perlten an ihnen ab... eintauchen... ziehen... eintauchen... ziehen... vor... zurück... eins zwei eins zwei...

„Der Steuermann ist wichtig. Er ist nicht nur der Einzige, der sieht, wo es lang geht, er koordiniert auch die Ruderer und bestimmt das Tempo."

„Das klingt nach viel Verantwortung", sagte ich. „Und was ist dann passiert?"

„Also, wir sind gegen die Sonne gefahren. Und es war schon sehr warm. Über dem See, da hing so eine Dunstschicht. Und da, da hab ich plötzlich was auftauchen sehen, trieb direkt in unsere Fahrtlinie hinein. Ich konnte in dem Dunst nicht genau erkennen, was es war. Aber dass es nah war, verdammt nah."
Er machte eine dramatische Pause. Sah mich mit prüfendem Blick an, als wolle er feststellen, ob ich seiner Geschichte folgte.

„Und dann", drängelte ich.

„Stooooop, hab ich geschrien. Steuerboooord..."
Ich zuckte zusammen bei seiner lautstarken Darstellung der Ereignisse.

„Es hat natürlich alle sehr erschreckt. So schreit man nur, wenn Not am Mann ist. Und Sie können sich nicht vorstellen, was dann los war."

„Sie sind zu Wasser gegangen?", vermutete ich.

„Ha!" Er klang etwas enttäuscht, so, als habe ich ihn einer Pointe beraubt.

„Na, ich kann mir schon vorstellen, dass so ein Boot ganz schnell ins Trudeln gerät, wenn bei voller Fahrt gebremst werden muss."

„Gute Ruderer müssen das natürlich können. Man muss die Blätter gleichmäßig gegen die Fahrtrichtung drücken, so bremst man das Boot. Aber da braucht nur einer auszubrechen, sich asynchron zu verhalten, und schon gibt es Chaos, das können Sie mir glauben."
Vor meinem inneren Auge sah ich, wie die flüssigen Bewegungen der Ruderer ins Trudeln gerieten. Der erste ausbrach, die Ruder zu spät ins Wasser senkte und mit dem Hintermann aneinander geriet. Das kippelige Boot ins Schwanken geriet ... noch mehr Ruder gegeneinander schlugen.

„Ha!", sagte Herr Volkmann wieder grimmig. „Das allein hätte uns noch nicht umgehauen. Aber dieses Boot trieb uns wirklich direkt in die Fahrtlinie hinein. Wir sind seitlich gegen den Kahn geprallt und dann gekentert." Er lachte. „War nicht weiter schlimm. Es war ja warm."

Ich lachte mit.

„Meine Jungs waren damit beschäftigt, den Achter wieder aufzurichten. Den Kahn kann man doch nicht einfach so treiben lassen, hab ich gedacht und bin hin. Da hab ich dann gesehen, dass da jemand drin lag. Hallo Mister, Sie können doch nicht einfach hier so auf dem See herumtreiben, ohne auf den Verkehr zu achten, hab ich gesagt. Aber der hat sich gar nicht gerührt. War mit diesen großen Blättern zugedeckt, was ich ausgesprochen merkwürdig fand. Das nesselt doch, das Zeug. Der Bärenklau, meine ich. Damit deckt man sich doch nicht freiwillig zu! Und als der Kerl sich noch immer nicht gerührt hat, hab ich ihn angefasst am Arm, um ihn wachzurütteln. Da hab ich gemerkt, dass der tot war!"

„Mannomann", warf ich ein. „Das muss ja schrecklich für Sie gewesen sein."

„Der Schock kam erst hinterher", sagte Herr Volkmann. „Nachdem ich den Kahn am Achter befestigt hatte, den die Jungs wieder umgedreht hatten. Da liegt ein Toter im Kahn, den müssen wir an Land bringen, hab ich immer wieder gesagt. Und dann haben wir ihn an Land geschleppt."

„Haben Sie den Mann vorher schon mal gesehen? Den Toten, meine ich?"

Herr Volkmann kratzte sich am Hinterkopf. „Nee. Nicht, dass ich wüsste. Aber hier kommen so viele Leute vorbei im Sommer, dass ich das nicht mit Bestimmtheit sagen kann."

„Können Sie mir zeigen, wo in etwa das war? Also, wo Sie gekentert sind, und aus welcher Richtung der Kahn trieb?"

„Sehen Sie da hinten das große Seerosenfeld, dort, auf der anderen Seite des Ufers, kurz bevor der See die Biegung macht?"

Mit dem Blick folgte ich seinem ausgestreckten Arm und nickte.

„Er muss direkt durch das Seerosenfeld dort getrieben sein. Ich hatte mich nämlich geärgert, dass da mal wieder jemand die Absperrung missachtet hat. Später war mir dann allerdings klar, warum."

Ich bedankte mich. Nachdenklich schlenderte ich zu meinem Fahrrad zurück. Schwang mich auf den Sattel und trat in die Pedale. Ich wollte zur Kampmannsbrücke und mir dort noch einmal die Unfallstelle ansehen.

***

Wieder zu Hause nahm ich meinen Morgenkaffee und etwas Obst zu mir. Die Sache mit dem Motorrad ging mir nicht aus dem Kopf. Und der komische Zeichentrickfilm, den ich geträumt hatte, tat sein Übriges. Deshalb rief ich Ruby an. Sie war zu Hause. Eine halbe Stunde später saß ich bei ihr in der freundlichen Wohnküche.

„Was ist so Besonderes an deinem Motorrad, dass die Polizei dich deswegen verdächtigt?", fiel ich mit der Tür ins Haus.

Ruby zuckte mit den Schultern. „Keine Ahnung. Nun ja, meine MZ ist sicher nicht gerade häufig zu finden. Aber so sensationell ungewöhnlich ist sie nun auch nicht."

„Ein Oldtimer?"

„Ja. Vermutlich. Hank war versessen auf Oldtimer." Ruby strich sich eine ihrer rötlichen Locken aus der Stirn. „Ich kenne die Grenzen da ehrlich gesagt nicht so genau. Habe immer abgeschaltet, wenn die Jungs zu sehr ins Fachsimpeln gekommen sind. Die MZ ist von 1961. Hank hat sie mir besorgt. Das war, nachdem Jan geboren wurde. Hank wollte, dass ich eine Maschine fahre, die ich als Frau selbst wieder aufheben kann. Und ich wollte eine richtige Maschine fahren, kein Moped oder so was. Deshalb hat Hank mir die MZ besorgt. Die fahre ich nun seit fünfzehn Jahren."

„Die auch eine Frau aufheben kann?" Ich staunte. „Aber du bist doch kräftig und groß! Wie schwer sind die Dinger denn?"

Ruby schmunzelte. „Stimmt. Für eine Frau bin ich tatsächlich groß geraten. Woraus du schließen kannst, dass auch nicht unbedingt jeder Mann jede Karre heben kann. Glaub mir, so eine Maschine ist wirklich schwer. Die meisten kann ich nicht heben."

„Warum solltest du auch? Hab noch nie gehört, dass jemand sein Motorrad getragen hat. Ich dachte immer, es sei umgekehrt." Ich grinste über meinen Scherz.

Rubys Zähne tanzten aus der Reihe, als sie lachend den Kopf schüttelte. Dann wurde sie ernst. „Eine Maschine kann umkippen. Wenn du den Ständer nicht richtig runter geklappt hast, zum Beispiel. Du kannst aber auch blöd in die Kurve gehen und das Ding rutscht dir zur Seite weg. Bei Nässe passiert das schon mal. Sollte es zwar nicht, aber es kann trotzdem passieren. Es gibt also durchaus Situationen, in denen du deine Karre aufrichten musst. Und das – da hatte Hank völlig recht – sollte man selber können."

„Klingt einleuchtend", sagte ich. „Wann hast du eigentlich fahren gelernt?"

„Da war ich an der Uni. Ein Freund hat es mir beigebracht. Heimlich, damit ich nicht so viel Geld in Fahrstunden investieren musste."

„Hank?"

Ihr Gesicht verschloss sich für einen Augenblick. Dann schüttelte sie den Kopf. „Nein, nicht Hank. Der kam später."

„Lebst du eigentlich schon immer hier in Essen?" Neugierig sah ich Ruby an.

„Nein. Aufgewachsen bin ich in Moers. Ich habe dann in Essen studiert. Lehramt für Deutsch und Geschichte." Sie schwieg.

Ich hatte den Eindruck, zu sehr zu drängen. Also schwieg ich auch.

„Als ich Hank kennen gelernt habe, bin ich zu ihm nach Wattenscheid gezogen", sagte sie schließlich. Sie räusperte sich. „Hank ist übrigens der Vater von Jan und Jimmy."

„Ist er abgehauen?", fragte ich.

„Nein." Ruby starrte aus dem Fenster. „Ein paar mal hat er schon über die Stränge geschlagen. Hank sah gut aus, an Angeboten mangelte es ihm nicht. Aber er hat uns geliebt und ich konnte auf ihn zählen. Und seine Kinder verlassen? Das hätte er niemals getan." Sie drehte sich zu mir um und sah mir direkt in die Augen. „Nein. Er ist nicht abgehauen. Hank ist tot."

„Oh!" Ich war beschämt. „Das tut mir leid. Hatte er auch Krebs?"

„Wer. Hank? Nein. Er war nur zur falschen Zeit am falschen Ort." Nachdenklich musterte Ruby ihre Hände.

„Was ist passiert?", fragte ich leise.

„Idiotie des Schicksals." Sie malte Kringel in die Wasserpfütze vor sich auf dem Tisch. Dann sah sie mich an. „Ich hatte so oft Angst um ihn. Er fuhr Motorrad wie ein Besessener. Das alleine wäre nicht schlimm gewesen. Ich fahre ja selbst Motorrad, und ein bisschen Besessenheit gehört einfach dazu. Aber Hank hatte eine Geländemaschine. Und damit ist er auch durchs Gelände geheizt. Es gibt da extra Plätze, wo die Motorradfreaks sich austoben können. Er war unterwegs, so oft es nur irgend ging. Nur nicht zur Arbeit. In Motorrad-Klamotten bei einer Versicherung, das kannst du vergessen. Also nahm er den Bus. Jeden Tag. Bis zu unserer Wohnung war es dann nicht mehr weit." Abwesend sah sie aus dem Fenster. Strich sich ein paar Haare aus der Stirn. Schob Krümel auf dem Tisch zu einem Haufen zusammen.

„Und?", fragte ich sanft.

„Eines Abends hat er mich angerufen. Es würde spät, sagte er mir, weil ein Kollege krank geworden war und er deshalb sehr viel zu tun hatte. Er nahm den Bus um 21 Uhr 55 von seiner Arbeit aus. Und da kam dann dieses Arschloch. Irgend so ein Idiot von einer Weihnachtsfeier. Ziemlich betrunken. Der Typ bretterte mit knapp achtzig Sachen um die Kurve und geriet ins Schleudern. Es war glatt. Beim Versuch, die Kontrolle über das Fahrzeug zu gewinnen, ist er direkt auf den Bürgersteig an der Ampel geschossen. Hank war sofort tot."

„Hart!" Ich musste schlucken, als ich mir die Szene vorstellte.

„Ja. Das war es. Jimmy war da knapp zwei Jahre alt. Ich hatte gerade wieder angefangen zu arbeiten, da ist es passiert. Und drei Monate später wurde bei Jimmy die Leukämie entdeckt." In ihren Augen schimmerte es feucht. Sie drehte den Kopf beiseite und sah aus dem Fenster. „Man konnte Hank einiges nachsagen, aber er war ein super Vater. Ich bin dann hier nach Frohnhausen gezogen, nahe ans Klinikum, aber durch die S3 auch mit einer guten Anbindung an Oberhausen."

Ich ging um den Tisch herum und nahm sie in die Arme. „Das ist schrecklich, was du da seit einiger Zeit erlebst. Echt schrecklich!"

Sie ließ sich drücken. „Aber dadurch habe ich Bertold kennen gelernt", sagte sie schließlich und lächelte mich mit tränenverschleiertem Blick an. „Und das ist gut. Sehr gut. Das Beste, was mir in den letzten zehn Jahren passiert ist. Außer Jimmy natürlich."

***

Nachdenklich fuhr ich mit dem Rad nach Hause zurück. Schon unterwegs legte ich mir die nächsten Schritte zurecht. Ich wollte mehr über diese Geschichte mit dem Dachverband und dem Konkurrenten erfahren, von der Borg mir erzählt hatte.

Übers Internet suchte ich mir die Adresse der ZO-TAG heraus. Erfreut stellte ich fest, dass sie ihren Sitz in Düsseldorf hatte. Ich gab mich als freie Mitarbeiterin bei der NRZ aus und sagte, dass ich an einem Artikel über Dachverbände und deren Aufgaben arbeiten würde. Man verband mich mit der Presseabteilung und ich erhielt einen Termin für elf Uhr am kommenden Tag. Damit war mein Tagwerk erledigt, fand ich. Kochte zwei Eier, kühlte sie ab, belegte zwei Scheiben Vollkornbrot mit Tomaten und Ei und streute viel Kresse darüber.

Dann zog ich mich in meinen Schaukelstuhl auf der Dachterrasse zurück und versank in einem neuen Thriller. Ich hatte einen guten Griff getan, denn die Geschichte schlug mich völlig in den Bann. Nicht mal das Lachen des neuen Nachbarn, den ich den Bock getauft hatte, konnte mich störte.

ZWÖLF

Um elf Uhr vormittags war die A 52 nicht so verstopft wie in den früheren Morgenstunden. Von der Mintarder Brücke aus genoss ich den weiten Blick über das Ruhrtal, rauschte zügig am Breitscheider Kreuz vorbei und staunte, dass mich kein Rückstau am Mörsenbrucher Ei erwartete, dort, wo die A 52 ins nördliche Düsseldorf eintaucht. Die Rheinbrücke in Richtung Seestern war ebenfalls frei.

Mit Schaudern dachte ich an die Zeiten zurück, in denen ich aus Berufsgründen jeden Tag nach Düsseldorf Grafenberg pendeln musste. Zu weit entfernt von den Trassen der Nahverkehrsanbindung war ich auf das Auto angewiesen gewesen, um ins Büro zu kommen. Und damit hatte ich mich der morgendlichen Verstopfung der Landeshauptstadt ausgesetzt, Tag für Tag.

Dies ist ein guter Tag, nickte ich also zufrieden, als ich nach nur knapp dreißig Minuten das Gebäude der ZOTAG am Seestern erreichte, diesem weitläufigen Komplex von hohen Bürogebäuden südwestlich des Düsseldorfer Flughafens.

***

Glücklicherweise fragte er nicht nach einem Presseausweis. Er begnügte sich mit der Auskunft, die ich bereits bei der telefonischen Anfrage gegeben hatte. Der große, korpulente Mann mit dem fliehenden Haaransatz streckte mir die Hand entgegen.

„Danke, dass Sie sich so schnell Zeit für mich nehmen konnten, Herr Krullkowski." Ich versuchte, meiner Stimme einen geschäftsmäßigen Klang zu geben. „Man hat mir gesagt, ich solle mich mit meinem Anliegen vertrauensvoll an Sie als Pressesprecher der ZOTAG wenden."

Ich schlug meine Beine übereinander. Der Schlitz an meinem dezenten, wadenlangen Sommerkleid gab den Blick auf ein Stück meiner Beine frei.

Prompt guckte er hin.

Frauenbonus, dachte ich vergnügt. Es funktionierte fast immer. Und ab und zu strich ich ihn gerne ein, den Frauenbonus. So wie heute.

„Worum geht es denn", fragte er geschmeichelt.

„Ich arbeite gerade an einem Artikel über die Funktion und die Aufgaben von Dachverbänden." Ich zog Block und Stift aus meiner schwarzen Aktentasche und lächelte ihn an.

„Die ZOTAG ist der Einkaufsverbund des Möbel- und Designhandels. Unter ihrer Führung haben sich sowohl größere Handelsketten als auch Einzelhändler der Branche zusammengeschlossen. Was genau ist dabei der Aufgabenbereich der ZOTAG?"

Er drückte die Brust heraus, was ihm das Aussehen einer Boxbirne gab, und begann zu sprechen. „Nur, damit Sie ein Gespür für die Größenordnung bekommen: Unter unserem Dachverband haben sich um die fünftausend Einzelhändler zusammengeschlossen." Während er sprach, schien er vor Stolz in die Breite zu wachsen.

„Zielsetzung der ZOTAG ist es einerseits, die Mitglieder in ihren Geschäften zu beraten und zu unterstützen, andererseits aber auch, einheitliche Bedingungen für unsere Mitglieder zu schaffen." Lautstark blies er die Luft aus der Nase.

Eifrig kritzelte ich mit. "Einheitliche Bedingungen?" Ich sah ihn erwartungsvoll an.

„Nun, wenn Sie in einen Laden gehen und sich ein Möbelstück kaufen möchten, dann erwarten Sie erstens eine gute Beratung." Die Pause, die er machte, implizierte meine Zustimmung.

Also nickte ich brav, obwohl ich die Beratung von Verkäufern häufig als aufdringlich empfinde und sie deshalb im Regelfall nicht gerade suche.

„Und was erwarten Sie noch?"

Ich ging auf sein Spielchen ein. "Qualität natürlich", antwortete ich also.

„Dafür können wir als Dachverband leider nicht geradestehen." Joviales Lächeln. „Was wir aber können und zurzeit auch verstärkt tun, ist, eine Beratung bei der Optimierung der Vertriebswege anzubieten." Wieder machte er eine bedeutsame Pause.

„Sie zielen auf die Lieferzeiten ab", sagte ich.

„Genau!" Herr Krullkowski schnaufte erfreut. "Die Lieferzeiten, das ist das A und O bei der ganzen Sache - neben einer guten Beratung selbstverständlich. Lieferzeiten optimieren, darin beraten wir also verstärkt seit einiger Zeit."

„Supply Chain Management", warf ich ein.

„Ja, darum geht es. Reduzieren der Lagerbestände bei Optimierung der Warenbewegung vom Hersteller bis zum Endkunden." Er strahlte wohlwollend.

Was die zunehmende Verlagerung von Ware auf die Straße bedeutete. Der krass angestiegene LKW-Verkehr der letzten Jahre bewies es. Aber diesen Gedanken äußerte ich nicht. Stattdessen strahlte ich zurück. Schließlich hatte ich ihn dort, wo ich ihn haben wollte.

„Sie beraten also beim Einsatz moderner Technologien. Beraten Sie auch in Sachen Software?"

„Selbstverständlich! Wir arbeiten zurzeit mit unseren Partnern an einem automatisierten Bestellwesen. Schnittstellen per EDI sind schon bei einigen Händlern im Einsatz, bei weitem aber noch nicht bei allen. Außerdem arbeiten wir verstärkt an Internet-Plattformen."

„Darf ich fragen, wer im Softwarebereich Ihre Partner sind?"

„Selbstverständlich", sagte Herr Krullkowski wieder. Stieß die Luft aus der Nase. Laut. „Das ist kein Geheimnis. Culgos Services liefert eine ausgezeichnete Software, die speziell auf die Belange des Möbel- und Designhandels zugeschnitten ist."

Ich sah ihn fragend an. „Spezielle Belange?"

„Stellen Sie sich das so vor: Ich nehme jetzt mal ein Beispiel, das Sie bestimmt gut kennen – auch wenn es ein anderer Handelszweig ist." Er lachte dröhnend. „Wenn Sie so etwas kaufen wie ein Brot, was müssen Sie dann wissen?"

„Ob ich ein Graubrot oder ein Schwarzbrot haben möchte?", tippte ich.

„Richtig!" Krullkowski sagte das im Tonfall von *Der Kandidat hat hundert Punkte.* "Und wenn Sie etwas so Triviales einkaufen möchten wie zum Beispiel" – schalkhaft blinzelte er mich an – „einen BH?" Doppeltes Ausatmen, schnaufend, durch die Nase.

„Nun, ich sollte zumindest wissen, wie groß er sein muss", sagte ich trocken.

„Ja, Sie sollten Ihre Körbchengröße kennen. Aber das reicht doch noch lange nicht." Erneutes Zwinkern. Schwer blies er den Atem in meine Richtung. Wie ein Walfisch.

Instinktiv wich ich zurück. Der Kerl fing an, mir auf die Nerven zu gehen. Also schwieg ich.

„Na, na, Sie sollten doch wissen, was für eine Farbe er haben soll, oder? Weiß oder vielleicht etwas in

Schwarz? Eine sportliche Ausführung oder" – er blies, während sein Blick über meinen Busen wanderte – "vielleicht etwas Verführerisches in Spitze? Soll es ein Push-Up sein – nein, das wäre bei Ihnen nicht nötig – oder einen Bügel haben?"

„Ich sehe, ich habe einen Kenner vor mir", säuselte ich. Dann beschloss ich, die Sache abzukürzen. „Sie wollen also auf das Stichwort Varianten hinaus, habe ich Recht?"

„Ja." Er schien etwas enttäuscht darüber, dass ich das Spiel beendete. „Das ist die Besonderheit bei dieser Art von Produkt. Es gibt Varianten zu einer Grundform. Und die sind bei Möbel- und Designerware noch um einiges vielfältiger als bei meinem kleinen Beispiel - ich hoffe, Sie verzeihen mir diese etwas gewagte Wahl!" Schwer der Atem. Durch die Nase. Und noch einmal. So stellte ich mir den Atem eines Triebtäters vor. Allerdings hatte ich noch nie einen getroffen. Gottseidank!

„Sie sind mir ein Durchtriebener." Ich rang mir ein Lächeln ab und wackelte mit dem Finger. Dann hatte ich keine Lust mehr auf halbseidenes Geschwätz und leitete die Offensive ein. "Vor ein paar Monaten noch hat die ZOTAG Systems for LifeStyle zugesichert, dass sie die Software dieses Unternehmens ihren Verbandsmitgliedern anempfiehlt. Sie hat Systems for LifeStyle Subventionen zugesagt und dem Unternehmen eine Fusion in Aussicht gestellt. Daraufhin hat das Unternehmen seine Mitarbeiter aufgestockt und einen nicht unerheblichen Kredit aufgenommen, um diese Software schnellstmöglich modernisieren zu können. Warum hat die ZOTAG plötzlich ihre Zusagen zurückgezogen und die angestrebte Fusion mit Systems for LifeStyle platzen lassen?" Gespannt wartete ich auf die Antwort des Pressesprechers.

„Nun", sagte er, immer noch jovial. „Wir haben uns für einen anderen Anbieter entschieden, dessen Software uns doch besser geeignet schien, die Belange unserer Mitglieder abzudecken."

„Warum dann erst das Subventionsangebot? Dieser andere Anbieter ist doch nicht aus dem Nichts aufgetaucht. Ehrlich gesagt, für mich sieht es so aus, als hätte die ZOTAG Systems for LifeStyle absichtlich ins offene Messer laufen lassen."

„Frau Blauvogel", sagte er gewichtig. „In erster Linie sind wir unseren Mitgliedern verpflichtet, nicht einem kleinen Softwarehersteller. Wenn wir das Gefühl haben, dieses Unternehmen kann den an es gerichteten Auftrag nicht bewältigen, wenn wir außerdem noch plötzlich mit einem Mitbewerber konfrontiert sind, der ein besseres Produkt auf den Markt bringt als Systems for LifeStyle, ist es denn dann so verwunderlich, dass wir von unserem Angebot abstand nehmen müssen? Sind wir nicht geradezu dazu verpflichtet, das zu tun? Was meinen Sie wohl, wie viele kleinere Einzelhandelsunternehmen darauf angewiesen sind, dass wir als Dachverband ihnen einen verlässlichen Partner nicht nur empfehlen, sondern mit unserem Geld auch noch für die Liquidität dieses Partners geradestehen!"

Interessiert beugte ich mich vor. „Sagen Sie, Herr Krullkowski. Es war also die Verlässlichkeit, die Sie in Frage gestellt haben. Warum?" Ich hörte seinen Atem.

„Systems for LifeStyle ist ein relativ kleines Unternehmen. Viele gute Ideen, keine Frage. Aber etliche unserer Mitglieder waren sehr unzufrieden mit der Betreuung durch den Softwarehersteller. Sie fühlten sich bei ihm mit ihren Problemen nicht so ganz aufgehoben."

„Ich habe gehört, dass Systems for LifeStyle ein ausgesprochen gut strukturiertes Kunden-Support-Zentrum aufgebaut hatte", sagte ich langsam. Irgendwas stimmte hier nicht.

„Nun ja, ich möchte wirklich nicht die Arbeit der einzelnen Mitarbeiter in Frage stellen", sagte Herr Krullkowski salbungsvoll. „Keinesfalls. Sie waren alle sehr bemüht. Aber Bemühen alleine reicht doch nicht aus, um dauerhaft eine gute Qualität sichern zu können, da werden Sie mir doch sicherlich zustimmen!"

„Also ist es die Qualität des Produktes, die Sie in Frage gestellt haben", unterbrach ich ihn.

„In gewisser Weise ja", nickte Herr Krullkowski.

„Das finde ich aber merkwürdig." Ich gab meiner Stimme einen erstaunten Anstrich. „Ich habe erst kürzlich ein wenig recherchiert und bin auf einen Artikel in der Computerwoche gestoßen, in dem Sie sich geradezu euphorisch über die neuen Strukturen der Software ausgelassen haben. Wichtige, innovative Ideen, so haben Sie sich geäußert. Der Artikel ist gerade mal ein halbes Jahr alt. Warum dann plötzlich dieser Sinneswandel?"

„Es gab Aspekte", antwortete Herr Krullkowski nicht mehr ganz so freundlich, „die wir Anfangs übersehen hatten".

„Aspekte in der Software?" Interessiert beugte ich mich nach vorne.

„Ja." Er hüstelte. Blies. Die Nasenflügel gebläht. Einmal. Und ein zweites Mal. „So kann man es nennen."

„Dann bin ich umso erstaunter, dass diese Software jetzt letztendlich doch noch von Ihnen propagiert wird." Meine Stimme war samtweich und schmeichelnd. „Nur von einem anderen Hersteller. Oder wissen Sie etwa nicht, dass Culgos Services die

Software von Systems for LifeStyle jetzt aufkauft? Ich dachte, Sie hätten eine tragende Rolle bei der Verhandlung zwischen dem Insolvenzverwalter und Culgos Services. Habe ich zumindest gehört."

Er sah etwas betroffen aus. „Nun ja, äh..."

„Ist wohl lukrativ für Sie, der Deal?", fragte ich harmlos.

„Das verbitte ich mir", polterte er plötzlich los. „Dieses Gespräch ist jetzt beendet. Bitte gehen Sie. Auf der Stelle!" Schwer atmend sprang er auf und wies auffordernd zur Tür.

„Kein Rauch ohne Feuer." Auch ich stand auf. „Sagt meine Großmutter. Und die hat oft sehr Recht gehabt mit ihren Binsenweisheiten. Auch wenn ich das früher nicht wahr haben wollte. Außerdem macht es einen gewissen Sinn. Sie haben vermutlich alle gut verdient bei diesem Deal, durch den Culgos Services seine Marktführung besiegeln konnte. Fragt sich nur, in welcher Höhe!" Damit verließ ich den Raum.

***

Da ich schon mal in Düsseldorf war, beschloss ich, am Rhein spazieren zu gehen. Ich ließ mein Auto auf dem großen Parkplatz am Fluss direkt unterhalb der Düsseldorfer Altstadt stehen und bummelte über die Rheinpromenade in Richtung Norden.

Um mich herum herrschte sommerliches Treiben. Die Wiesen am Museumsufer waren von sonnenhungrigen, nur spärlich bekleideten Menschen bevölkert, eine Gruppe von Jugendlichen saß mit untergeschlagenen Beinen im Kreis und sang Lieder zu einer Gitarre, auf den Wegen zogen Inlineskater und Skateborder ihre Bahnen, Mütter schoben Kinderwagen vor sich her und Pärchen wanderten Arm in Arm am Wasser entlang.

Ich folgte dem Rhein, bis ich Kaiserswerth erreichte. Dort kaufte ich ein großes Wassereis, suchte mir ein ruhiges Plätzchen auf einem dicken Stein am Ufer und beobachtete die schweren Schiffe, die friedlich durch das Wasser pflügten.

Plötzlich hatte ich den Pressesprecher wieder vor Augen in seiner stattlichen Korpulenz. Hörte seinen lauten Atem. Spürte ihn in meinem Rücken, diesen Atem, blasend und schnaufend. Die feinen Härchen im Nacken richteten sich auf. Ich stellte mir plötzlich vor, wie es wohl sein musste, mit diesem Mann das Bett zu teilen. Die Vorstellung gruselte mich.

Energisch schüttelte ich diesen Gedanken ab. Versuchte, das unappetitliche Schnaufen loszuwerden. Mich auf die inhaltliche Seite des Gespräches zu konzentrierten. Der Gedanke, dass Geld im Spiel gewesen sein musste, war ziemlich naheliegend. Ziemlich viel Geld vermutlich. Die Frage war nur, wie ich das beweisen konnte.

Eine weitere Frage war, wie viel der Insolvenzverwalter von der Sache gewusst hatte. Und was hatte das alles mit seinem Tod zu tun? Ich würde seine Kanzlei aufsuchen müssen, um das herauszubekommen. Und das bedeutete leider eine weitere Fahrt nach Oberhausen bei dieser Hitze. Aber das musste bis morgen warten. Denn heute Abend war ich mit Max verabredet. Und da mir ein Picknick mit ein paar kalten Leckereien bei ihm im Garten vorschwebte, musste ich noch einkaufen. Nur ein paar Antipasti. Ein paar Meeresfrüchte, mit frisch geriebener Zitronenschale und glatter Petersilie bestreut. Eine handvoll Oliven. Ein leichter Salat mit geschmolzenem Ziegenkäse und ein paar Pinienkernen. Das Ciabatta natürlich nicht zu vergessen. So was in der Art halt. Und das war nun mal nur mit einem Einkauf zu haben.

Ich stand auf und streckte mich. In der Ferne sah ich die weiße Flotte auf den Anlegersteg zu steuern. Da ich keine Lust mehr hatte, die ganze Strecke zum Auto zurück zu laufen, beeilte ich mich. Ich erreichte das Schiff, kurz bevor der Landungssteg eingezogen wurde, und ließ mich zurück in die Düsseldorfer Altstadt schaukeln.

***

Wir saßen auf den Stufen der Steintreppe, die von Max Schlafzimmer aus in den kleinen Garten führte, der sich hinter dem Mehrfamilienhaus befand. Kopfhohe Mauern zu den anderen Hinterhöfen wurden von Büschen und Bäumen beschirmt. In der Mitte des Rasens stand eine kleine verknurpselte Weide. Im rechten Bereich, dort, wo die alte Frau Winkler einen Zugang zum Garten hatte, trennten Beete mit Küchenkräutern und Ringelblumen die Terrasse der alten Dame zum Rasen hin.

Es war ein nettes Fleckchen Erde hier mitten in der Stadt. Besonders schön war, dass sich in dem Karree aus Häusern, in dem sich auch dieser Garten befand, keine Garagenhöfe angesiedelt hatten. Die Autos mussten draußen bleiben. Die Hinterhöfe waren kleine, grüne Lungen für die Anwohner und deren Haustiere.

Zwei dieser Haustiere beobachtete ich nun bei ihrem ersten Erkundungsgang in diese neue unbekannte Welt.

Clyde, der Mutigere der beiden, hatte sich bereits auf die unterste Stufe der steinernen Treppe gewagt. Dort stand er nun und reckte sein Näschen witternd in Richtung der Grünfläche. Sein zitternder Schwanz verriet die innere Anspannung, in der er sich befand.

Bonnie schmiegte sich an mein Bein. Nicht nur ihr Schwanz, sondern ihr ganzer Körper vibrierte vor Aufregung, als wäre sie hin und her gerissen zwischen dem Wunsch, ihrem mutigen Bruder hinaus ins ungewisse Leben zu folgen, und der Sicherheit, den mein Bein ihr zu geben schien.

„Ich glaube, wir müssen den kleinen Angsthasen begleiten", lachte ich.

„Mach mal", kam es träge von meiner Seite. Max blinzelte in die Sonne, während er eine Flasche Bier an seinen Mund hob. Von hier war offensichtlich keine Hilfe zu erwarten.

„Du bist mir ja ein schöner Katzenpapa!", sagte ich in gespielter Empörung. „Man kann sich nicht einfach Kinder anlachen und sich dann der Verantwortung entziehen! Deine beiden machen gerade ihre ersten Schritte hinaus in die weite, große Welt."

„Aber du bist doch auch da", murmelte Max träge, die braune Flasche bereits wieder an den Lippen. „Und außerdem habe ich alles im Blick."

Ich strich Bonnie über den zitternden Rücken. „Auf deinen Papa ist kein Verlass", teilte ich ihr mit. „Du musst der Wahrheit ins Auge sehen, meine Kleine. Er liebt die Flasche mehr als dich."

Damit erhob ich mich und folgte Clyde die Treppe hinunter.

„Bonnie", lockte ich. Das Tigerchen tappte hinter mir her. Ich fühlte, wie auch Clyde sich an mein Bein schmiegte, so, als wäre er dankbar, dass ich bei ihm war.

Und so begannen wir drei, Stück für Stück den kleinen Garten zu erkunden. Eine summende Biene. Ein wispernder Grashalm. Ein Blatt, das von der Trauerweide direkt neben uns auf den Rasen segelte und weswegen Bonnie erschreckt mit allen Vieren in die Höhe sprang. Ein Rascheln im Gebüsch an der Mauer. Augenblicklich duckte Clyde sich in die arttypische Lauer-Position, die Ohren aufmerksam gespitzt. Eine Blume, an der man schnüffeln konnte. Stimmen aus einem der anderen Gärten ließ die Tierchen erstarren und trieb sie zurück an mein Bein.

Irgendwann gesellte sich Max zu uns. Er sah unglaublich zufrieden aus. Und ich war es auch.

DREIZEHN

Mein alter Escort hustete asthmatisch, als ich ihn innerhalb von drei Tagen nicht nur mit einer Fahrt nach Düsseldorf, sondern sogar mit einer zweiten Fahrt nach Oberhausen überraschte. Fast hatte ich ein schlechtes Gewissen, ihn so zu überrumpeln, wo er doch monatelang unbeachtet und tatenlos auf ein und derselben Stelle hatte stehen müssen.

Ich hatte ihn einfach nicht gebraucht. Zu Max nach Holsterhausen ging ich ebenso zu Fuß wie zum Arbeitsamt in die Stadt. Das Einkaufen war mit der Omakarre leichter zu bewältigen, als einen immerhin verkehrspolizeisicheren Parkplatz im Südviertel leichtfertig aufzugeben. Nach Oberhausen aber konnte ich ebenso wenig laufen wie nach Düsseldorf. Jedenfalls in keiner für mich vertretbaren Zeit.

Ich fand das Büro der Kanzlei Schöffler und Partner im Oberhausener Norden zwischen Rhein-Herne-Kanal und Emscher nahe einer Bahnlinie in Richtung Norden in einem Gebiet, das weder Wohn- noch reines Industriegebiet war. Es war ein Neutrum. Ein Gebiets-Neutrum, geprägt von einem Gemisch aus Sportplätzen und Bürogebäuden, aber nicht den großen, gläsernen, sondern den kleinen mit wenig Miete und wenig Publikumsverkehr.

Ich hatte anderes erwartet.

***

Frau Kaldenbach wirkte sehr gewichtig. Nicht im Sinne von Gewicht, sondern im Sinn von erfolgreich, geschäftstüchtig, zielstrebig. Das schlichte, sehr gut sitzende graue Kostüm – Boss, tippte ich, und vermutlich sehr teuer – vermittelte den Eindruck von Seriosität und Effizienz. Eine filigrane Brille mit Goldrand hob die großen Augen hervor, die trotz des Brauntons erstaunlich wenig Wärme ausstrahlten. Das ebenfalls braune, schulterlange Haar war zu einem fedrigen Bob gestuft und bildete einen raffinierten Kontrapunkt der Weiblichkeit zu ihrer ansonsten so strengen Erscheinung.

„Was kann ich für Sie tun?", fragte sie höflich.

Scheinbar flüchtig wanderte ihr Blick über meinen Körper und blieb fragend in meinem Gesicht hängen.

Ich wusste, dass ich soeben einer strengen Musterung unterzogen worden war. Wenigstens trug ich wieder mein langes, grünes Leinenkleid mit den flotten Schlitzen am Bein.

„Danke, dass Sie sich so schnell Zeit für mich genommen haben", sagte ich zuvorkommend. „Ich weiß das wirklich zu schätzen. Nach dem tragischen Tod von Herrn Schöffler haben Sie sicher alle Hände voll zu tun, auch seine Klienten noch zu deren vollster Zufriedenheit zu betreuen."

„Das können Sie laut sagen", bestätigte Frau Kaldenbach. „Wir haben wirklich ein Pensum zu bewältigen, das kaum noch zu schaffen ist. Womit kann ich Ihnen behilflich sein?"

Sie fixierte mich über den Goldrand der Brille hindurch mit einem Blick, der mich zur Eile antrieb.

Ich beschloss, auf ein harmloses Vorgeplänkel zu verzichten. „Frau Kaldenbach", sagte ich also forsch. „Ihre Kanzlei hat im vergangenen halben Jahr die doppelte Insolvenz des Softwarehauses Systems for LifeStyle begleitet. Ist das richtig?"

„Ja, das ist richtig. Die Abwicklung der Insolvenz von Systems for LifeStyle gehörte zum Aufgabenbereich von Herrn Schöffler."

„Nun, ist es nicht ungewöhnlich, dass eine Kanzlei zwei Mal in der gleichen Sache betraut wird? Ich meine, wo doch der erste Ansatz, die Firma zu retten, so offensichtlich in die Hosen gegangen ist?"

„Was wollen Sie damit sagen?", fragte Frau Kaldenbach.

„Ich habe gehört, dass der Versuch, das Unternehmen zu retten, mehrere Maßnahmen beinhaltete", fuhr ich fort. „Erstens wurde ungefähr ein drittel der Belegschaft entlassen. Zweitens" – ich nahm meine Finger zum Zählen zu Hilfe – „wurde den verbleibenden Mitarbeitern ein Gehaltsverzicht von einem Monat aufs Auge gedrückt, damit die Insolvenz zeitverzögert, nämlich einen Monat später erst, ausgesprochen werden konnte. Drittens" – der nächste Finger kam ins Spiel – „wurde mit Ihrer Hilfe ein Folgeunternehmen gegründet, eine AG interessanterweise, Viertens wurde den Mitarbeitern in Konsequenz ein neuer Arbeitsvertrag angeboten, der weniger Gehalt mit sich brachte. Fünftens wurden für das Folgeunternehmen Systems for LifeStyle EU-Gelder beantragt, die jedoch so schnell denn doch nicht locker gemacht wurden – was Sie als Insolvenzverwaltung doch eigentlich hätten wissen müssen. Sechstens wurde der Kaufpreis, den das Folgeunternehmen für die Software hätte zahlen sollen, von Ihrer Kanzlei immer weiter in die Höhe getrieben, und siebtens hat sich Ihre Kanzlei nicht besonders stark dafür gemacht, das junge, hoffnungsfrohe Unternehmen Systems for LifeStyle den Banken ans Herz zu legen, weshalb die neu gegründete AG achtens wieder kurz vor der Zahlungsunfähigkeit stand, als Sie, das heißt die Kanzlei, neuntens schließlich Kaufverhandlungen mit dem erbittertsten Konkurrenten von Systems for LifeStyle geführt hat, womit Sie zehntens" – damit hob ich den letzten Finger meiner linken Hand – „der neu gegründeten Systems for LifeStyle AG die Geschäftsgrundlage entziehen, denn diese Software ist ja schließlich das, womit die Firma ihr Geld verdient hat und weiter verdienen sollte."

Frau Kaldenbach hatte während meiner langen Rede nicht mal mit der Wimper gezuckt.

„Was wollen Sie von mir?", fragte sie herablassend. „Warum muss ich mir Ihre absurden Anschuldigungen anhören? Die Kanzlei Schöffler hat alles in ihrer Macht stehende getan, um das Unternehmen zu retten. Wenn dies nicht gelang und das Unternehmen gleich wieder in die nächste Insolvenz gelaufen ist, kann man das unserer Kanzlei ja wohl kaum zur Last legen."

„Wie viel haben Sie daran verdient?", fragte ich und beugte mich interessiert vor.

„Ich wüsste nicht, was Sie das angeht", sage Frau Kaldenbach kalt. „Aber ich darf Sie beruhigen. Die Sätze sind gerichtlich festgelegt. Und viel an Masse war ja ohnehin nicht verfügbar."

„Von der Software mal abgesehen", sagte ich in spöttischem Tonfall. „Ich habe weiterhin gehört, dass der ausgehandelte Kaufpreis für die Software schlussendlich doch um einiges niedriger sein soll als der Betrag, den Sie von Systems for LifeStyle gefordert haben."

„Woran Sie sehen können, dass die Software keinen besonders guten Marktwert hat", konterte Frau Kaldenbach spitz. „Wir konnten froh sein, überhaupt noch einen Käufer gefunden zu haben. Einen, der auch zahlen kann. Und nun möchte ich Sie bitten, mein Büro zu verlassen. Ich habe gleich einen Termin, auf den ich mich noch vorbereiten muss."

Irgendwas stinkt hier ganz erbärmlich zum Himmel, dachte ich, als ich den Raum verließ.

***

Die Autobahn war bereits nachmittags erstaunlich leer. Zeit zum Wundern blieb mir nicht. Sämtliche Radiosender wälzten die Frage, ob unsere Jungs es wohl bis ins Halbfinale schaffen würden. Ein weiterer Tag der Entscheidungen in einem Land, in dem die ganze Welt zu Gast war. Bei Freunden natürlich. Ich konnte nicht umhin, mir um die verspannte Wade von Poldi ebenso intensive Gedanken machen zu müssen wie um die bange Frage, ob unser Klinsi unsere Jungs so weit hatte einschwören können, dass eine Nation ein unerwartetes Sommermärchen weiter träumen konnte.

So leer die Autobahn auch gewesen war, das Südviertel war es zu diesem ehrwürdigen Ereignis mit Sicherheit nicht. Die Erfahrung der letzen Wochen sagte mir, dass ich mich besser sofort auf den Kundenparkplatz bei Kaisers stellen sollte. Anstandshalber kaufte ich ein paar Lebensmittel ein, bevor ich mich zu Fuß nach Hause begab.

Schon als ich den Moltkeplatz überquerte, hörte ich den Tumult. Grüppchen von Leuten zogen in Richtung Isenbergplatz, und vor dem De Prins stand schon eine Traube bunt gekleideter, fröhlicher Menschen herum.

Ich war froh, als ich die schwere Haustür hinter mir abschließen konnte. Langsam stieg ich die Treppe zu meiner Wohnung hoch. Kaum oben angekommen, klingelte das Handy.

„Komm runter, Vögelein", verlangte Max. Durchs Telefon drang Stimmengewirr.

„Was? Komm du doch her. Ich bin gerade erst nach Hause gekommen. Wo steckst du überhaupt?"

„Ich weiß, ich habe dich gesehen. Aber du hast auf mein Winken nicht reagiert. Ich bin unten im De Prins", tönte Max gegen den Tumult an. „Ich habe einen Super Platz hier, den ich mit Zähnen und Klauen verteidigt habe."

„Du bist bei den ganzen Bekloppten da unten? Schwingst Fähnchen und rasselst mit der Klapper? Das glaub ich jetzt nicht."

„Hier schwenkt keiner mit Fähnchen. Und außerdem: Was hast du gegen ein gutes Fußballspiel?", fragte Max erstaunt. „Komm einfach runter. Jetzt, nicht erst in einer Stunde. Ich kann den Stuhl nicht mehr lange gegen die Meute verteidigen."

Ich schwieg.

„Spring über deinen Schatten, Toni", sagte Max weich. „Du kennst die Leute hier doch alle. Hier sind keine Fußballprollos. Es macht Spaß, sich das zusammen anzugucken, glaub mir!"

Ich brummelte etwas Unverständliches in den Hörer und legte auf. Warf einen Blick von meinem Fenster auf den Platz hinunter. Gab mir einen Ruck und stieg die Treppen hinab.

Das De Prins hatte die hohen Fenstertüren weit aufgeschoben. Eine große Leinwand stand schräg vor der Theke, zwei kleinere Leinwände waren weiter hinten im Raum aufgebaut. Sogar auf dem Gang zu den Toiletten stand ein riesiger Fernseher erhaben auf einem Podest.

Ich fand Max mit seinem Freund Karl direkt in der ersten Reihe auf dem Bürgersteig vor den weit geöffneten Flügeltüren der Kneipe. Sie hatten tatsächlich einen Stuhl frei gehalten. Erleichtert ließ ich mich darauf fallen.

„Bier holst du dir am besten selbst", informierte mich Max. „Die Kellner kommen hier nur sporadisch vorbei."

„Teufel auch, ist das voll hier!" Ich sah mich um und entdeckte einen Haufen von Leuten, die ich zumindest vom Sehen her aus dem Viertel kannte. Fähnchen schwenkte hier wirklich keiner, und schwarzrotgelbe Kriegsbemalung im Gesicht sah ich auch nicht. Eine Reihe von Kindern tobten vor uns auf den Fensterstürzen, die der Wirt mit Kissen versehen hatte. Es herrschte ein ungemeiner Krach. Alles brüllte gegen die Lautsprecher an, aus denen uns ein Reporter mit überschnappender Stimme die letzten Insiderinformationen über die Befindlichkeiten unserer Jungs entgegen schrie.

Nachdem ich mich akklimatisiert und an die immense Lautstärke gewöhnt hatte, schob ich mich zur Theke vor, holte mir ein Grolsch und ließ den Bügelverschluss mit dem Porzellankorken aufschnappen.

Eine fiebrige Stimmung lag über dem Isenbergplatz, der ich mich nur schwer entziehen konnte. Ich sah die deutschen Jungs auf den grünen Rasen ziehen, blickte mit dem Kameramann in ernste, angespannte Gesichter, und als der Anpfiff endlich kam, war es plötzlich mucksmäuschenstill. Das legte sich schnell. Als die ersten rasanten Spielzüge zu sehen waren, fieberte ich mit. Und als nach hartem Kampf endlich das erste Tor endlich fiel, schrie auch ich laut und vernehmlich „Tooooor!"

Max hatte Recht gehabt. Es machte tatsächlich Spaß.

***

Als ich endlich nach Hause kam, fand ich einen unfrankierten DinA5-Umschlag in meinem Briefkasten. Zuerst bekam ich ein zusammengefaltetes Stück Papier zwischen die Finger. Neugierig faltete ich es auseinander. *Von mir hast du die nicht!* stand dort.

Und kein Ton zu Bea. Ich werde es ihr selber bei Gelegenheit sagen. Gruß R. Ich griff noch mal in den Umschlag und zog zwei Fotos heraus. Mensch Schütte, dachte ich. Du bist wirklich nicht verkehrt!

Der Mann schien zu schlafen. Zugedeckt mit einer Masse großzackiger Blättern wirkte er so, als habe er sich einfach eine Runde hingelegt. Eine dunkle Hornbrille hing ihm schief auf der graden Nase, und die Augen waren geschlossen. Er hatte etwas seltsam Friedliches an sich. Und wäre da nicht diese fast durchscheinende Blässe in seinem runden Gesicht gewesen, hätte es niemanden gewundert, wenn er plötzlich die Augen aufschlagen und nach der Uhrzeit fragen würde.

Komisch, das mit den Blättern, dachte ich. Warum hatte sich jemand die Mühe gemacht, den Toten zuzudecken? Eine seltsam rührende Geste, fast, als hätte der Täter den Toten beerdigen wollen.

Aber Schütte hatte recht gehabt. Diese auffälligen Blätter mit ihren weißen Blütendolden, die aussahen wie überdimensionale Schafgarbe, kannte ich. An einigen Stellen der Ruhr wuchsen sie tatsächlich wie Unkraut. Wie hießen sie doch gleich noch, diese Blätter?

Irgendwas mit Bären, hatte Schütte gesagt. Ich ging hinüber in mein Büro und fuhr den PC hoch.

In Wikipedia fand ich, was ich suchte. Den Riesen Bärenklau. Eine invasive Pflanze, die sich in europäischen Flussregionen wie Unkraut verbreitet, weil sie keine natürlichen Feinde hat und der Fluss die Samen weiter trägt, bis sie sich wieder irgendwo einnisten können. Nur dass der Bärenklau nicht klein ist wie die meisten mir bekannten Unkräuter, sondern aus übermannsgroßen Röhren und fleischigen, tief eingezackten Blättern besteht, die die Form zu groß geratener Ahornblätter haben.

Ein weiteres Foto zeigte den Toten ohne die Blätter. Er trug enge, halblange Radlerhosen, über deren Bund der Bauch wie ein prall aufgeblasener Fußball hervorsprang. Ein Sportlershirt aus Lycra, leuchtend blau mit gelb gezacktem Pfeil in der Diagonalen, umspannte seinen Oberkörper wie eine Plastikpelle die Wurst. Teures Zeug, was er da trug, urteilte ich. Und wenig vorteilhaft für ihn. Er sah nicht sportlich aus in dieser Funktionskleidung, sondern albern. Traurig irgendwie, denn es zeugte von dem Wunsch, etwas anderes darzustellen als er war. Ein schlichtes T-Shirt und einfache Shorts hätten für seinen Zweck vollkommen gereicht und ihn nicht der Lächerlichkeit preisgegeben.

**

Ich musste dringend meine Gedanken ordnen. Systematisch an die Sache heran gehen. Die Dinge aufschreiben, die ich erfahren hatte und die mir im Kopf herum wirbelten. Unruhig wippte ich auf meinem Sitzball hin und her. Das Plastik klebte an meinen nackten Beinen und es war nach wie vor unerträglich warm in meinem Dachgeschoss. Balkon, dachte ich sehnsüchtig. Frische Luft. Aber Großmutter ließ mich mit ihren dummen Sprüchen mal wieder nicht in Ruhe. Ohne Fleiß kein Preis, sagte sie dieses Mal. Also griff ich auf meine gute alte Karteikartenmethode zurück, schrieb die Namen der beteiligten Personen auf die weißen Karteikarten, die Örtlichkeiten auf die grünen und die Fragen auf die gelben Kartons. Die rosafarbenen behielt ich mir für verifizierte Antworten vor. Mit den weißen Karten tat ich mich relativ leicht: Gerhard Schöffler (Mordopfer, pinnte ich in die Mitte der Wand. Es folgten Frau Kaldenbach (Partner der Kanzlei Schöffler und Partner), Martin Borg (Geschäftsführer von Systems for Life-Style), Herr Krullkowski (Pressesprecher der ZO-TAG) und – wenn auch zögerlich und nur der Vollständigkeit halber – Ruby Hauser (Mitarbeiterin von Systems for LifeStyle). Als Örtlichkeiten fixierte ich Baldeneysee (Tatort), Systems for LifeStyle (Softwareunternehmen, Oberhausen), ZOTAG (Dachverband des Möbel- und Designhandels, Firmensitz Düsseldorf), Culgos Services (Konkurrent von Systems for LifeStyle, Firmensitz wo?).

Damit ging ich nun zu den Tatsachen über. Viele waren es leider noch nicht. Dafür aber jede Menge Fragen.

Warum hatte die ZOTAG der *LifeStyle Sys* die strategische Partnerschaft angeboten?

Und warum hatte sie die strategische Partnerschaft kurz darauf wieder aufgekündigt?

Warum verkaufte die Insolvenzverwaltung die Software jetzt um so viel billiger als ursprünglich vorgesehen?

Hatte die Kanzlei Schöffler und Partner oder vielleicht auch nur Schöffler ungewöhnliche Einnahmen gehabt?

Womit hatte ich den schnaufenden Krullkowski so fürchterlich in Rage gebracht?

Warum war der Tote mit den Blättern des Riesigen Bärenklaus bedeckt?

Was hatte es mit dem Oldtimer-Motorrad auf sich?

Da das Wochenende vor der Tür stand und ich deshalb einem großen Teil meiner Fragen ohnehin nicht nachgehen konnte, beschloss ich, mich der letzten Frage zuerst zu widmen.

VIERZEHN

Das Ruhrgebiet beging ein weiteres Jahrhundert-sommer-Wochenende im Jahr. Am Baldeneysee fand der übliche Kampf zwischen Inlineskatern, Radfahrern und Fußgängern statt. Mit meinem Rad kämpfte ich mich durch bis zum Haus Scheppen.

Die Buden am Haus Scheppen sind eine Goldgrube. Sommers wie winters herrscht hier Hochbetrieb am Wochenende. Auch während der Woche sind die großen Kioske gut besucht, und immer, wenn ich am Baldeneysee Rad fahre oder spazieren gehe, mache ich dort Station und beobachte für ein Weilchen das rege Treiben.

Der Platz vor dem Anleger der Baldeneyer Fähre zeigte sich wie üblich in Chrom und Schwarz. Hunderte von Motorradfahrern präsentierten sich und ihre Karren. Man sah Lederjacken mit Fransen und riesigen Emblemen auf den Rücken, spitze Cowboystiefel und enge, an den Seitennähten geflochtene Lederhosen. Die Jungs sahen wilder aus als sie waren. Wenn man genau hinsah, konnte man auch viele weibliche Wesen zwischen den Kerlen ausmachen.

Ich bahnte mir meinen Weg zwischen den in Grüppchen herumstehenden Menschen hin zu der einen der beiden Buden. In alter Gewohnheit wollte ich Pommes rotweiß bestellen. Aber der Dunst von heißem Fett ließ meinen Magen Purzelbäume schlagen. „Einen Liebesknochen und ein Wasser bitte", rief ich also über den Tresen des Wohnwagens hinüber. Warum das Teilchen Liebesknochen hieß, war mir nicht so ganz klar. Vielleicht, weil die Form entfernt an einen Knochen erinnerte? Womit aber erinnerte sie an Liebe?

Ich verzehrte das Gebäck und beobachtete die einzelnen Grüppchen. Versuchte, eine Rangordnung unter den ledergewandeten Gestalten auszumachen. Wer sprach mit wem, wurde von wem begrüßt, wurde mit Respekt behandelt, wer eher nur geduldet oder offen ausgelacht. Schließlich entschied ich mich für einen stämmigen Kerl mit breiten Schultern und einem roten, als Stirnband um den Kopf geknoteten Nickituch. Er sah so aus, als wüsste er, wie man Xylophon buchstabiert und war offensichtlich bei den anderen gut angesehen. Betont lässig schlenderte ich auf ihn zu.

Er beäugte mich von Kopf bis Fuß. Maß Körpergröße, Umfang, Gewicht, Kleidung. „Wat will denn die Mücke hier!", sagte er schließlich ganz allgemein in die Runde hinein.

Ein paar bärtige Köpfe drehten sich in meine Richtung.

„Ey, ich kenn die Kleine hier nich. Kann mir eina ma erklärn, wat die hier von mir will? Mach'n Abflug, Mücke!"

Ich seufzte resigniert. Das mit dem Xylophon musste ich wohl zurück nehmen. Eindeutig aufs falsche Pferd gesetzt, Blauvogel!

Mittlerweile hatten sich ein paar Gestalten zu einem Ring um mich und das Nickituch zusammengerottet.

High Noon, dachte ich. Zwölf Uhr Mittag. Mein Herz pochte unangenehm laut. Aber wenn er mir so doof kam, konnte ich nicht anders. „Danke, ich dich auch!", konterte ich also trotzig.

Ein Biker mit einem langen Zopf brach in meckerndes Gelächter aus. Etwa mein neuer Nachbar, der Ziegenbock?

Ich fixierte ihn über den Rand meiner Sonnebrille hinweg. „Ich bin Toni. Eine Freundin von Ruby. Und ich will was über alte Ostmaschinen wissen."

„Dem Hank seine Ruby?" Misstrauisch musterte mich Nickituch.

„Ja. Hanks Ruby."

„Der Hank is doch tot", mischte sich der Bezopfte von der Seite her ein.

Soweit so gut. „Aber seine Ruby ist es nicht", sagte ich sauer.

„Und wat willste von mir?"

„Von dir?", setzte ich an und musterte ihn von Kopf bis Fuß. „Nichts Persönliches. Aber wie bereits gesagt: Ich interessiere mich für alte Maschinen aus Ostdeutschland. Die sind relativ selten, hat mir Ruby gesagt."

„Ostmaschinen!" Nickituch schnaubte das Wort geradezu verächtlich durch die Nase hinaus. „Ja, und wat willste dann ausgerechnet von mir?", wiederholte er hartnäckig.

Das wüsste ich auch gerne, gestand ich mir still ein. „Gibt es jemanden mit so einer Maschine hier?", fragte ich forscher, als mir zumute war.

„Nee. Ich kenn hier niemand. Die sind ziemlich selten. Wer will denn auch so was schon fahren!"

„Doch, da gibbet jemand, der manchmal so ne AWO fährt", meldete sich plötzlich einer unserer anderen Zuhörer. Freundlich lächelnd zeigte er mir seinen abgebrochenen Schneidezahn. „Der Mike, der hat doch so ne Kiste."

„Welcher Mike", fragte ich aufgeregt.

„Na, der Kupfer-Mike", sagte Schneidezahn. „Weil der doch aus Kupferdreh is."

„Und wo da genau?"

Keiner konnte es mir sagen. Nur dass der Kupfer-Mike in einer Autowerkstatt nahe der Langenberger arbeitete, das wussten die Jungs. Immerhin.

Ich bedankte mich und machte den Abflug.

***

Am Ende der Langenberger Straße ein Stück den Berg hinauf wurde ich fündig. Es war eine typische Hinterhofwerkstatt für Schrauber und Bastler. Eine von der Sorte, wo ich mir zwar sicher war, dass die Karre hinterher gut lief, aber nicht so sicher, ob der TÜV das ebenso sehen würde.

Ich entdeckte ein paar Beine unter einem aufgebockten Wagen. „Hallo", rief ich. „Arbeitet hier vielleicht der Mike?"

Die Fersen wurden in den Boden getrieben, ein Körper auf einem Rollbrett schob sich schwungvoll unter dem aufgebockten Wagen heraus. Zuletzt kam der Kopf mit einem Kranz ungestümer grauer Haare über einer fliehenden Stirn und einem mehr als ausgeprägten Knick in der Nase zum Vorschein.

„Wer will das wissen?" Mit der Hand schirmte der Mann seine Augen gegen die gleißende Sonne ab, die ihm direkt ins Gesicht schien. Seine Stimme klang überraschend kultiviert für diese Erscheinung.

„Toni Blauvogel", sagte ich, „Ich suche Mike."

„Was willst du von ihm?" Die Frage war sachlich, nicht feindselig gestellt.

„Ich habe gehört, er kennt sich mit alten Ostmaschinen aus. Ich möchte so viel wie möglich über diese Maschinen in Erfahrung bringen."

„Warte einen Moment. Ich mache das hier fertig, dann habe ich Zeit", sagte er und hangelte sich wieder unter den Wagen.

***

Eine Viertelstunde später schob er sich erneut unter dem Fahrzeug hervor und entfaltete seinen hageren Körper zu einer erstaunlichen Länge. Ich musste den Kopf in den Nacken legen, um ihm ins Gesicht zu sehen. Mit dieser extraordinären Nase und den fusseligen grauen Haaren, die ihm wie Drahtwolle vom Kopf abstanden, wirkte er übertrieben wie eine Zeichentrickfigur. Wie ein zu groß geratener, zerrupfter Geier, der in die Jahre gekommen ist. Er hatte freundliche, humorvolle Augen.

„Hi, ich bin Mike. Lass uns dort auf die Veranda in den Schatten gehen." Er wies zu der Verladerampe neben der Werkstatt, auf der zwei Stühle im Schatten eines Baumes standen. „Ich könnte einen Kaffee gebrauchen. Magst du auch einen?"

Ich nickte und folgte ihm die Rampe hinauf. Während er durch ein Tor ins Innere der Halle verschwand, machte ich es mir auf einem der Stühle bequem. Ich hörte das Klappern von Geschirr, und kurze Zeit später erschien er mit einem kleinen Tablett wieder, auf dem sich zwei dampfende, rote Becher und eine Dose mit Zucker befanden.

„Milch gibt es leider keine", sagte er entschuldigend. „Sie ist schlecht geworden."

„Macht nichts." Ich musste ihn einfach anlächeln.

„Also, was willst du wissen?" Mike legte die Füße, die den stattlichen Temperaturen zum Trotz in Schlangenlederstiefeln steckten, über Kreuz auf die Brüstung der Rampe, kippelte in gekonntem Schwung den Stuhl auf zwei Beinen nach hinten und lehnte sich an die Hauswand.

„Ich möchte wissen, was es mit alten Ostmaschinen auf sich hat", sagte ich. „Warum rümpft jeder die Nase, wenn er darüber spricht?"

„Nun, jeder bestimmt nicht", sagte Mike. „Genau so viele bekommen leuchtende Augen bei diesen Motorrädern. Aber es sind halt Ostmaschinen, und was ein echter Harley-Fan ist, der blickt darauf herab. Dabei geht es allerdings ums Prinzip, nicht um die Qualität."

„Sie sind also gut?", bohrte ich nach.

„Einige sind absolut Kult", sagte Mike. „Oldtimer eben. Nein, jetzt mal im Ernst. Es sind wirklich gute Maschinen. Zum Beispiel eine MZ."

„Davon habe ich schon mal gehört", warf ich ein. „Wofür steht MZ?"

„Für Motor und Zweirad. Dann kommt eine Bezeichnung: RT für Reichstyp, und dann eine Nummer, hinter der sich Hubraum und die Modellversion verbergen. Ursprünglich eine DKW Konstruktion aus den Dreißigern. Die Nachkriegsmodelle MZ RT 125/1 bis 3 variieren lediglich durch die fortschreitenden technischen Verbesserungen."

„Wie viele dieser Maschinen wurden damals gebaut", fragte ich. Ich wollte ein Gespür für die Größenordnung bekommen.

Mike schien in seinem erstaunlichen Gedächtnis zu kramen. „Ich glaube, die RT 125/3 ungefähr 134.000 mal", sagte er schließlich. „Anfang der sechziger bekam MZ dann den Auftrag, ein neues Modell in dieser Klasse zu bauen, das so genannte Eisenschwein. Das ist zwar ebenfalls alt, gilt aber nicht als Oldtimer." Mikes Augen leuchteten begeistert. „Und dann gab es – in Konkurrenz zur MZ – die Simson-Maschinen, die so genannten AWO. Es gab sie in der Touren- und in der Sportausführung, wofür dann das Kürzel T oder S am Ende der Typenbezeichnung steht – je nach Ausstattung."

„Und wodurch unterschieden die sich?"

„Da muss ich etwas ausholen. Aber beklage dich hinterher nicht darüber, dass ich dich langweile. Du hast mich gefragt!" In seinen Augen tanzte ein spöttischer Schalk.

Ich musste wieder lachen. „Keine Bange. Ich bin Kummer gewohnt. Schieß los."

„Diese Maschine wird auch Simson 425 genannt. Simson wegen der Simson-Werke. Deren Geschichte ist wirklich spektakulär. Willst du auch dazu was wissen?"

Ich nickte, nicht ahnend, worauf ich mich damit einlassen würde.

„1896 produzierten diese Werke nach englischem Vorbild die ersten Fahrräder in Deutschland. Die Firma Simson hatte sich dann schnell zu einem der größten Fahrradhersteller gemausert. Kurz nach der Jahrhundertwende begann sie mit der Konstruktion von PKW und zwischen 1923 und 1930 entwickelten sie sogar einen Rennwagen mit der Bezeichnung Simson Supra. Im Rennsport sehr erfolgreich, dieses Modell!" Er unterbrach seinen Vortrag und musterte mich neugierig. „So weit alles klar?"

Ich nickte erneut und trank einen Schluck von dem schwarzen Gebräu, das sich in dem roten Becher befand. „Uah! Damit kann man ja Tote aufwecken", sagte ich und schüttelte mich.

„Ich trinke ihn gerne stark." Mike grinste und schenkte sich noch einmal nach. Dann kehrte er zum Thema zurück. „Ursprünglich, und zwar lange schon vor der Fertigung von Fahrrädern und Autos, hatten die Simson-Werke Waffen hergestellt, für die sie den Holzkohlenstahl selbst produzierten. Und das haben sie auch lange Zeit beibehalten. Nach dem ersten

Weltkrieg war die Firma Simson der einzige konzessionierte Waffenproduzent für Maschinengewehre in Deutschland, festgelegt im Vertrag von Versailles. Grund genug für die Nazis, sich diesen Betrieb unter den Nagel zu reißen. Bereits 1934 haben sie der Familie Simson die Kontrolle über ihre Firma zwangsweise entzogen und einen Treuhänder eingesetzt. Ab da hieß das Werk Berlin-Suhler Waffen- und Fahrzeugwerke Simson & Co., kurz BSW genannt. Die Automobilproduktion wurde zu Gunsten der strategisch wichtigen Rüstungsproduktion eingestellt. Es gab einen Scheinprozess mit konstruiertem Material, durch den die Familie Simson de facto enteignet wurde. Die Familie konnte ins Ausland fliehen und wanderte in die USA aus. Der Name Simson wurde schließlich aus der Firmenbezeichnung gestrichen."

„Du bist ja ein wandelndes Geschichtslexikon", staunte ich.

Mike schlürfte einen großen Schluck Kaffee aus seinem Pott. „Frag mich nach dem Geburtstag meiner Freundin und ich werde ins Grübeln geraten." Er zwinkerte mir zu. „Ich weiß auch nicht warum, aber ich kann mir geschichtliche Zusammenhänge – insbesondere, wenn sie mit Maschinen und Technik zu tun haben – einfach gut merken. Konnte ich immer schon."

Ich lachte. „Vermutlich interessiert dich das auch mehr als Geburtstage."

„Du hast mich durchschaut." Mike senkte den Blick in gespielter Zerknirschung. „Aber verrate das bloß nicht meiner neuen Freundin, sonst macht die auch wieder die Biege wie die letzte, weil ich an ihrem großen Tag mit meinem Blaumann unter einer Karre liege und ihr an Stelle von roten Rosen ein Kännchen mit Schmieröl in die Hand drücke..."

„Ja, diese anspruchsvollen Frauen", frotzelte ich. „Du bist wirklich zu bedauern! Noch mehr Geschichtliches? Vielleicht doch mit dem Schwenk hin zur AWO?"

„Donnerwetter! Endlich mal eine Frau, die mir zuhört!" Mike grinste mich beifällig an. „Nach dem Zweiten Weltkrieg wurden die Werke von den Alliierten als Rüstungsbetrieb eingestuft. Das Werk wurde weitgehend demontiert und in die Sowjetunion transportiert, Reparationszahlungen. Die kläglichen Reste der Fabrik wurden für die Produktion von Jagdwaffen, Kinderwagen und Fahrrädern eingesetzt, bis sie dann in die Sowjetische Aktiengesellschaft Autorad integriert wurden."

„Die AWO", erinnerte ich ihn und nahm einen Schluck Kaffee. Er war inzwischen kalt und bitter geworden.

„Du wolltest es wissen!" Mit leisem Spott in den Augen zwinkerte er mir wieder zu. „Aber jetzt kommt es ja. Die Russen gaben der BSW, die jetzt SAG Berlin hieß, den Auftrag, ein Motorrad zu konstruieren. Dabei gab es ziemlich genaue Vorstellungen über Ausstattung und Gestaltung des Motorrades. Es sollte mit einem 250 cm³ Viertaktmotor und 12 PS ausgestattet sein. Außerdem sollte es einen Kickstarter haben, den man nach hinten wegklappen konnte, um das Anlassen des Motors im Gelände zu erleichtern. Ein Motorrad, das lange Touren auch auf schwierigem Gelände überstehen kann. Und beiwagenfähig sollte es sein." Sein Blick wanderte zu der Garage hinüber. „Komm mit, ich zeige sie dir."

Ich folgte ihm quer über den Hof. Dabei stieß ich mir den Zeh an einem herumliegenden Blech auf. Vor Schmerz hüpfte auf einem Bein.

„Pass auf, wo du hintrittst!"

„Danke für den Hinweis", sagte ich bissig und humpelte hinter ihm her.

Mike schob das Garagentor hoch. „Hier ist sie. Die legendäre AWO 425 T. Die Ossis nannten sie Dampfhammer! Ist sie nicht schön, die Lady?" Liebevoll tätschelte er über das blitzende Chrom des roten Tanks.

Die Maschine war in der Tat sehr formschön. Relativ kleiner Tank. Zylinder, Vergaser, Motor, alles lag offen ohne störende Verkleidungen. Das Auspuffrohr trat vorne aus dem Motor aus, schwang um ihn herum und zog sich lang und stromlinienförmig unter dem Motor bis zum Ende des Motorrades. Ein Sattel an Stelle der heute üblichen Sitzbänke. Gegenüber den massigen, schweren Maschinen wirkte die alte Simson wohlproportioniert, zierlich, fast filigran.

„Wirklich schön", bestätigte ich.

„Am ersten Mai 1950 liefen die ersten Maschinen vom Band, nur fünfundzwanzig Stück. Die so genannte Nullserie. Drei davon, darunter eine mit Beiwagen, wurden auf eine zehntausend Kilometer lange Testfahrt geschickt. Ende des Jahres wurden dann die ersten Maschinen verkauft. Bis 1953 hat das Werk ungefähr 7.300 Motorräder gebaut, von denen ein großer Teil als Reparationszahlungen nach Russland ging. Erst ab 1956 wurde die Sport AWO entwickelt. Bis 1961 wurden von der Sport immerhin 84.000 Stück gefertigt. Die Produktion der AWO wurde nach 124.000 Stück im Jahre 1961 zugunsten der Mopedproduktion eingestellt. Diese Simson hier ist Baujahr 1951."

„Auch noch eine der ersten ihrer Art?", sagte ich staunend. „Da hast du ja ein wirkliches Schätzchen!"

„Ja. Aber meine ist es nicht. Ich habe sie hier nur untergestellt, warte und betreue sie. Dafür darf ich sie allerdings auch fahren."

„Wem gehört sie denn?"

„Einem Freund von mir. Genauer gesagt seiner Frau. Mein Freund ist vor zwei Jahren gestorben. Die Lady will sie nicht selbst fahren. Zu viele Erinnerungen. Aber sie möchte, dass ihr Sohn sie eines Tages bekommt."

„Du sprichst nicht zufälligerweise von Ruby Hauser?"

Er drehte sich zu mir herum. „Du kennst Ruby?", fragte er verblüfft.

„Ja."

„Meine erste richtige Freundin", sagte Mike langsam.

„Was ist eine richtige Freundin? Gibt es auch falsche?"

„Jede Menge." Spitzbübisches Zwinkern. „Falsche gibt es immer. Aber die erste richtige, das ist eben die erste, bei der es so richtig schön knallt. Zur Sache geht, meine ich, körperlich und emotional, und auch eine Weile so bleibt. Ich habe sie im Alexander kennen gelernt. Eine Kneipe nahe der Essener Uni."

„Ach ja, das Alexander", stimmte ich wehmütig zu. „Da war ich auch oft. War ein schöner Laden. Schade, dass es das nicht mehr gibt."

„Genau. Ruby ging dort gerne hin. Sie hat in Essen studiert. Ich habe ihr das Motorradfahren beigebracht. Heimlich, weil sie das Geld damals nicht hatte, um den Führerschein zu machen. Ich war sehr verliebt in sie."

„Warum habt ihr euch getrennt?", fragte ich neugierig.

„Hank kam zurück nach Hause. Er hatte vier Jahre in den USA verbracht, irgendeine Substitutengeschichte im Ausland. Aus einem grünen Jungen mit pfiffigen Ideen war ein echt attraktives Mannsbild geworden. Nix Klappergestell mit Hakennase, so wie ich. Immer noch pfiffig. Witzig. Und um einiges erfahrener als ich. Kurz darauf war Ruby schwanger." Es klang etwas bitter.

„Du hast gesagt, er wäre dein Freund gewesen?"

„Mein bester. Schon in der Schulzeit. Und das ist auch so geblieben bis zu seinem Tod."

„Warst du nicht sauer auf ihn – damals – als er dir Ruby weggeschnappt hat?"

„Na ja, weh hat es schon getan. Und sauer war ich auch. Aber ich habe mich dann schnell wieder eingekriegt. Nichts ist so ernüchternd wie ein dicker Bauch. Und dann das Babygeschrei!"

„Hört, hört!" Ich lachte. „Ihr armen Männer! Und schon hat man das volle Programm am Arsch. Wo's doch nur um den Spaß ging!"

„Genau", bestätigte Mike fröhlich. „Ich habe Hank sogar bedauert. Der war doch ziemlich angeschlagen, als er so plötzlich und unverhofft Vater wurde. Der tolle Hank! Als Jan dann zur Welt kam, hatte ich das alles schon gut weggesteckt. Ich bin übrigens Jans Patenonkel."

„Keine leise Häme?"

Mike grinste. „Klar, ein bisschen schon. Ich war ehrlich gestanden sehr froh, dass nicht mir das passiert war. Aber Hank war ein erstaunlich guter Vater, nachdem er den ersten Schock überwunden hatte. Hat seinen Sohn wirklich geliebt. Er hat sich unglaublich gefreut, als Ruby noch mal schwanger geworden ist. War ganz närrisch mit dem Kleinen. Und dann wird er einfach umgenietet von so einem besoffenen Arschloch!"

„Der Unfall", nickte ich. „Davon hat Ruby mir erzählt. Seht ihr euch oft, Ruby und du?"

„Manchmal treffen wir uns. Kino, Kneipe oder so. Oder ich lade mich bei ihr zum Essen ein. Außerdem kommt sie regelmäßig mit ihrer MZ bei mir vorbei, damit ich sie warten kann. Wir sind einfach gute alte Freunde geblieben."

Da ich hatte keine Lust hatte, die gleiche Strecke zurück zu fahren, wählte ich den Weg über die Staumauer bei Werden.

Ein paar Wolken zogen am Himmel auf. Mir soll's recht sein, dachte ich. Wenigstens verbrenne ich mir so nicht den Pelz. Aber es war schwül wie in einer Waschküche. An der Villa Hügel besann ich mich eines Besseren, stieg vom Rad und wartete auf die S-Bahn, die mich wieder ins Viertel brachte.

***

Abends war ich zu einer Gartenfeier eingeladen. In Max Freundeskreis hatte auch jemand Geburtstag, sodass wir an diesem Samstag getrennte Wege gingen. Ich ging die halbe Stunde nach Bergerhausen zu Fuß, verbrachte einen vergnüglichen Abend bei meinen Freunden im Garten ihres Zechenhäuschens und wanderte erst nach Mitternacht durch die immer noch schwüle Luft nach Hause zurück, wo ich sofort ins Bett fiel.

Ein ungewohntes Prasseln weckte mich auf. Irritiert versuchte ich, es zuzuordnen. Ich lauschte. Dann sprang ich aus dem Bett.

Regen! Es regnete!

Ich warf mir das weite Shirt über, das ich abends getragen hatte, stieg ich aus meinem weit geöffneten Flügelfenster hinaus auf die Brüstung und tappte zum Balkon.

Es goss. Ich reckte die Arme in die Luft und hob mein Gesicht dem Wasser entgegen. In Windeseile war das T-Shirt durchnässt. Das Wasser strömte an mir herunter, perlte über meinen Körper und bildete Pfütze auf dem kleinen Balkon. Wie herrlich!

Regen! Regen, Regen, Regen! Ich fing an zu tanzen, drehte mich lachend um die eigene Achse, streichelte meine Pflanzen, hob mein Gesicht himmelwärts und ließ mir Wasser in den Mund laufen. Fünf Minuten tanzte ich den Regentanz.

Dann schnitt ein heller, klar umrissener Blitz durch den nachtschwarzen Himmel, und unmittelbar darauf tat es einen mächtigen Donnerschlag. Ich zuckte zusammen. Es war sehr nah. Ich sah zu, dass ich zurück in die Wohnung kam, registrierte, dass es in meinen Spitzgiebel hinein regnete und schloss die Fensterflügel. Kletterte hinunter, rubbelte Körper und Haare trocken und stieg wieder hinauf. Jetzt war mir sogar kalt. Also hüllte ich das Laken um meinen Körper, das mir in den vergangenen Wochen als Bettdecke gedient hatte, setzte mich in meinen Sessel, legte die Füße auf das Sitzkissen hoch und beobachtete aus dieser sicheren Distanz heraus das gewaltige Schauspiel, das sich mir bot.

Als das Gewitter langsam weiter zog, öffnete ich die Fensterflügel erneut und ließ die feuchte, abgekühlte Luft hinein. Holte mir ein Glas Weißwein und ließ mich wieder in meinem Sessel nieder. Und versuchte, meine Gedanken zu sortieren.

Ruby und Mike. Das war interessant. Und dieser Mike auch noch der Patenonkel von Jan. Jan, der Sohn des tollen Hank. Der so toll dann wohl auch nicht war, wenn ich Rubys leichtes Zögern richtig interpretierte. Alle drei teilten eine Leidenschaft für Ostmaschinen. Und hoben sich damit von der übrigen Szene der Biker ein wenig ab. Na ja, nicht nur dadurch. Komisch, dass viele von diesen Motorradfreaks als wandelnde Klischees ihrer Selbst durch die Gegend liefen. Aber es gab auch viele andere,

Gottseidank! Ruby und Mike beispielsweise. Intelligent und sehr nett. Hank musste ähnlich gewesen sein. Hank war tot. Mit Schöfflers Ableben konnte er nun wirklich nichts zu tun haben. Und Mike? Ich dachte an Mikes hagere Geiergestalt, an seinen sympathischen Humor, seine selbstironische, verschmitzte Art. Er hatte Zugang zu alten Ostmaschinen. Wartete die von Ruby regelmäßig, hatte die AWO von Hank in seiner Garage stehen. Liebte er Ruby etwa immer noch? So sehr, dass er einen Mord für sie begehen würde?

FÜNFZEHN

Um zehn ging ich zu Max zum Frühstücken hinüber. Wir erzählten uns erst mal von unseren Festen am vergangenen Abend. Dann leitete ich zu dem Thema über, das ich mir in der Nacht zurechtgelegt hatte.

„Du bist doch so gewieft im Knacken von Systemen", sagte ich harmlos. „Könntest du nicht..."

Max warf mir einen schrägen Blick zu. „Könnte ich was?" Es klang nicht sehr bereitwillig.

„Nun ja, ich werde den Verdacht nicht los, dass Bestechung mit im Spiel ist", sagte ich. „Sowohl die ZOTAG als auch der Schöffler haben Dreck am Stecken, da bin ich mir sicher."

„Sicher oder ziemlich sicher", fragte Max.

„Darum geht es ja gerade. Ich kann es nicht beweisen. Aber es wäre logisch." Ich erzählte Max von meinem Besuch bei der Kanzlei Schöffler. „Warum sonst hätte die Kaldenbach so abweisend reagiert?"

„Ich kann da noch nichts Abweisendes dran entdecken", sagte Max. „Du bist ihr ziemlich auf die Pelle gerückt mit deinen Fragen. Aber so nervös wie dieser Pressefritze von der ZOTAG ist sie ja nicht geworden. Vielleicht hatte sie wirklich einen Termin, den sie noch vorbereiten muss."

„Vielleicht wusste sie aber auch von dem Deal. Dem zwischen der Culgos Services, der ZOTAG und dem Schöffler."

„Vielleicht aber auch nicht. Vielleicht wusste sie gar nichts und Schöffler wollte das Geld privat einstreichen. Außerdem, mein blauer Vogel, was hat das Ganze mit dem Tod vom Schöffler zu tun? Wenn doch jeder gut daran verdient hat, warum musste er dann sterben?"

Ich zuckte mit den Schultern. „Weiß ich nicht", sagte ich kleinlaut. Ich beschloss, diese Frage mit in meine Liste aufzunehmen. „Deshalb wollte ich dich ja fragen, ob du nicht an die Bankauszüge vom Schöffler oder von der Kanzlei heran kommst."

„Sonst noch was?", fragte Max spöttisch.

„Du bist gut", insistierte ich. „Und bei der Krippenhagen & Goll-Geschichte hast du mir doch auch geholfen, ins geschützte Netz der Exapta reinzukommen."

„Stimmt", gab Max zu. „Das war aber auch was anderes."

„Warum? Nicht ganz koscher war es allemal."

„Natürlich war es illegal. Was du hier von mir willst, ist aber trotzdem ein anderes Kaliber!"

„Verstehe ich nicht. Wieso?"

„Erst mal ist der Ausgangspunkt ein anderer", erklärte Max geduldig. „Bei Krippenhagen & Goll wolltest du auf einen bestimmten Server in einem bestimmten System."

„Ja, aber das hast du doch hervorragend hinbekommen."

„Weißt du, bei welcher Bank Schöffler seine Konten hat? Oder seine Kanzlei?"

„Nein", gab ich zu.

„Und wie stellst du dir das dann vor? Ich soll also die Firewalls sämtlicher Banken durchbrechen und erst mal checken, ob dort ein G. Schöffler oder eine Kanzlei Schöffler aus Oberhausen ein Konto hat. Wenn ich fündig geworden bin, soll ich dann prüfen, ob irgendwann größere Geldbeträge vom Culgos Services dort eingegangen sind? So in etwa?"

„So in etwa", stimmte ich zu.

„Blauvogel, so geht das nicht." Max nahm mein Gesicht in seine beiden Hände und sah mir in die Augen. "Es ist zu gefährlich. Und ich mache so was nicht mehr."

„Warum?"

„Nun, gefährlich ist es ohnehin, die Firewalls von Banken zu durchbrechen. Wenn ich wüsste, bei welcher Bank, ließe sich darüber ja eventuell sogar noch reden. Das kannst du mir nicht sagen. Es würde also ziemlich lange dauern, bis ich überhaupt etwas herausbekommen könnte. Und dieser Zeitfaktor, der ist gefährlich."

„Aber du machst das doch mit diesen Portdetektoren. Mit dem umgekehrten Weg!" Ich erinnerte mich deutlich daran, wie Max mir genau diesen Faktor erklärt hatte. Man musste prüfen, ob ein Port geschlossen war. War er geschlossen, bekam man eine negative Antwort zurück. War der Port eines Systems offen, bekam man überhaupt keine Antwort. Und das war dann der offene Port. So viel hatte ich behalten vom Hacken und seinen Mysterien.

„Ja. Der umgekehrte Weg. Das ist richtig. Dann aber muss ich rein. Und ich weiß noch nicht, ob das System, das ich da gerade knacke, überhaupt das richtige ist. Was meinst du wohl was los ist, wenn sich die Banken gegenseitig kurz schließen, weil sie alle festgestellt haben, dass jemand in ihrem Datenbestand herumgeschnüffelt hat. Dann habe ich eine Armada von Bullen am Arsch, vom BND bis zu Interpol. Tut mir leid, aber das ist mir zu riskant."

„Du hast doch bei Krippenhagen & Goll auch deine Spuren verwischt", protestierte ich lahm.

„Der Zeitfaktor, Toni. Der ist das Problem. Diese Aktion dauert zu lang, weil sie zu ungenau von den Vorgaben her ist!"

„Die Hausbank der Kanzlei lässt sich bestimmt leicht heraus bekommen", sagte ich hartnäckig.

„Vermutlich", stimmt Max zu. „Aber der Schöffler wäre bekloppt, das über ein offizielles Geschäftskonto zu machen. Womit wir wieder bei Punkt 1 sind. Und das werde ich keinesfalls machen. Ich gefährde damit meine Pläne für die Zukunft."

Ich spürte den Ernst in seiner Stimme. Aufmerksam sah ich ihn an.

„Ich habe mit dir noch nicht darüber geredet, weil es noch nicht hundertprozentig klar war", erklärte Max. „Ich meine, ich will ja nicht ewig arbeitslos bleiben. Ich habe schon länger über eine Idee in Richtung Selbstständigkeit nachgedacht."

Ich war überrascht. Davon hatte Max bisher noch keinen Ton verlauten lassen.

„Als ich neulich bei Wolfgang an der Küste war, habe ich mit ihm über diese Idee gesprochen. Er ist nämlich selbstständig, Systemanalytiker und Softwareberater, und er hat beruflich mit einer Menge unterschiedlicher Unternehmen zu tun, dabei auch einer ganzen Reihe von Behörden."

So, so, mit Wolfgang geredet. Und warum nicht mit mir? Diesen blöden Gedanken sprach ich Gottseidank nicht aus. Schließlich redete er ja gerade mit mir darüber.

„Du weißt ja, dass ich bei meinem Job als Systemanalytiker früher unter anderem damit befasst war, Sicherheitslücken im System meines Arbeitgebers zu entdecken."

Ich nickte.

„Das war ein nicht ganz unkritisches Unternehmen. Ein Energiekonzern, genauer gesagt. Ich habe mich also aus Berufsgründen intensiv mit dem Thema Hacken beschäftigt und fand das wahnsinnig spannend. Daran bin ich dann kleben geblieben."

Ich nickte erneut. Auch das war mir bekannt.

„Ich habe einfach die Idee, dass das, was mein Arbeitgeber damals wichtig fand, auch für andere Unternehmen wichtig sein könnte. Die Frage nämlich, wie sicher ihr System wirklich ist vor Eindringlingen von außen. Ich habe vor, das als Dienstleistung anzubieten. Die Überlegung dabei ist, dass ich dann als Externer ohne Kenntnis des jeweiligen Systems agiere, also mit exakt den gleichen Voraussetzungen wie ein Hacker. Wolfgang fand die Idee super. Und außerdem chancenreich, wenn ich mich bei ihm mit einklinken würde. Ich muss natürlich noch einiges klären in Sachen Selbstständigkeit", schloss Max verlegen.

Respekt, dachte ich. Das klingt nach einer Idee, die klappen könnte.

„Und deshalb willst du jetzt nichts Illegales mehr tun", fasste ich zusammen.

„Genau", sagte Max. „Von nun an muss ich ganz solide sein." Er grinste mich an.

„Und wann soll es los gehen", fragte ich. Der Urlaub, unser erster gemeinsamer Urlaub im September verschwand in weiter Ferne am Horizont.

„Wolfgang und ich dachte an Anfang Oktober. Er meint, er hätte da einen Auftrag in Aussicht. Zunächst werde ich von zu Hause aus arbeiten. Später miete ich dann vielleicht ein kleines Büro."

Anfang Oktober! Ich atmete erleichtert auf und schimpfte mich gleichzeitig kleinlich. Diese Sache war entschieden wichtiger als eine gemeinsame Woche am Meer.

***

Später, als wir auf den Steinstufen im Schatten von Max kleinem Garten saßen und Bonnie bei ihren

Kletterübungen in der verknurpselten Weide beobachteten, fiel mir eine weitere Frage ein.

„Wie kann die Polizei sich denn so sicher sein,
dass es eine wirklich eine Ostmaschine war", fragte
ich laut.

„Keine Ahnung", murmelte Max träge. „Ich kenne
mich mit Karren nicht aus."

„Aber ich kenne jemanden, der sich damit auskennt", sagte ich. Mikes lange Geiergestalt tauchte
vor meinem inneren Auge auf. „Da werde ich morgen wohl noch mal nach Kupferdreh fahren müssen."

„Soll ich dich fahren?" Max war immer noch träge.

„Nee, danke", wehrte ich ab. „Aber die Idee mit
dem Auto ist gut. Ich habe keinen Bock, die ganze
Strecke schon wieder mit dem Rad zu fahren."

„Du kannst mein Auto nehmen. Das hat wenigstens eine Klimaanlage. Sollen wir gleich noch den
Tatort gucken? Ich nehme ihn gerade auf."

„Aber nur, wenn deine beiden Plüschtiere sich
nicht auf mir niederlassen", sagte ich lächelnd. „Die
sind mir wirklich zu warm bei diesem Wetter."

Natürlich eroberte sich Clyde doch einen Platz auf
meinem Schoß. Zu viert sahen wir zu, wie Ballauf
und Schenk böse Buben fingen.

SECHZEHN

Mike schien gerade Mittagspause zu machen. Er lehnte auf zurückgekipptem Stuhl auf der Verladerampe, die Füße, die noch in den gleichen Schlangenlederstiefeln steckten wie ein paar Tage zuvor, auf das hölzerne Geländer gelegt. Wie in einem Western, dachte ich. Nur ein Cowboyhut fehlte, tief ins Gesicht gezogen.

„Hallo Mike", rief ich. „Ich bin's, Toni. Ich war neulich schon mal da."

„Hi Toni", rief Mike vergnügt. „Die Frau, die tatsächlich was wissen will! Die zuhören kann! Habe ich einen so bleibenden Eindruck bei dir hinterlassen, dass du mich schon wieder besuchst? Das ist aber nett."

Ich feixte zurück. „Du bist eben ein beeindruckender Kerl. Nach ein paar schlaflosen Nächten musste ich mir einfach eine Ausrede einfallen lassen, um wieder herkommen zu können."

Er zwinkerte mir zu. „Willste nen Kaffee?"

„Nee, lass mal", wehrte ich ab. „Das Zeug, was du da trinkst, ist völlig ungenießbar."

„Schwarzer Kaffee macht schön", sagte er tadelnd. „Sieht man doch an mir." Er fuhr sich durch die fusseligen Haare, die um seinen Kopf herum stand wie graue Stahlwolle.

Ich lachte. „Danke, wirklich nicht."

„Warum störst du mich bei meiner Siesta, wenn du keinen Kaffee mit mir trinken willst? Oder möchtest du noch mehr Nachhilfe in Sachen Oldtimer?"

„So was in der Art", gab ich zu. Ich überlegte, wie ich meine Frage am besten formulieren sollte. „Sag mal", fragte ich schließlich langsam. „Kann man so eine MZ eigentlich eindeutig erkennen?"

Mike bedachte mich mit einem Blick, der ein ‚typisch Frau' zu implizieren schien.

„Ich meine", fuhr ich schnell fort, um ihn nicht zu Wort kommen zu lassen, „so im Vorbeifahren? Ist die wirklich so einmalig in ihrem Aussehen, dass jemand, der sich auskennt mit solchen Maschinen, hundertprozentig sicher sein kann, dass da gerade eine MZ fährt?"

„Du hast mir neulich doch nicht richtig zugehört", sagte Mike vorwurfsvoll. „Sicher kann man die erkennen, wenn man genau hinguckt."

Ich ignorierte seinen sarkastischen Unterton. „Also wärest du in der Lage, im Dämmrigen

auf fünfhundert Meter Entfernung zu erkennen, dass da eine MZ vorbei rauscht", bohrte ich nach.

Mike stutzte. „Das habe ich nicht gesagt", meckerte er mich an. „Du hast nicht von fünfhundert Metern und Dunkelheit geredet. Ich denke, ich würde erkennen, dass es ein altes Schätzchen aus dem Osten ist. Doch, da bin ich mir sicher. Die Form ist ziemlich prägnant. Aber ich würde vermutlich nicht sagen können, ob es sich um eine alte MZ oder eine alte Simson handelt."

„Na also!", sagte ich zufrieden. „Mehr wollte ich doch gar nicht wissen."

Gedanklich legte ich das Thema Ostmaschinen mit dieser Auskunft ad acta.

***

Und damit kam ich zu Plan B an diesem Tag. Von Kupferdreh aus fuhr ich nach Heisingen.

Herr Schöffler bewohnte eines der Häuser am Heisinger Hang. Hatte bewohnt, musste man der Richtigkeit halber natürlich sagen.

Die Lage war bestechend. Die alte Villa aus der Gründerzeit lag direkt am Waldrand, aber ich vermutete, dass sich vom Garten aus ein unverbaubarer Blick über das Ruhrtal bis nach Byfang hin bot. Ich fragte mich, warum Schöffler seine Kanzlei im Oberhausener Norden hatte, wenn er doch hier im Essener Süden ein so prachtvolles Haus bewohnte.

Beherzt klingelte ich. Doch der Ton verhallte scheppernd im Innern des Gebäudes, ohne dass sich etwas rührte. Das Haus sieht irgendwie unbewohnt aus, dachte ich. Der Eindruck wurde durch einen Stapel von Zeitungen und Werbeprospekten verstärkt, die aus dem Briefkasten quollen. Hatte der Advokat hier etwa alleine gewohnt?

Unschlüssig, was ich jetzt weiter tun sollte, folgte ich dem Jägerzaun bis zum Nachbargrundstück. Eine alte Frau zupfte Unkraut in einem der sorgfältig angelegten Beete. Neben dem Beet lag ein Schäferhund im Schatten eines Nussbaumes, den Kopf auf die ausgestreckten Pfoten gelegt.

„Entschuldigen Sie bitte die Störung", rief ich zu der Frau hinüber.

Mühsam erhob sie sich aus der gebückten Haltung und strich sich das altmodisch geblümte Kleid glatt. Dann kam sie zu mir an den Zaun. Der Schäferhund hob wachsam den Kopf und beobachtete mich genau.

„Ich wollte zu Frau Schöffler", sagte ich zu der alten Frau. „Aber der Briefkasten scheint voll zu sein. Ist sie vielleicht verreist?"

„Nein." Die alte Frau sah mich freundlich an. „Sie wohnt schon länger nicht mehr hier, nun fast an die zwei Jahre. Und Herr Schöffler ist vor kurzem gestorben."

Mir gefiel es, dass sie nicht gleich erzählte, dass er ermordet worden war. „Das weiß ich", sagte ich. „Ich habe es in der Zeitung gelesen. Und weil ich eine alte Freundin von Frau Schöffler bin, wollte ich ihr mein Beileid aussprechen. Ich war längere Zeit im Ausland", log ich. „Deshalb hatten wir uns in den letzten Jahren etwas aus den Augen verloren, leider. Wissen Sie denn, wo ich sie erreichen kann?"

„Frau Schöffler ist nach Bochum gegangen", sagte die alte Dame freundlich. „Nach der Trennung hat sie sich eine Wohnung in Stiepel gekauft, Brockhauser Straße, wenn ich mich recht erinnere. Da hätte sie es nicht so weit zur Arbeit, hat sie mir damals gesagt. Ich kann Ihnen die Telefonnummer heraussuchen."

„Das wäre sehr nett." Ich lächelte sie an. „Wissen sie denn, ob sie ihren Mädchennamen wieder angenommen hat?"

„Soweit ich weiß, sind die beiden nicht geschieden," sagte die alte Dame bereitwillig. „Obwohl ich vermute, dass das auf der Tagesordnung stand, wo der Herr Schöffler doch diese Freundin hatte. Sie war oft hier. Doch genaues weiß ich darüber nicht. Ich hole Ihnen jetzt die Adresse." Damit schlurfte sie ins Haus.

Augenblicklich stand der Hund auf und platzierte sich aufmerksam direkt hinter dem Zaun. Er bellte nicht, er beobachtete mich nur scharf.

„Braves Tier", lobte ich.

Kurze Zeit später hielt ich die Telefonnummer von Karin Schöffler in der Hand.

„Eine letzte Frage noch", hielt ich die alte Dame auf. " Was war Herr Schöffler eigentlich für ein Mensch?"

„Das müssen Sie doch besser wissen, wenn Sie mit Frau Schöffler befreundet waren", sagte sie, plötzlich misstrauisch geworden.

„Leider nein." Ich machte eine hilflose Geste mit den Händen. „Karin war da nie besonders auskunftsfreudig. Ich hatte nur den Eindruck, dass sie nicht besonders glücklich war." Ein Schuss ins Blaue. Mal sehen, was passiert.

„Ich sage es ja nicht gern, aber ein bissl unbeherrscht war er schon, der Herr Schöffler. Es ist leider öfter mal etwas lauter zugegangen dort drüben. Sie hat viel geweint, die Frau Schöffler."

„Arme Karin. Bei mir hat sie sich nur immer beklagt, dass er so viel gearbeitet hat."

„In letzter Zeit nimmer so viel", sagte sie. „Er hat auch angefangen, regelmäßig mit seinem Radel zu trainieren. Dafür hat er sich früher keine Zeit genommen. Er war zurückhaltend, sehr zurückhaltend. Aber er hat bei aller Arbeit immer Zeit für ein paar nette Worte gefunden, wenn er mich gesehen hat. Deshalb fand ich das ja so schade..."

Ich beobachtete sie aufmerksam. Die alte Lady schien etwas auf dem Herzen zu haben. „Mit laut meinen Sie, er hat herumgebrüllt?", fragte ich behutsam. „Oder wurde er auch gewalttätig?"

„Na, blaue Flecken hat sie schon manchmal gehabt. Meinem Ernst selig hätte ich das nie verziehen, wenn er mich so behandelt hätte. Aber mein Ernst" – ihr Gesicht wurde plötzlich ganz weich – „der war ein ganz Lieber. Er hat sich so darüber aufgeregt, wenn es mal wieder los ging da drüben. Er wollte dann am liebsten rüber und eingreifen. Aber ich habe immer gesagt, dass es besser wäre, sich da raus zu halten. Manchmal denke ich, dass es ein Fehler war."

Ja, das dachte ich auch. Ein Fehler, immer wegzusehen. Und auch wieder nicht, denn schließlich gehören immer zwei zu einem solchen Verhalten. Einer, der macht, und einer, der es sich gefallen lässt.

„Dabei war er ein guter Christ. Unsere Kirchengemeinde hat er mit viel Geld unterstützt." Das Thema schien der alten Dame schwer im Magen zu liegen.

„Das schließt sich leider überhaupt nicht aus", sagte ich traurig. „Es kommt viel öfter vor als man denkt. Seien Sie froh, dass Sie Ihren Ernst hatten."

„Ja, das bin ich." Ihr Tonfall klang so, als würde der Gedanke an ihn sie trösten.

Ich bedankte mich bei der alten Frau und ging den Weg zurück, den ich gekommen war.

Herrin und Hund verfolgten aufmerksam meinen Abgang.

***

Es zog mich nach Hause, heim in meine kleine, sichere, heile Welt. Da mischte sich Großmutter wieder ein. Nägel mit Köpfen machen, hörte ich sie sagen. Und: Was du heute kannst besorgen, das verschiebe nicht auf morgen. Langsam wirst du anstrengend, Großmutter!

Dennoch sah ich auf die Uhr. Halb Sechs. Zeit für die Berufstätigen, heim zu kommen.

Ich kramte mein Handy aus der Tasche und rief die Nummer an, die die alte Dame mir gegeben hatte.

Eine Stunde später klingelte ich an der Tür von Karin Schöffler. Und dankte Max, dass er mir sein Auto zur Verfügung gestellt hatte, das mit der Klimaanlage.

Sie führte mich auf einen Balkon, von dem aus man ins Grüne hinein sah. Ordentliche Rasenflächen,

Blumen, einige Bäume. Zweiter Stock, kein umwerfender Ausblick, aber ruhig. Grün. Ohne Sichtkontakt zum Nachbarbalkon, aber durchaus in Hörweite, wenn man wollte. Ein behüteter Balkon. Wenn ich mich von einem gewalttätigen Ehemann befreien wollte, hätte ich vermutlich eine ähnliche Wahl getroffen.

„Hallo Frau Schöffler." Ich lächelte sie an und streckte ihr die Hand entgegen. „Blauvogel. Danke, dass Sie sich die Zeit nehmen, mit mir zu reden!"

Zögernd lächelte sie zurück. „Es klang so, als ob es wichtig wäre. Möchten Sie etwas trinken?"

„Gerne. Ein Glas Wasser bitte."

Ich blickte ihr hinterher, als sie in die Wohnung zurückging. Eine kräftige Frau mit breitem, schwerem Knochenbau. Ein paar Pfund zu viel auf den Rippen, aber gewiss nicht dick. Sie sah nicht aus wie eine Frau, die sich nicht wehren konnte. Das lange, dunkle Haar war mit einer breiten Spange locker zu einem Pferdeschwanz zusammengefasst. Als sie zurückkam, sah ich, dass es von vielen grauen Strähnen durchzogen war.

„Sie sagten, es ginge um den Tod meines Mannes." Aufmerksam sah sie mich an.

Ich nickte und wusste nicht so recht, wie ich beginnen sollte. Schließlich konnte ich kaum mit der Tür ins Haus fallen und sie fragen, ob ihr Mann Schmiergelder eingestrichen hatte. Dennoch beschloss ich, weitestgehend bei der Wahrheit zu bleiben.

„Ich habe Ihnen vorhin am Telefon gesagt, dass ich im Todesfall Ihres Mannes ermittele und sich ein paar neue Aspekte aufgetan haben, die ich gerne mit Ihnen besprechen würde. Vermutlich denken Sie, ich bin Polizistin. Das bin ich nicht, und ich möchte mich dafür entschuldigen, dass ich Sie in diesem Glauben gelassen habe. Allerdings hatte ich Angst, dass Sie mich dann nicht empfangen würden."

Ihr Blick wurde misstrauisch und ich sah Abwehr in ihrer Haltung.

„Bitte hören Sie mir noch einen Moment zu, bevor Sie mich hinauswerfen."

„Na, Sie haben Nerven! Wenn Sie von der Presse sind, können Sie gleich..."

„Nein, ich bin nicht von der Presse", unterbrach ich sie. „Ich ermittle tatsächlich im Mordfall Ihres Mannes, allerdings auf privater Ebene. Die Polizei glaubt, dass eine Freundin von mir Ihren Mann umgebracht hat. Ich bin mir sicher, dass das nicht so ist. Und das möchte ich beweisen."

Ihre Haltung entspannte sich etwas. „Sie wissen, dass ich seit über zwei Jahren von meinem Mann getrennt lebe. Ich weiß deshalb nicht, wie ich Ihnen helfen könnte." Dennoch lehnte sie sich in ihrem Stuhl zurück und sah mich erwartungsvoll an.

„Das ist mir bekannt", sagte ich schnell. „Dennoch denke ich, dass Sie Ihren Mann gut genug kennen, um mir weiterhelfen zu können."

„Ich höre."

„Es ist etwas heikel", druckste ich. „Ihr Mann wurde häufig mit der Abwicklung von Insolvenzen betraut. Dabei hatte er große Entscheidungsspielräume. Können Sie sich vorstellen, dass Ihr Mann sich in diesen Entscheidungsspielräumen vielleicht von irgendwelchen... also irgendwie nicht sachgerechte Entscheidungen... beeinflussen ließ..." Ich wusste nicht weiter.

Frau Schöffler lachte hell auf. „Ich verstehe schon, worauf Sie hinaus wollen. Mein Mann war ein Schlitzohr. Ein ausgekochtes Schlitzohr. Ich weiß, dass er seinen Vorteil schon immer sehr genau im Auge hatte. Ich nehme auch an, dass er einem geschenkten Gaul nicht allzu genau ins Maul schauen würde. Ganz sicher weiß ich aber eines: Er würde – hätte niemals Entscheidungen getroffen, die juristisch anfechtbar gewesen wären. Dazu war er viel zu gerissen."

Sie strich sich eine Strähne aus dem Gesicht. „Aber wenn Sie glauben, dass ich hier konkrete Informationen hätte, muss ich Sie leider enttäuschen. Er hat mit mir selten über seine Geschäfte gesprochen."

„Hatten Sie nicht ein gemeinsames Konto?", fragte ich neugierig. „Vielleicht ist Ihnen ja aufgefallen, dass da mal ein größerer Geldbetrag eingegangen ist?"

Sie lachte wieder hell auf und warf dabei ihren Kopf in den Nacken. „Ein gemeinsames Konto. Sicher, das hatten wir. Da befand sich in erster Linie mein Geld drauf, und in regelmäßigen Abständen hat er auch Geld darauf überwiesen. Dieses Konto hat er dann sperren lassen direkt nach meinem Auszug. Wie auch immer er das juristisch hinbekommen hat, er hat es sperren lassen. Das wird bei der Scheidung noch ein schmutziges Geschäft, das können Sie mir glauben."

„Na, das Problem sind Sie ja jetzt los", rutschte es mir heraus.

Sie warf mir einen kurzen Blick zu. „Stimmt. Das Problem bin ich los. Aber um auf Ihre Frage zurückzukommen: Nein. Ungewöhnliche Beträge sind auf unser Konto nicht eingegangen. Das wäre mir in der Tat aufgefallen. Wenn er sich hat bestechen lassen, und darauf wollen Sie doch hinaus, dann hat er das Geld woanders untergebracht."

„Haben Sie schon seine Unterlagen gesichtet in Ihrem ehemaligen gemeinsamen Haus?"

„Nein. Bisher noch nicht. Die Polizei hat das Haus jetzt erst wieder freigegeben."

„Können Sie mir vielleicht Bescheid sagen, wenn Sie etwas in dieser Richtung finden? Ein anderes Konto, ein Schließfach, irgendwie so etwas?"

Nachdenklich sah sie mich an. „Ich denke nicht, dass ich etwas finden werde", sagte sie langsam.

„Es ist ausgesprochen wichtig", insistierte ich. „Der Verdacht gegen meine Freundin ist lächerlich und unbegründet. Er stützt sich lediglich auf die Tatsache, dass ihr im Rahmen der letzten von ihrem Mann betreuten Insolvenz die Sicherung etwas durchgebrannt ist. Sie hat ihm in seinem Büro eine Szene hingelegt. Ihr kleiner Sohn hat Leukämie, und sie wusste nicht, wie sie die nächste Miete bezahlen soll. Auch wenn sie Motorrad fährt und ihr Mann vermutlich von einem Motorrad von der Brücke gedrängt wurde, ist der Verdacht der Polizei reichlich an den Haaren herbei gezogen."

„Nun, bei einem Geschäft wie dem meines Mannes kommt es häufiger mal vor, dass Menschen durchdrehen."

„Aber meine Freundin hat absolut nichts davon, dass Ihr Mann jetzt tot ist. Ihre Lage verbessert sich dadurch um keinen Deut."

„Eine Tat im Affekt basiert im Regelfall nicht auf Nutzen, sondern auf Hass", sagte Frau Schöffler leise.

Aufmerksam sah ich sie an, Sie sah so aus, als wüsste sie, wovon sie sprach. Dann stellte ich mir Ruby vor. Ruby mit ihrer besonnenen Art, den üppigen, rotblonden Locken und dem ansteckenden Lachen, bei dem die vorderen Zähne aus der Reihe tanzten.

„Nein!" Energisch schüttelte ich den Kopf. „Nicht bei Ruby."

„Man kann sich täuschen." Frau Schöffler wirkte so, als wären ihre Gedanken weit weg. „Selbst bei den Menschen, die einem nahe stehen. Bei denen man meint, sie wirklich gut zu kennen. Man kann sich sehr täuschen."

Ich unterdrückte den Impuls, ihre Hand zu nehmen. Ihr Mann hat sie geschlagen hat, wollte ich sagen. Aber ich sagte es nicht. Sie war nicht bereit für so eine intime Art der Annäherung. Und wenn ich ehrlich sein wollte: Ich war es auch nicht.

„Ich weiß", sagte ich also nur und suchte ihren Blick, der seltsam in sich gekehrt war.

Frau Schöffler fand den Weg aus ihrer Gedankenwelt zurück zu ihrem Balkon, zurück zu unserem Gespräch. „Ich denke wirklich nicht, dass ich in unserem Haus etwas finden werde. Aber wenn, dann gebe ich Ihnen Bescheid."

Ich gab ihr meine Telefonnummer.

***

Ich sehnte mich nach der Stille meiner kleinen Dachterrasse. Einem kühlen Glas Wein. Ein paar Häppchen Käse. Oliven. Den Vögeln in den Baumkronen. Einer klaren, ruhigen Musik.

Endlich war ich daheim. Die Praxen im Haus hatten geschlossen. Ich war allein. Hatte mein langes Leinenkleid gegen die alten, gestreiften Boxershorts mit dem ausgeleiertem Gummibund und ein Top gewechselt. Die Blumen mit Wasser versorgt und liebevoll abgeduscht. Den Weinkühler mit einer Flasche Pinot Gris in Reichweite gestellt, einen Teller mit Käsehäppchen, Oliven und Weißbrot auf meinem Schoß.

Sanft wehte Coltranes Saxophon durch mein geöffnetes Flügelfenster. Vermischte sich mit dem Abendgesang der Amseln. Der Himmel hinter dem

RWE-Turm nahm diese tiefe, sommernachtblaue Färbung an, die ich so liebe. Nur ein paar dunklere Streifen, mit dickem Pinsel in diese unvergleichliche Farbe hineingezogen, zeugten von leichter Wolkenbildung.

Ich wollte so gerne entspannen. Aber ich konnte nicht. Schöffler hockte in meinem Kopf wie ein Kuckuckskind im Meisennest. Dick aufgeplustert, hässlich, mit weit aufgerissenem Schnabel, so schrie er um Aufmerksamkeit und ließ keinen Raum für andere Gedanken.

Mir fiel der NRZ-Artikel wieder ein, den Bertold mir vor ein paar Wochen gegeben hatte. Das Foto von G. Schöffler, das wollte ich sehen. Jetzt. Ich ging in mein Büro hinüber und holte den Artikel.

Lange betrachtete ich das Foto. Trank Pinot in kleinen Schlucken, kein Wasser dazu diesmal.

Rundes, leicht mongoloid wirkendes Gesicht. Dunkle Hornbrille. Heinz Erhard eben. Der gute Nachbar von nebenan. Absolut harmlos.

Mehr Pinot. Kleine Schlucke. Viele. Kein Wasser dazu, wie ich es sonst immer tat.

Ein Schläger also, dachte ich traurig. Ein mieser, kleiner Schläger.

Noch mehr Wein in kleinen Schlucken. Kein Wasser.

Was trieb Männer dazu, die zu schlagen, die sie doch angeblich liebten? Was bewegte Frauen dazu, sich immer wieder schlagen zu lassen? Solchen Männern nicht einfach den Rücken zu kehren, berufstätig und damit finanziell unabhängig wie Karin Schöffler? Warum war sie nicht einfach gegangen? Ich konnte es nicht verstehen.

In kleinen Schlucken der Wein.

Ein guter Christ, stand hier im NRZ-Artikel geschrieben. Eine wichtige Stütze der Kirchengemeinde St. Georg. Auch finanziell.

Kein Wasser. Nur kühler Pinot. In kleinen Schlucken.

Ein guter Christ, so, so! Ironisch kräuselten sich meine Lippen zu einem Lächeln. Ich dachte an Kreuzzüge. Hexenverbrennung. Bekehrung von Indianern. Erlösung armer Sünder vor dem Fegefeuer durch echtes Feuer! Gottes Wille geschehe. Dachte an die Moral. Sei demütig. Warte auf Erlösung. Werde nicht selbst tätig. Glaube. Herr erbarme dich. Herr erlöse mich von dem Übel. Komisch nur, dass so selten die Armut als Übel bekämpft wurde.

Wein. In kleinen Schlucken. Und Adam und Eva. Die Frau sei dem Manne untertan. Aus seiner Rippe geschaffen. Ein Teil von ihm. Amen!

In kleinen Schlucken der weiße, kühle Wein.

Nein. Gute Christen und Gewalttätigkeit, das schloss sich wirklich nicht aus. Halleluja und Prost!

Langsam, aber sicher wurde ich betrunken.

SIEBZEHN

Das Telefon riss mich aus einem alkoholumnebelten Schlaf. Zunächst wusste ich nicht, warum ich mich so fühlte, wie ich mich fühlte. Denn ich hatte Kopfschmerzen wie schon lange nicht mehr. Dann fiel mir mein Exzess am Abend vorher wieder ein. Ich schämte mich. Selbst dran Schuld, Blauvogel, knurrte ich, als ich mit brummendem Schädel in den Wohnraum hinunter kletterte.

Nach einer ausgiebigen lauwarmen Dusche, zwei Bechern Kaffee, einer Scheibe Brot und einem Aspirin ging es mir besser. Mir fiel der morgendliche Anrufer wieder ein, und ich sah im Büro nach, ob mir jemand auf den Anrufbeantworter gesprochen hatte. Hatte er nicht. Aber der Rufnummernspeicher zeigte mir an, dass es Max gewesen war.

„Hi, ich dachte, du wärest nicht da", sagte Max fröhlich. „Ich wollte gerade los. Vielleicht hast du ja Lust, mitzukommen, so ganz spontan?"

„Wohin denn", fragte ich etwas misstrauisch.

„Ich wollte eine Radtour machen, den Leinpfad runter zum Ümminger See und zurück, ganz gemütlich, ohne Stress, und vor allem ist heute nicht so viel los wie am Wochenende. Auf dem Rückweg könnte man in Hattingen was essen. Hast du Lust?"

Warum eigentlich nicht, dachte ich. Ein bisschen Abstand zu dem ganzen Mist tut mir sicher gut.

***

Die Ruhr zwischen Essen-Steele und Hattingen finde ich besonders schön. Seerosenfelder treiben dicht am

Ufer, an den Wehren rauscht das Wasser wie bei einem Wildbach, und etliche Strudel und Stromschnellen verhindern, dass die Ruhr beschiffbar ist. Nur Kanus und Kajaks sind hier unterwegs, und es ist immer wieder spannend, zu beobachten, wie die kippeligen Boote durch die Stromschnellen fitschen. Obwohl es ein normaler Wochentag war, war einiges los. Die bewohnten Zeltplätze wiesen darauf hin, dass Ferienzeit war. Kinder und Jugendliche bevölkerten die Landzungen, die in die Ruhr hinein ragten, und immer wieder sah man Schwimmer im Fluss. Auch etliche Radfahrer und Inlineskater waren unterwegs.

Wir wechselten bei Hattingen die Seite, fuhren vorbei an Pferdeweiden und malerisch anzusehenden Häusern und stießen schließlich kurz vor dem Kemnader Stausee wieder ans Ruhrufer. Im Schatten einer alten Buche lungerten wir müßig auf einer Wiese an der Kemnade herum, aßen die mitgebrachten Kirschen und beobachteten die Segler und Katamarane. Weiter ging es bis zum Ümminger See, der noch sechs Kilometer nordöstlich der Kemnade liegt. Dort saßen wir lange in einem schönen Biergarten am See, gönnten uns Eis und füllten die Flüssigkeitsreserven wieder auf, Max mit Weizenbier, ich mit Apfelschorle.

Gemächlich fuhren wir die Strecke auf der anderen Seite der Ruhr zurück und landeten so gegen fünf in der Hattinger Altstadt. Dort schlossen wir die Räder aneinander, bummelten durch die engen Gassen mit den malerischen Fachwerkhäusern und studierten jede, aber wirklich jede Speisekarte und die Auslagen der kleinen Geschäfte, die unaufdringlich in den Häuschen integriert waren.

„Guck mal, hier", sagte Max und wies in die Auslage eines Kramladens, der sich auf Schilder aus

Emaille spezialisiert zu haben schien. Während ich noch überlegte, was er mir hatte zeigen wollen, verschwand er im Laden und kehrte kurz darauf mit einem Päckchen in der Hand zurück. „Für dich", sagte er und überreichte mir das Päckchen.

Neugierig machte ich es auf. Es war ein leuchtend blauer Vogel, nicht groß, aber so intensiv in den Farben, dass er sehr auffiel.

„Ein Eisvogel. Der ist aber hübsch!"

„Das ist kein Eisvogel, das ist ein Blauvogel", sagte Max zärtlich.

Die Nacht verbrachte ich mit Max. Und den beiden Katzentierchen natürlich, die ausgesprochen frech geworden waren.

Als ich am nächsten Morgen wieder nach Hause radelte, stellte ich fest, dass ich den ganzen Tag über nicht ein Mal an die ZOTAG, die Kanzlei Schöffler und Partner oder dieses seltsame Gutachten gedacht hatte.

ACHTZEHN

Die Nachricht von Karin Schöffler auf meinem Anrufbeantworter überraschte mich. Ich hatte nicht damit gerechnet, dass sie sich melden würde. Aber sie bat mich um Rückruf. Neugierig wählte ich die Nummer, die sie mir auf Band gesprochen hatte.

Eine halbe Stunde später klingelte ich erneut an der Tür der schönen Villa in Heisingen.

Der Schäferhund stand mit gespitzten Ohren hinter dem Zaun des Nachbarhauses und beobachtete mich wachsam.

Sie trug Shorts und ein verschwitztes helles T-Shirt, über das sich Spuren von Dreck zogen. Ein buntes Tuch, zu einer Art Schweißband zusammengedreht, hielt ihr die Haare aus dem ebenfalls verschwitzten Gesicht, die sie wieder im Nacken zusammengefasst hatte. Über die Backe zog sich eine dunkle Spur, so, als habe sie mit schmutzigem Handrücken Schweiß aus dem Gesicht gewischt.

„Entschuldigen Sie meinen Aufzug", sagte sie. „Aber ich bin beim Sortieren und Ausmisten."

„Sieht nach Arbeit aus", kommentierte ich.

„Ja. Das Haus ist wirklich sehr groß. Und offensichtlich hat mein Mann in den letzten Jahren nur ein paar der Räume regelmäßig putzen lassen. Sie ahnen gar nicht, wie viele versteckte Winkel es hier gibt. Aber kommen Sie doch rein."

Neugierig betrat ich das Haus. Wir befanden uns in einer Art Halle, in der sich eine breite Holztreppe ins obere Stockwerk erhob. In luftiger Höhe schwang ein eiserner Leuchter, groß wie ein Wagenrad, mit künstlichen Kerzen. Der Boden bestand aus einem Mosaikparkett in unterschiedlichen Hölzern.

Ich folgte ihr durch eine weit geöffnete Flügeltür in einen lichtdurchfluteten Wohnraum. Noch mehr Parkett aus edlen Hölzern. Alte, polierte Möbel, Jugendstil, tippte ich. Ein großer Erker aus Holz, in dem eine große Palme und einige Korbsessel standen. Eine Verandatür führte hinunter in den Garten.

Ich staunte. Das Haus musste ein Vermögen wert sein.

„Alter Familienbesitz", erklärte sie, als können sie meine Gedanken lesen. „Mein Urgroßvater hat das Haus gebaut. Es ist viel wert, aber es schluckt auch immens viel an Unterhalt. Man sollte es mit einer großen Familie bewohnen. Für mich allein ist es viel zu groß. Ich weiß noch nicht, was ich damit machen soll. Verkaufen mag ich es auch nicht. Aber mit diesen für Sie sicherlich seltsam anmutenden Sorgen will ich Sie nicht behelligen." Sie lachte verlegen.

„Also, ich würde nicht ablehnen, wenn ich so ein Haus erben würde."

„Ich habe doch etwas gefunden, was für Sie vielleicht von Interesse sein könnte." Frau Schöffler wies auf einen Stapel von Papieren, der sich auf dem runden Tisch bei den Korbstühlen befand.

Ich setzte mich und wartete gespannt darauf, was sie mir zu sagen hatte.

„Ich weiß nicht so recht, wie ich anfangen soll", sagte sie schließlich. „Am besten, Sie bilden sich selbst ein Urteil." Damit wies sie auf den Tisch. „Sehen Sie sich das an", bat sie.

Zögernd griff ich nach dem Stoß vor mir. Ein Briefumschlag, in dem sich eine Menge Papier befand. Eine Notiz dabei mit dem Text ‚*Wie abgesprochen. H.D.*'

Und ein Brief mit dem Logo der ZOTAG. Ich las den Brief. Dann nahm ich mir den Rest vor. Schnell überflog ich das dreißig Seiten starke Gutachten, das sich mit dem Softwarepaket von Systems for Life-Style befasste.

„Können Sie damit etwas anfangen?"

Ich zuckte mit den Schultern. „Kann gut sein. Es passt auf jeden Fall zum Thema. Wo haben Sie das gefunden?"

„Im Schreibtisch in der Bibliothek. Es gibt dort ein Geheimfach. Mein Vater hat es mir gezeigt, als ich noch ein Kind war. Ich fand das wahnsinnig spannend. Irgendwann habe ich es meinem Mann mal gezeigt, als Anekdote sozusagen." Frau Schöffler schob sich eine Strähne aus dem Gesicht. „Ich habe mich gewundert, dass er so etwas nicht im Büro gelassen hat. Er hat früher nie Geschäftliches zu Hause aufbewahrt."

Ein Geräusch von der Halle her ließ uns beide zusammenfahren. Wie gebannt starrte ich zur Eingangstür, die langsam aufschwang, während Frau Schöffler sich blitzschnell aus dem Korbstuhl stemmte und sich mit verschränkten Armen mitten in der Flügeltür zur Halle hin aufbaute.

„Frau Schöffler!" Eine weibliche Stimme. Es klang erschrocken. „Was machen Sie denn hier?"

Erst jetzt fiel mir auf, dass ich kein Auto in der Einfahrt hatte stehen sehen. Vermutlich stand der Wagen von Frau Schöffler in der Garage.

„Das gleiche könnte ich Sie fragen", sagte Frau Schöffler kurz angebunden. „Was zum Teufel machen Sie in meinem Haus, Frau Kaldenbach!"

Frau Kaldenbach? Ich rutschte mit meinem Sessel ein Stück nach hinten und versuchte, mich hinter der Palme möglichst unauffällig zu machen.

„Gerhard... Ich dachte..." Frau Kaldenbach wich einen Schritt zurück. Dann riss sie sich merklich zusammen. „Ich vermisse ein paar wichtige Unterlagen im Büro", sagte sie hochmütig. „Der Verdacht liegt nahe, dass er sie mit nach Hause genommen hat, bevor er zu Tode kam."

„Und woher haben Sie den Schlüssel?", fragte Frau Schöffler spitz. Dann lachte sie trocken auf. „Ach so, ich verstehe. Sie waren die letzte seiner Gespielinnen. Nun, ich möchte Sie keinesfalls in Ihrer Arbeit behindern. Wenn mein Mann zu Hause gearbeitet hat, dann in der Bibliothek." Dann lachte sie wieder trocken auf. „Aber das wissen Sie sicherlich selbst."

Frau Kaldenbach zuckte mit den Schultern. Nur ein paar verräterisch rote Flecken auf ihren Wangen verrieten die Anspannung. Sie schien nicht bereit, kampflos aufzugeben. „Ich werfe dann mal schnell einen Blick", sagte sie. Ich hörte, wie eine weitere Tür in der Halle geöffnet wurde.

Frau Schöffler warf mir einen verschwörerischen Blick zu, während sie zu mir in den Erker eilte. Sie legte ein paar Zeitschriften auf den Stapel Papiere, den ich kurz zuvor durchforstet hatte. Dann bezog sie erneut ihren Posten in der breiten Flügeltür, die Arme abweisend vor der Brust verschränkt.

„Na, haben Sie gefunden, wonach Sie suchen?", fragte Frau Schöffler scheinheilig, als Frau Kaldenbach wieder auftauchte.

„Nein. Die Unterlagen sind nicht hier", sagte Frau Kaldenbach knapp. „Sie haben sie nicht zufällig gefunden?"

Frau Schöffler machte eine verneinende Bewegung mit dem Kopf. „Aber vielleicht finde ich ja noch etwas, dann gebe ich Ihnen Bescheid." Sie lächelte harmlos.

„Das wäre nett. Dann gehe ich mal wieder."

„Die Schlüssel bitte!" Das Lächeln, das Frau Schöffler jetzt zeigte, war keineswegs harmlos zu nennen. Auffordernd hielt sie ihre Hand auf.

Ich sah, wie Frau Kaldenbach, im Gehen begriffen, in der Bewegung innehielt. Dann drehte sie sich um und ließ den Schlüssel in die ausgestreckte Hand fallen.

Frau Schöffler machte sich nicht die Mühe, sie an die Tür zu bringen.

„Schlange", zischte sie, nachdem die schwere Tür ins Schloss gefallen war. „Ich hätte mir denken können, dass er ihr einen Schlüssel gegeben hat!"

„Mehr als nur Assistentin?", fragte ich.

„Ja. Das ging schon eine ganze Weile so."

„Warum sind Sie nicht früher gegangen?" Die Frage konnte ich mir nicht verkneifen. „Zumal Ihr Mann auch zu Gewalttätigkeit neigte, wie ich gehört habe."

Frau Schöffler kniff die Augen zu schmalen Schlitzen zusammen. „Haben Sie gehört, ja? Darf man fragen, von wem?"

Ich schwieg.

Für einen Moment starrte sie mich böse an. Dann zuckte sie mit den Schultern. „Ach, was soll's. Vermutlich weiß es ohnehin die halbe Stadt und macht sich über mich lustig."

„Kein Mensch macht sich über Sie lustig", murmelte ich. „Da gibt es wirklich nichts, worüber man sich lustig machen könnte. Warum sind Sie nicht eher gegangen?"

Erneut zuckte sie mit den Schultern. Wandte sich zum Fenster, blickte hinaus. „Wissen Sie, wie schwer das ist?", fragte sie jemanden draußen weit hinter dem geöffneten Fenster. „Wenn man in einem Haus wie diesem hier aufwächst? Einziges Kind zweier nicht mehr ganz junger Eltern. Und da ist auch noch Großvater. Ich war ihr aller Augenstern, ihr ein und alles. Behütet, verhätschelt und beschützt. Ihre Prinzessin! Fehlte noch der Märchenprinz, um das Glück zu vervollständigen. Mein Mann sah früher gut aus. Schlank, mit vollem dunklem Haar. Ein bisschen intellektuell mit seiner schweren Brille. Ein bisschen wie ein Gelehrter. Das hat mir gefallen. Großvater, der hätte ihn durchschaut. Aber Großvater war schon ein paar Jahre tot." Sie lächelte bitter. Griff sich in den Nacken, hob ihren schweren, locker geflochtenen Zopf in die Höhe und ließ ihn wieder fallen.

Mir war es recht, dass sie meine Anwesenheit nicht mehr wahrzunehmen schien. Also blieb ich still.

„Da wohnt man nun in einem solchen Haus. Prachtvoll. Mit einem klugen Mann, der erfolgreich ist in seinem Beruf, sehr erfolgreich. Hat selbst studiert. Hat einen Beruf, der einen ausfüllt. In dem man geachtet ist und geschätzt. Da muss man doch glücklich sein, oder?"

Die Frage schien mehr an sich selbst gerichtet als an mich, denn sie fuhr fort mit tonloser Stimme.

„Aber Prinzessin war nicht glücklich. Der Prinz machte ab und an Sachen mit ihr, die sie gar nicht mochte. Er tat ihr manchmal weh. Im Bett. Wurde grob. Richtig grob. Es schien ihm zu gefallen." Sie griff sich an die Kehle.

Beklommen räusperte ich mich.

Leise fuhr sie fort. „Und Prinzessin hatte einen Makel. Sie wurde und wurde nicht schwanger. In ein so großes Haus wie dieses hier, da gehören doch Kinder. Mehrere Kinder. Zumal die Eltern nun auch nicht mehr leben. Das passt doch nicht. Nicht zu einem solchen Mann. Nicht zu einem solchen Haus. Nicht zu einem solchen Erfolg. Er gab Prinzessin die Schuld. Verlangte echte Hingabe. Sagte, man müsse seinen Horizont erweitern, sich nur richtig drauf einlassen, dann wäre es eine lustvolle Erfahrung. Und dann würde Prinzessin bestimmt auch schwanger. Es klappte nicht. Er wurde immer öfter grob. Im Bett. Dann auch außerhalb des Bettes. Er wurde richtig gemein. Kniff manchmal, bis es wehtat. Wenn Gäste da waren, so dass Prinzessin nicht schreien konnte. Oder drückte die Finger viel zu fest ins Fleisch. Und eines Tages schlug er dann richtig zu, mit voller Gewalt."

Sie sah immer noch aus dem Fenster. Schien meine Gegenwart völlig vergessen zu haben. Ich räusperte mich erneut.

„Ein Ausrutscher, dachte ich. Er hat zu viel Stress. Nur ein Ausrutscher. Ein Ausrutscher, sagte er. Oh Gott, Prinzessin, nur ein Ausrutscher! Er weinte sogar." Mit einem Ruck drehte sie sich zu mir herum. Sie hatte meine Gegenwart keineswegs vergessen. Sie erzählte ihre Geschichte. Mir.

Unbehaglich rutschte ich auf meinem Stuhl hin und her. Ich mochte solche Geschichten nicht. Ich wollte nicht weiter zuhören.

„Die Ausrutscher häuften sich. Und wurden zur lieben Gewohnheit. Mal mehr, mal weniger. Und immer an Stellen, wo es nicht so auffiel. Er wusste auch ziemlich genau, wann er aufhören musste. Ins Krankenhaus musste ich nie. Verstehen Sie?" Fast flehentlich sah sie mich an. „Wie konnte ich, Prinzessin, von aller Welt beneidet und für glücklich befunden, denn so einen Mann haben? Hätte ich das erste Mal, als es passierte, den Mut gefunden, mich jemandem anzuvertrauen, dann wäre ich vermutlich viel früher gegangen. Aber so, so konnte ich nicht. Bis meine Freundin eines Abends noch mal zurückkam. Sie hatte ihre Brille vergessen. Da das Tor noch offen war, kam sie einfach wieder um das Haus herum, ohne zu klingeln, denn wir hatten auf der Terrasse gesessen. Sie sah es durchs Fenster. Er hatte

mich an den Haaren gepackt und … hatte die Reitgerte in der Hand … Sie ist dazwischen gegangen
wie eine Furie und hat mich sofort mit zu sich genommen. Eine Woche später hatte ich diese Wohnung hier. Verstehen Sie jetzt?" Wieder dieser fle-
hende Blick.

Nein, dachte ich. Hielt dem Blick trotzdem stand,
versuchte, das Unbehagen zu vertreiben und dem
Mitleid Raum zu geben. Wollte etwas Tröstliches
sagen, ohne zu lügen.

„Ich war nie in einer solchen Situation", sagte ich
schließlich und räusperte mich. „Schwer zu sagen,
wie ich mich verhalten würde."

Doch eine Lüge, dachte ich traurig. Eine elende
Lüge.

***

Eine knappe Stunde später schob ich mein Rad den
steilen Waldweg unterhalb der Ruine der Isenburg
zum Baldeneysee herunter.

Ich versuchte, meine Gedanken zu sortieren.
Schöffler, den Mann mit den sadistischen Zügen beiseite zu schieben und Schöffler, den Geschäftsmann
wieder ans Licht zu bringen. Schöffler, den Insolvenzverwalter. Schöffler, der in einem Geheimfach
seines Jugendstilschreibtischs ein Gutachten über die
Software LifeStyle Store verborgen hatte. Und eine
Notiz. Alles frisch eingescannt und ausgedruckt. Die
Kopien, knisterten in meinem Rucksack.

Ich lehnte das Rad gegen das Geländer des Weges
oberhalb des Sees und mich selbst daneben, die Ellenbogen auf das Geländer und mein Kinn auf die
geballten Fäuste gestützt. Beobachtete ein paar Se-

gelboote, die mit mäßigem Wind gemächlich über das Wasser dümpelten. Und dachte nach.

Warum versteckte der Insolvenzverwalter Gerhard Schöffler dieses Gutachten bei sich zu Hause? Warum hatte er es nicht bei seiner Fallakte im Büro? Was hatte Krullkowski, der Pressesprecher der ZO-TAG, mit dem Gutachten zu tun? Und was sollte diese Notiz? Was war abgesprochen, und wer war H.D.?

Ich würde nachfragen müssen.

***

Das armselige Bäumchen, unter dem ich auf dieser steinernen Bank mitten auf dem steinernen Platz vor dem gläsernen Gebäude der ZOTAG saß, spendete nur wenig Schatten. Ungeduldig sah ich auf die Uhr an meinem Handy.

Wohl wissend, dass er mich nicht erneut empfangen würde, hatte ich einen Anruf bei der ZOTAG getätigt und erfahren, dass Herr Krullkowski am frühen Nachmittag einen Außentermin hatte.

Pünktlich um vierzehn Uhr verließ er das Gebäude und steuerte auf das Parkhaus neben dem Glaspalast zu. Ich folgte ihm. Beobachtete, wie er die Fernbedienung ausrichtete, sah die Rücklichter eines BMW aufleuchten, flitzte an Krullkowski vorbei und baute mich direkt vor der Fahrertür des BWM auf.

„Hallo, Herr Krullkowski", sagte ich mit samtener Stimme und grinste ihn an. „Ich hätte da noch eine Frage."

Herr Krullkowski war nicht erfreut, mich zu sehen.

„Sie..." Er schnaufte empört. „Was erlauben Sie sich!"

„Nun, ich dachte, Sie würden mir vermutlich keinen Termin mehr geben. Dennoch würde ich gerne wissen, was es mit diesem Gutachten über die Software von Systems for LifeStyle auf sich hat, das Sie Herrn Schöffler vor vier Monaten zugeschickt haben."

Er wurde blass. „Ich weiß nicht, wovon Sie sprechen", sagte er und stieß die Luft zweimal erregt durch die Nasenlöcher hinaus.

„Dann will ich Ihnen auf die Sprünge helfen", sagte ich freundlich. Ich las ihm den Brief vor, den Frau Schöffler im Geheimfach gefunden hatte.

Sehr geehrter Herr Schöffler,
wie bereits telefonisch besprochen schicke ich Ihnen hier das Gutachten über Funktionsumfang und Qualität der Software LifeStyle Store. Aus dem Gutachten, durchgeführt von einem Experten der Computer-Woche, geht hervor, dass die Software bestens dafür geeignet ist, die Belange des Möbel- und Designhandels abzudecken. Der Marktwert der Software beläuft sich nach dieser Schätzung auf ca 450.000 Euro.

Hochachtungsvoll,
H. Krullkowski

Erwartungsvoll sah ich ihn an. „Und? Ist die Erinnerung wieder aufgefrischt? Ach, übrigens, wer ist eigentlich H.D.?"

Krullkowski war hochrot im Gesicht. Schnaufte, ohne zu sprechen. Stieß mich dann vehement zur Seite, riss die Tür seines Wagens auf und stieg mit einer Behändigkeit ins Auto, die ich ihm aufgrund seiner Korpulenz kaum zugetraut hätte.

Verdattert hörte ich, wie er den Wagen anließ.

„Davonlaufen nutzt nichts", rief ich ihm hinterher. „Das Gutachten habe ich auch!"

Der Wagen machte einen Satz und schoss davon.

„Na, das war ja mal ein Schuss ins Schwarze", murmelte ich, immer noch verdattert. „Aber schlauer biste nun auch nicht, Blauvogel!"

***

Frau Kaldenbach reagierte um einiges ruhiger, als ich ihr das Gutachten unter die Nase hielt.

„Ist es das, was Sie suchen?", fragte ich.

Sie nahm das Gutachten und blätterte es durch. „Ja, danke", sagte sie. „Woher haben Sie das denn?"

„Das tut hier nichts zur Sache", antwortete ich freundlich. „Wichtig ist doch nur, dass es jetzt wieder da ist."

„Danke", sagte sie noch einmal. „Danke, dass Sie extra vorbei gekommen sind. Das war sehr nett von Ihnen." Und blickte mich auffordern an, so als warte sie darauf, dass ich wieder gehen würde.

Den Gefallen tat ich ihr nicht. Stattdessen setzte ich mich in den Besucherstuhl vor ihrem Schreibtisch.

Frau Kaldenbach sah mich erstaunt an. „Ist noch etwas?"

„Nicht direkt." Auch ich lächelte. „Ist es eigentlich üblich, in solchen Fällen Gutachten einzuholen?"

„Natürlich ist das üblich. Schließlich gehört die Software zur Insolvenzmasse. Da muss doch eine Bewertung erfolgen."

„Wie kommen Sie an die entsprechenden Experten? Ich meine, für Gutachten dieser Art bedarf es doch eines sehr speziellen Fachwissens."

„Das ist richtig. Wir arbeiten mit einer Reihe unterschiedlichster Experten zu diesen Zwecken zusammen. Aber in diesem Fall haben wir Kontakt zur ZOTAG aufgenommen, dem Dachverband des Möbel- und Designhandels. Sie haben uns den – äh – das Gutachten – äh - vermittelt." Ich registrierte ein flüchtiges Zucken ihres Augenlides.

„Das Gutachten selbst? Habe ich das richtig gehört? Sie haben kein eigenes Gutachten erstellen lassen?", fragte ich erstaunt. „Ist das nicht ungewöhnlich?"

„Das Gutachten ist erst zwei Monate vor dem ersten Insolvenzfall erstellt worden, und zwar durch einen renommierten Mitarbeiter der Computerwoche", sagte Frau Kaldenbach hitzig. „Es gab keinen vernünftigen Grund für unsere Kanzlei, diese Expertise in Frage zu stellen und eine eigene anfertigen zu lassen."

Es klang, als wolle sie sich verteidigen. Aber ich wusste nicht, was ich in dieser Richtung noch hätte fragen können. Also stand ich auf und ging.

***

Das Gefühl, dass hier etwas absolut nicht stimmte, verstärkte sich. Dem Marktwert der Software, was sollte das eigentlich genau bedeuten? Es konnte sich dabei doch eigentlich nur um eine Verkaufspreis-Empfehlung handeln. Wie viel kostete eine Software? Woran machte man diesen Verkaufswert fest? Ich musste passen. Über solche Dinge wusste ich einfach nicht Bescheid.

Der charismatische Borg musste da sicherlich mehr im Thema sein als ich. Da ich nun schon mal im Oberhausener Norden war, beschloss ich, auch seinem Büro einen Besuch abzustatten – falls er überhaupt noch dort war. Aber das Tor vor dem Haupteingang war verschlossen. Das ganze Gebäude sah verlassen aus."

Kurz entschlossen rief ich ihn von meinem Handy aus an.

„Toni Blauvogel am Apparat", sagte ich. „Ich weiß, dass Sie nach unserem letzten Gespräch sicher nicht erpicht darauf sind, noch mal mit mir zu reden. Aber ich bin auf ein paar Dinge gestoßen im Zusammenhang mit Ihrer Insolvenz, die mir sehr seltsam vorkommen. Ich hatte gehofft, dass Sie mir vielleicht weiter helfen könnten."

Immerhin legte er nicht sofort auf. An seinem Schweigen erkannte ich allerdings, wie verschnupft er noch immer war.

„Es geht um den Kaufpreis der Software", fuhr ich also hastig fort. „Sie hatten damals doch vor, Ihre Software selbst wieder zu kaufen, als Sie das Nachfolgeunternehmen Systems for LifeStyle gegründet haben."

Gespannt wartete ich. Er antwortete nicht. Aber ich konnte seinen leisen Atem hören. „Vierhundertfünfzigtausend Euro sind eine verdammt stattliche Summe", sagte ich schließlich leise.

Er räusperte sich. „Wie kommen Sie auf diese Zahl?", fragte er heiser. „Es ging doch um achthunderttausend!"

„Nein. Hier in diesem Gutachten ist eindeutig die Rede von vierhundertfünfzigtausend Euro", sagte ich.

***

Martin Borg sah elend und grau aus. Selbst sein Anzug wirkte plötzlich einfach nur zerknittert und gar nicht mehr edel. Sein Charisma war ihm jedenfalls ziemlich abhandengekommen.

Ich folgte ihm über den leeren Parkplatz und betrat hinter ihm den Haupteingang des kleinen Bürogebäudes, den er sorgsam hinter sich abschloss. Die Vorhalle war komplett leer geräumt, Läufer, Besuchersessel und Empfangstresen, die vor zwei Wochen noch die Halle geziert hatten, waren weg. Unsere Schritte hallten auf den nackten Marmorfliesen.

„Der Aufzug ist abgeschaltet", sagte er, als er die Tür zum Treppenhaus öffnete.

Wir stiegen in den zweiten Stock hoch und folgten einem Flur vorbei an geöffneten Türen, die den Blick frei gaben auf leere Räume. Mir war unheimlich zumute. Schließlich wusste niemand, wo ich mich befand.

„Mein Büro muss ich nächste Woche geräumt haben", erklärte Borg und wies auf die Tür am Ende des Ganges.

Erleichtert bemerkte ich, dass eine Frau an dem runden Tisch in der Ecke des Zimmers saß und Unterlagen sichtete. „Hallo", sagte ich freundlich.

„Susanne Kern." Die Frau reichte mir ihre Hand.

Ich erkannte die Stimme wieder, die ich neulich am Telefon gehabt hatte.

„Meine Sekretärin. Sie hilft mir noch beim Zusammenräumen, obwohl ich sie nicht mehr bezahlen kann." Borg lächelte sarkastisch. „Die anderen haben schon lange das sinkende Schiff verlassen."

„Ich kann Sie doch jetzt nicht im Stich lassen, Herr Borg. Die paar Tage machen den Kohl nun auch nicht mehr fett!"

Ich sah Ergebenheit in ihren Augen.

„Also", wandte sich Martin Borg an mich. „Von was für einem Gutachten haben Sie vorhin gesprochen?"

Wortlos reichte ich ihm eine Kopie der Unterlagen, die wir in der Villa von Schöffler im Schreibtisch gefunden hatten.

Borg las es und wurde blass. „Diese Schweine!", brach es aus ihm heraus. „Das ist Diebstahl! Das ist Betrug!" Er sprang auf und durchquerte mit dynamischen Schritten den Raum, plötzlich wieder ganz bel ami mit charismatischem Käppchen. Er nahm einen Schnellhefter von seinem Schreibtisch. „Ich werde die Sache anfechten. Jetzt habe ich in der Hand, was ich brauche! Susanne, sehen Sie nur. Das ist der Durchbruch! Wir dürfen das doch kopieren?", wandte er sich an mich.

Er reichte mir den Schnellhefter und beobachtete mich mit funkelndem Blick, als ich die Seiten überflog. Ich holte tief Luft. „Das ist wirklich ein dicker Hund. Auch ich hätte gerne eine Kopie von dieser Akte hier."

***

Obwohl das Auto im Schatten gestanden hatte, waren es immer noch satte vierzig Grad darin. Ich kurbelte alle Fenster herunter und überlegte, welche Strecke ich nach Hause nehmen sollte.

Das Ruhrgebiet wird in Ost-West-Richtung von drei Autobahnen durchzogen. Die südlichste Verbindung ist die A 40, der ehemalige Ruhrschnellweg oder – um auf noch frühere Zeiten zurückzugreifen, der frühere Hellweg, eine Handelsstraße. Die A 40 durchschneidet die citynahen Bereiche der Städte Duisburg, Mülheim, Oberhausen, Essen, Wattenscheid, Bochum und Dortmund. Die mittlere Autobahn A 42 verläuft parallel zur Emscher und verbindet die nördlichen Teile dieser Städte, aber auch

Städte wie Bottrop und Herne miteinander. Ganz im Norden des Ruhrgebiets verläuft die A 2 als Bindeglied zwischen Oberhausen und noch weiter nördlich liegenden Städten wie Recklinghausen.

Anstatt quer durch die Oberhausener City zu fahren, wählte ich die A 42, folgte ihr in Richtung Westen bis zum Kreuz Hamborn, wo ich die A 52 in Richtung Süden nahm, und stieß nahe der Duisburger City auf die A 40. So fuhr ich zwar einen weiten Bogen, vermied dafür aber eine ampelintensive Strecke quer durch irgendeine Innenstadt.

Ich fuhr nicht sehr schnell. Bei weit geöffneten Fenstern genoss ich den Fahrtwind, der die Hitze aus dem Innenraum fegte. Der Song *Zombie* von den Crawnberries veranlasste mich dazu, das Radio laut aufzudrehen. Unmittelbar darauf folgte *Loosing my Religion* von R.E.M. Ich sang die Refrains mit und fühlte mich glücklich.

Offenbar gab es noch andere Autofahrer, die es nicht eilig hatten, nach Hause zu kommen. Ein weißes Cabriolet mit offenem Verdeck hielt sich auf der ganzen Strecke bis nach Essen hin in relativ konstantem Abstand zu mir. Als ich in Holsterhausen die Autobahn verließ, verlor ich das Cabriolet im dichten Stadtverkehr aus den Augen.

Im Viertel musste ich länger kreisen, bis ich schließlich eine Lücke in der Emilienstraße fand. Ich schlenderte quer über den Isenbergplatz, überlegte flüchtig, ob ich mir im Café Click noch einen Milchkaffee gönnen sollte und entschied mich dagegen. Zu viel Tumult. Mir war nach Ruhe zumute. Und außerdem musste ich mich dringend mal wieder um die Tauschbörse kümmern.

Hecken schneiden gegen Katzenbetreuung im Urlaub. Dachboden ausmisten gegen Handlesen (dass es so was tatsächlich gab!). *Waschmaschine reparieren gegen Auto-Handwäsche...*

Ich erfasste, suchte und vermittelte. Viel war es nicht jetzt während der Ferienzeit, aber immerhin doch jeden Tag ein paar Anfragen.

Außerdem hatte Herr Monk mir auf den Anrufbeantworter gesprochen. Er wollte sich nach dem Stand meiner Ermittlungen erkundigen. Das traf sich gut. Auch ich wollte mit ihm reden. Aber nicht mehr heute. Heute wollte ich nur noch eines: Mich mit ein paar kulinarischen Gaumenfreuden in fester und in flüssiger Form auf meinem Balkon niederlassen und lesen.

Morgen, dachte ich also und verbot Großmutter energisch das Wort.

In dieser Nacht schlief ich endlich mal wieder durch. Keine Mücke bedrängte mich, keine Schweißattacken weckten mich aus einem ohnehin nur unruhigen Schlaf, und träumen tat ich auch nicht.

NEUNZEHN

Als ich aufwachte, fühlte ich mich frisch und ausgeruht. Eine Weile räkelte ich mich wohlig wie eine Katze. Dann fiel mir Herr Monk ein und ich schwang die Beine über die Bettkante. Überrascht stellte ich fest, dass es schon nach zehn Uhr war.

Eine Stunde später saß ich wieder in einem von Herrn Monks senfgelben Plüschsesseln, die obligatorische Tasse Tee in meiner Hand.

„Eine Sache verstehe ich nicht", sagte ich. „Bei der LifeStyle Systems GmbH wurde Herr Schöffler als vorläufiger Insolvenzverwalter eingesetzt. Wie konnte es denn dazu kommen, dass er die Software verkaufen durfte, wenn doch ein vorläufiger Insolvenzverwalter nicht über die Masse verfügen darf?"

„Nun, es wird ein Verfahren gegeben haben, in dessen Rahmen er zum Insolvenzverwalter bestimmt wurde. Und dann durfte er."

„Geht das denn?" Ich war erstaunt. „Ich meine, dass jemand beide Funktionen ausfüllen darf? Damit ist doch der Mauschelei Tür und Tor geöffnet."

„Es ist gang und gäbe. Sonst würde es doch viel zu teuer, wenn sich jemand anderes erneut in die ganze Sache einarbeiten müsste."

Das leuchtete mir ein. „Ich habe Ihnen etwas mitgebracht", sagte ich und reichte ihm die beiden Gutachten.

Herr Monk setzte sich die Lesebrille auf, die an einem Band um seinen Hals hing, und studierte die Papiere.

Die Ellenbogen auf die Knie gestützt beobachtete ich gespannt, wie er ein Blatt nach dem nächsten sorgfältig durchlas und dann wieder von vorne begann. Schließlich hielt ich es nicht mehr aus.

„Nun?", fragte ich. „Was halten Sie davon."

Herr Monk sah mich erneut über den Rand seiner Lesebrille hinweg an. „Ich wusste gar nicht, dass Software so teuer ist!"

„Man kann ja auch viel Geld damit verdienen", sagte ich ungeduldig. „Ist Ihnen sonst noch etwas aufgefallen?"

„Nun treiben Sie mich doch nicht so an, Kindchen. Wie meine Justina. Die hat auch keine Geduld!"

Justina! Dieser Vergleich gefiel mir gar nicht. Beschämt lehnte ich mich im Sessel zurück. „Was macht Ihre Tochter jetzt eigentlich?", fragte ich. „Ich meine, Ruby Hauser ist doch noch nicht aus dem Schneider bei der Polizei. Was unternimmt Ihre Tochter deswegen?"

„Erst mal gar nichts, denke ich." Herr Monk runzelte die Stirn. „Sie wird sich ein paar Strategien zurecht gelegt haben für den Fall, dass Frau Hauser angeklagt wird. Aber mehr wird sie im Moment nicht tun."

„Zeit ist Geld", murmelte ich.

„Ja, meine Liebe. Zeit ist Geld, da haben Sie Recht." Herr Monk seufzte bedrückt.

„Apropos", warf ich ein. „Wir haben Sie Ihre Tochter eigentlich dazu gebracht, hier mitzuwirken?"

„Oh!" Herr Monk sah betreten auf seine Hände. „Es gibt da so ein Wochenendhaus am Aachensee..."

„Sie haben ihr das Haus geschenkt, um einer Ihnen vollkommen unbekannten Person aus dem Schlamassel zu helfen?" Ich war schockiert. So viel Güte war mir suspekt!

„Nicht ganz. Das hatte ich ohnehin schon lange vor. Ich kann schon lange nicht mehr dort hin reisen." Er zwinkerte mir zu. „Verschenken ist doch besser als Vererben!"

Erleichtert atmete ich auf. Ganz so selbstlos war er also doch nicht, gottseidank!

„Was ich von diesen beiden Gutachten hier halte, möchten Sie wissen?" Herr Monk kam wieder zum Thema zurück.

Ich nickte.

„Wenn ich als Richter", begann er vorsichtig, „mit diesen beiden Gutachten konfrontiert worden wäre, dann hätte ich auf jeden Fall die Gutachter selber befragt. Eine Differenz in der Größenordnung von dreihundertfünfzigtausend Euro bei – äh – relativ identischen sonstigen Bewertungen ist doch durchaus" – hier lächelte er sein mildes Monk-Lächeln – „erläuterungsbedürftig. Und nun erzählen Sie mal, wie Sie an diese Unterlagen hier gekommen sind."

Und so erzählte ich ihm, was ich im Laufe der letzten Tage heraus bekommen hatte. Ich erzählte von meinen Besuchen bei bel ami, berichtete vom schnaufenden Herrn Krullkowski und der stattlichen Frau Kaldenbach und schließlich von meiner Begegnung mit Frau Schöffler. Herr Monk war ein guter Zuhörer.

„Beachtlich, was Sie alles zutage gebracht haben", sagte er. „Mein Rat ist: Reizen Sie den Stier nicht, wenn Sie keine Waffe haben. Beobachten Sie ihn, aber reizen Sie ihn nicht. Durchwühlen Sie lieber das, was er ausscheißt, wenn Sie meine Ausdrucksweise verzeihen mögen. Aber tun Sie das nur, solange er Ihnen den Rücken zuwendet."

„Und dann erst pack den Stier bei den Hörnern", ergänzte ich.

Herr Monk schmunzelte.

Kaum hatte ich meine Wohnung betreten, klingelte das Telefon.

„Frau Blauvogel?", fragte eine männliche Stimme.

„Am Apparat."

„Sie sind doch am Fall Schöffler interessiert?"

„Hm." Ich war misstrauisch.

„Ich habe hier etwas für Sie, das Sie bestimmt interessieren wird!"

„Geht's vielleicht etwas genauer? Wer sind Sie denn überhaupt?"

„Nicht am Telefon!" Mr. No Name tat geheimnisvoll.

„Sie haben zu viel ferngesehen. Entweder Sie erzählen mir, was Sie loswerden wollen, oder ich lege jetzt auf."

„Können Sie nicht nach Oberhausen kommen? Ich würde Sie gerne persönlich sprechen."

Das Drängeln ging mir auf die Nerven. „Okay", sagte ich unfreundlich. „Bei drei lege ich auf. Ich fange jetzt an zu zählen. Eins…"

„Das geht wirklich nicht am Telefon…"

„Zwei…"

„Ich muss Ihnen etwas zeigen. Im Centro auf der Brücke, die zum Irish Pub führt…"

„Nur, wenn Sie mir jetzt sagen, worum es geht", sagte ich unnachgiebig. Ich wartete drei Sekunden. „Und drei…"

„Centro. Die Brücke zum Irish Pub", insistierte er. „Ich warte auf Sie."

Ich knallte den Hörer auf die Gabel.

***

Natürlich siegte die Neugier. Eine dreiviertel Stunde später parkte ich in einem der vielen Parkhäuser am Centro Oberhausen.

Das Centro ist ein riesiges Shopping-Center in einem lang gestreckten zweistöckigen Halbrund. Geschützt von gläsernen Dächern, denen eines Gewächshauses nicht unähnlich, unterscheidet es sich zunächst nur wenig von anderen Einkaufszentren im Ruhrgebiet. Es beherbergt die gleiche Reihe von Läden, die auch unsere Fußgängerzonen zu einem einzigen Einheitsbrei machen. Dennoch erfüllt es die meisten Oberhausener mit Stolz. Denn es ist nicht nur riesig, nein: Erbaut auf einem stillgelegten Industriegelände der Thyssen AG nahe der Emscher verfügt es über einen Freizeitpark, ein Riesenrad und eine Gastronomiemeile an einem künstlich angelegten Teich. Es gibt ein Kino, eine Diskothek und eine Reihe von Restaurants, Pubs und Cafés, die alle mit einem großen Außenbereich aufwarten können. Sommers wie winters ist es hier brechend voll. Ganze Busladungen voller Holländer, aber auch deutscher Rentner werden hier tagtäglich ausgespuckt, und Horden von Teenagern werden vom Centro geradezu magisch angezogen. Dass seit diesem gigantischen Städtekonkurrenzprojekt die halbe Oberhausener Innenstadt brach liegt, scheint dabei niemanden zu interessieren. Und die übrigen Ruhrgebietsstädte schnappen gierig nach dem hoch gehängten Leckerbissen und überlegen fieberhaft, wie sie der Stadt Oberhausen den Rang in Sachen hypermoderne Einkaufs-Freizeit-Meile wieder ablaufen können.

Das Irish Pub hätte ich beinahe nicht gefunden, denn es liegt nicht direkt an der Flaniermeile. Es befindet sich auf der anderen Seite des lang gestreckten, in hübsche Betonwände gefassten Teiches, und es ist in einer Art Pagodenstil gebaut. Oder etwas, was sich irgendein Architekt unter asiatischen Pagoden vorstellt. Eine Brücke, die vielleicht an die Brücken in der Verbotenen Stadt in Peking erinnern soll, verbindet die Meile der Gastronomie mit dem Irish Pub à la Asia. Die Welt zu Gast bei Freunden. Und Oberhausen war dem ganzen Spektakel zehn Jahre voraus gewesen.

***

Die Brücke war leer. Kein Mr. No Name wartete dort oben auf mich. Verarscht, verarscht! Oder kam er noch?

Eine ganze Weile lehnte ich mit dem Rücken gegen das Brückengeländer und beobachtete das bunte Treiben auf dem Laufsteg da unter mir.

Viel Schick, viel prolliger Charme. Röcke, kaum breiter als ein breiter Gürtel, stellten Stempel zur Schau, denen jedes, aber wirklich jedes andere Kleidungsstück besser getan hätte. Man sah coole Jungs mit Rapperhosen, deren Schritt ihnen bis in die Kniekehlen hing, und coole Jungs in coolen Shirts mit Schuhen, so spitz wie die Tollen der Leningrad Cowboys, die Haare sorgfältig nach hinten gegelt. Überhaupt schienen mörderische Schuhspitzen der letzte Modeschrei zu sein. Und hohe Pinne, auf denen einige, aber durchaus nicht alle elegant zu laufen verstanden. Ich sah magersüchtige Mädels, so dürr und konturlos, dass sie wie Streichhölzer aussahen, Männer in Schlips und Anzug, denen die Wichtigkeit ihres Berufs ins Gesicht gemeißelt war, und aufgetakelte Schabracken in Tüllröckchen mit absurd kleinen Hundchen an der Leine. Dazwischen, das musste ich zugeben, gab es aber auch jede Menge normale Menschen.

Ich setzte mich an einen der Tische im Außenbereich des Köpi-Hauses und trank eine große Apfelschorle. Beobachte abwechselnd die Brücke und die flanierenden Menschen. Trank noch eine Apfelschorle. Und beschloss nach zwei Stunden, jetzt nicht länger zu warten auf diesen seltsamen Mr. No Name.

***

Da ich nun schon mal in Oberhausen war, rief ich noch einmal bei Systems for LifeStyle an. Ich rechnete eigentlich nicht damit, dass noch jemand da war. Zu meinem Erstaunen meldete sich aber eine weibliche Stimme.

„Kern, Systems for LifeStyle AG", sagte sie.

Dunkel erinnerte ich mich an eine schmale Gestalt und ein Gesicht, nicht alt, nicht jung, aber mit einem Ausdruck, der Ergebenheit vermittelte. Die Sekretärin von Herrn Borg.

Herr Borg sei nicht da, teilte sie mir mit. Und ja, sie selber könne ein paar Minuten Zeit für mich erübrigen.

Susanne Kern war nicht allein. Ein paar Menschen eilten geschäftig hin und her, in zwei Räumen standen wieder ein paar Schreibtische mit PCs, an denen Menschen telefonierten, und in einem weiteren Raum saß eine Gruppe von Leuten im Kreis um ein Flipchart herum, auf das eine Frau etwas zeichnete, deren ausholende Gestik mich an den charismatischen bel ami erinnerte. Auch das Zimmer am Ende des Ganges im ersten Stock, in dem ich mein letztes Zusammentreffen mit Martin Borg gehabt hatte, war entgegen seiner Ankündigung in der Woche davor nicht geräumt.

„Was ist denn hier los?", fragte ich überrascht. „Hatte Herr Borg nicht etwas von Räumung Anfang der kommenden Woche erzählt?"

Frau Kern strahlte. „Dank Ihres Gutachtens, also, natürlich nicht Ihres persönlichen, aber… naja…" Sie machte eine vage Geste mit den Händen. „Also, der Chef ist gerade in Düsseldorf. Er setzt eine einstweilige Verfügung durch und reicht eine Klage wegen Veruntreuung ein. Wir machen erst mal weiter. Auf freiwilliger Basis."

„Er verklagt einen Toten?" Ungläubig sah ich sie an. Dann lachte ich los.

„Nein, natürlich nicht!" Auch sie lachte unbefangen. „Die Kanzlei Schöffler und Partner verklagt er."

„Also die Partner", sagte ich trocken.

„Wenn Sie so wollen."

„Und was machen diese ganzen Leute hier?"

„Nun, das sind alles Kollegen, die von der Kanzlei nach Hause geschickt wurden. Wir versuchen, zu retten, was noch zu retten ist. Kommen Sie mit."

Voller Begeisterung schob sie mich in den großen Raum hinein, in den ich im Vorbeigehen schon hineingeguckt hatte.

„Frau Borg", rief Susanne Kern. „Kommen Sie doch bitte mal."

Die Frau am Flipchart drehte sich schwungvoll zu uns herum. Ein Model, das Werbung für teure Brillengestelle macht, dachte ich.

„Frau Borg, ich möchte Ihnen Frau Blauvogel vorstellen, die Dame, die Ihrem Mann Einsicht in das verfängliche Gutachten gegeben hat."

„Ach!" Sie kam mir mit ausgestreckten Händen entgegen. Und augenblicklich revidierte ich mein Urteil. Nix Model für Augengläser. Hinter einem sündhaft teuren Brillengestell, das ihr sündhaft gut stand, blickten mich ausdrucksstarke braune Augen freundlich an. Die Frau war keine klassische Schönheit. Die Augenbrauen waren zu üppig und zu grade, um dem gängigen Ideal zu entsprechen. Das ungeschminkte Gesicht einen Tick zu streng, die Kleidung nachlässig wie die ihres Mannes. Nur dass Frau Borg sie nicht mit Bedacht zusammengestellt hatte. Es sah so aus, als habe sie sich in Eile einfach irgendetwas übergestreift, wobei ihr das Ergebnis ziemlich egal zu sein schien. Sie war eine Persönlichkeit mit mindestens genau so viel Ausstrahlung, wie ihr Mann sie hatte.

Wow, dachte ich. Wäre ich ein Mann, würde ich mich auf der Stelle in sie verlieben.

„Frau Blauvogel", sagte sie ungekünstelt. „Wie schön, dass ich Sie persönlich kennen lernen kann. Erst mal ganz herzlichen Dank. Sie haben uns so sehr geholfen. Sie ahnen gar nicht, wie!"

Abwehrend schüttelte ich den Kopf. „Nun übertreiben Sie nicht. Ich habe lediglich ein Gutachten an Sie weiter gereicht, das früher oder später sowieso aufgetaucht wäre."

„Aber zur richtigen Zeit", sagte Frau Borg. „Nämlich zu genau dem Zeitpunkt, zu dem wir noch intervenieren können. Ohne Sie wäre es jetzt endgültig aus. So aber geht es weiter."

„Was genau geht weiter?", fragte ich neugierig.

„Wir sind betrogen worden, so einfach ist das." Frau Borg schob sich eine Strähne ihres einfachen, glatten Haares hinter ihr Ohr. Ohne ihre strenge Brille hätte sie ausgesehen wie ein junges Mädchen. „Wir hätten alles verloren. Nicht nur unsere Mitarbeiter, sondern auch wir, mein Mann und ich."

„Das verstehe ich nicht."

„Wir haben unser gesamtes privates Erspartes und noch einen Teil von meinen Eltern in die Systems for

LifeStyle AG gesteckt. So einfach ist das. Selbst ein paar unserer Mitarbeiter haben Geld in die neue Firma investiert. Und das nur, um von einem Insolvenzverwalter beschissen zu werden. Wir hätten alles verloren, wirklich alles."

„Wie kann das denn gehen? Ich dachte, es handelt sich um eine begrenzte Haftung bei dieser Gesellschaftsform", wandte ich ein.

„Gesellschaft mit beschränkter Haftung. Das stimmt", nickte sie bestätigend. „Aber die Haftung bleibt."

„Was ist mit beschränkt gemeint?" Fragen sah ich sie an. Dabei fiel mir auf, dass ich den Kopf wieder schräg legte. Bea hatte mir diese Angewohnheit mal unter die Nase gerieben. Ich musste lächeln, als ich daran dachte.

„Beschränkt heißt, dass man nicht in jedem Fall haftet. Bei einer GmbH haftet man zum Beispiel erst nach dem Eintrag im Handelsregister, bei einer AG bereits vorher."

„Aber der Eintrag ins Handelsregister muss erfolgt sein, sonst hätten Sie an Stelle einer Unternehmensinsolvenz eine Privatinsolvenz beantragen müssen, oder?"

„Das stimmt. Der Eintrag ist erfolgt. Der springende Punkt ist, dass die Kanzlei Schöffler und Partner uns wegen grober Fahrlässigkeit in die Haftung nehmen wollte. Und wenn sie damit durchkommen würde, dann könnten mein Mann und ich tatsächlich die private Insolvenz beantragen."

„Mit welcher Begründung wollte die Kanzlei das denn. Ich meine, Sie haben sich doch nichts zuschulden kommen lassen."

„Die Begründung lautet Fahrlässigkeit im Umgang mit der drohenden Insolvenz. Mein Mann hätte munter weiter eingekauft, neue Mitarbeiter eingestellt, Verträge geschlossen, die nicht einhaltbar gewesen wären, und damit den Schuldenberg noch willentlich vergrößert."

„Tun das nicht alle?", fragte ich verdutzt. „Ich meine, es ist doch normal, wenn man um sein Unternehmen kämpft. Und außerdem hatte doch die ZOTAG in Aussicht gestellt, dass sie Systems for LifeStyle unter die Arme greifen würde."

„Genau", schnaubte Frau Borg. „Genau das hat die ZOTAG getan. Und uns dann fallen gelassen."

„Haben Sie eine Erklärung dafür?"

„Eine Erklärung schon, aber keine Beweise. Deshalb kam dieses zweite Gutachten absolut zur rechten Zeit."

***

Pfeifend stieg ich die Treppen zu meiner Wohnung hinauf. Bog um die letzte Ecke, steckte den Schlüssel ins Schloss und erstarrte, weil die Tür sofort nachgab. Deutlich erkannte ich die Spuren gewaltsamen Eindringens.

Klar, die Haustür hatte ja auch wieder den ganzen Tag offen gestanden wegen dem Publikumsverkehr in den Praxen und Kanzleien. Jetzt um 18 Uhr 30 war sie allerdings verschlossen gewesen. Entweder, der Eindringling war schon über alle Berge, oder er befand sich noch in meiner Wohnung.

Ich schob die Tür etwas weiter auf und lauschte. Nichts zu hören. Mein Blick fiel wieder auf den demolierten Türrahmen, der so aussah, als wäre er mit einem Brecheisen traktiert worden. Eine Welle von Wut schwappte in mir hoch. Meine Wohnung. Meine schöne Wohnung, verdammt noch mal!

Dennoch widerstand ich dem Drang, einfach hinein zu marschieren und nachzusehen, wer sich dort so gewaltsam Zutritt verschafft hatte.

Leise trat ich den Rückzug an. Sperrte die schwere Haustür von außen wieder zu und setzte mich auf die Steinstufen. Wer auch immer sich darin befand, er würde jetzt nicht einfach wieder verschwinden können.

Ich überlegte, an wen ich mich wenden sollte. Am schnellsten ginge es, wenn ich Bertold nebenan aus der Bude holen würde. Max anzurufen war eine weitere nahe liegende Option. Oder sollte ich einfach den Notruf anwählen? Ich entschied mich für einen Anruf bei Bea. Schließlich war sie vom Fach.

Eine halbe Stunde später war sie da. Und Schütte hatte sie auch gleich mitgebracht. Der stülpte sich im Laufen ein Halfter über sein T-Shirt, und das durchaus nicht zur Zierde. Mir wurde mulmig. Eine Knarre! Damit hatte ich ihn noch nie gesehen. Das flaue Gefühl im Magen verstärkte sich, als ich erneut die Treppen zu meiner Wohnung hinauf ging.

Oben schob Bea mich resolut beiseite. Dass auch sie eine Waffe aus ihrer Umhängetasche zog, erschütterte mich tief. Jetzt war mir richtig übel. Die sind bei der Polizei, und genau deshalb hast du sie gerufen, ermahnte ich mich, als Schütte vorsichtig die Tür aufschob, die Waffe in der rechten Hand. Er öffnete die Tür zu meinem kleinen Bad, verschwand kurz darin und inspizierte dann auf die gleiche Art meine Küche.

Die Szene kam mir seltsam vertraut vor, häufig gesehen in unzähligen Fernsehkrimis. Und dennoch befremdete sie mich. Es war meine Wohnung, und es waren meine Freunde, die hier mit gezogener Waffe

Part in einer Szenerie waren, die aus jedem x-beliebigen Film hätte stammen können.

„Du bleib hier", zischte Bea, bevor sie hinter Schütte durch die Tür glitt. Ich hörte, wie die beiden das Wohnzimmer betraten und einer von ihnen die Leiter in die obere Ebene meines Wohnraumes hoch stieg.

Ich hörte, wie Bea leise „schöne Schweinerei" und dann „ich sehe noch auf dem Balkon nach" sagte.

Dann hielt ich es nicht mehr aus und betrat meine Wohnung.

Es sah nicht so schlimm aus wie befürchtet. Sämtliche Schränke in der Küche waren ausgeräumt, so, als hätte jemand vorgehabt, sie von innen zu reinigen. Geschirr und Gläser standen hübsch gestapelt auf den Unterschränken, Töpfe und Pfannen waren im Raum auf dem Fußboden ineinander gestellt, und auf dem Tisch standen die aus den Schubladen gehobenen Besteckkästen, die Kochutensilien wie Reiben, Siebe, Quirl, Pürierstab und dergleichen mehr häuften sich auf der kleinen Fläche. Sogar die roten Pappen, mit denen ich in Anlehnung an die gute alte Methode meiner Großmutter Schrankbretter und Schubladen vor dem Verstauben geschützt hatte, waren herausgenommen worden. Lediglich die Lebensmittel standen noch an Ort und Stelle. Zwar war der hohe Auszugschrank mit seinen luftigen Körben geöffnet, aber Nudeln, Gläser und Dosen waren nicht ausgeräumt worden, und auch die hohen Büchsen aus Edelstahl, in denen ich Kaffee, Zucker, Mehl und Haferflocken aufbewahrte, hatten den Eindringling nicht interessiert. Ein Blick in den Kühlschrank zeigte mir, dass hier alles unverändert war. Nur das Gemüsefach schien aus- und wieder eingeräumt worden zu sein, denn die Tomaten lagen unter den Kartoffeln, und das ist etwas, was ich niemals tun würde. Ein Blick in das oberste Fach meines Gefrierschrankes zeigte mir, dass der – wer auch immer das gewesen war – hier gleichermaßen vorgegangen war.

Ich betrat den Wohnraum. Hier war der Teppich zusammengerollt, die Bücher aus den halbhohen Bücherregalen an der Kopfseite des Zimmers befanden sich säuberlich aufgetürmt auf dem Holzboden, die abnehmbaren Polster des Sofas waren mitten im Raum gestapelt, das Sofa selber schräg nach vorne gekippt, als habe jemand darunter etwas gesucht, und die Bilder waren von den Wänden genommen und aus den Rahmen geholt worden.

Dann kletterte ich über das fragile Gebilde aus Buchenholz und Drahtseilen nach oben in die zweite Ebene meiner Wohnung hinauf.

Dort sah es noch chaotischer aus. Die schwere, ein Meter sechzig breite Latex-Matratze war vom Bett gehievt worden und lag mitten im Raum. Die Türen meines matt schimmernden Metallschrankes an der Stirnseite des Raumes waren alle geöffnet und die Kleider in einem wilden Haufen in die Mitte des Raumes geworfen worden. Mit den Büchern und CDs aus dem Regal an der anderen Raumseite war etwas weniger sorgsam verfahren worden als mit den Büchern unten in der Wohnung. Ebenso wie bei meinen Klamotten sah es auch hier so aus, als seien sie in aller Eile aus den Regalen gefegt worden. Nur die Bildbände waren sorgsam gestapelt. Auch hier war der große Druck, der über meinem Bett an der Wand gehangen hatte, aus seinem Rahmen gehoben worden, und mein Lieblingssessel reckte mir wie das Sofa unten die hölzernen Füße entgegen.

„Jesses", sagte ich nur. Stumm betrat ich den Balkon. Dort schien jemand die Holzplatten systematisch hochgehoben zu haben. Zwar waren viele an ihren Platz zurückgelegt worden. Mister Unbekannt hatte sich aber nicht die Mühe gemacht, sie wieder ordentlich auszurichten, sodass die Platten nicht passten und dort, wo die Lücke zu klein war, das Holzquadrat einfach locker oben drauf gelegt worden war. Die Pflanzen standen zusammengedrängt in einer Ecke, wo gar keine Platten mehr lagen. „Himmel, Arsch und Zwirn!" Ich war erschüttert.

„Fehlt was?", fragte Bea.

Ich ließ meinen Blick über das Schlachtfeld schweifen. Dann zuckte ich hilflos mit den Schultern. „Wie soll ich das denn sehen, bei diesem Durcheinander! Oberflächlich betrachtet würde ich nein sagen. Aber ob irgend so ein Perversling meine schönsten Schlüpfer als Trophäe hat mitgehen lassen, kann ich beim besten Willen so schnell nicht feststellen."

„Am besten wirft unser Gspusi morgen mal einen Blick drauf", mischte sich Schütte ein. „Heute Nacht müssen wir sie nicht mehr stören."

„Gspusi?", fragte ich dümmlich.

„Die Spurensicherung", übersetzte Bea. „Sie ist unser Gspusi, unser aller heimlich Freud und Leid."

Montagskrimi, neununddreißigste Spielminute, Szene neun, Klappe, die sechste, dachte ich. Ich war mir seltsam sicher, dass nichts zu finden sein würde.

„Irgendwas ist hier merkwürdig an diesem Einbruch", sagte Bea nachdenklich. „Ich meine, das ist ja schon lange nicht mehr mein Ressort, aber…" Sie wanderte noch mal langsam durch die Räume und kehrte dann zurück. „Mir gefällt das nicht", sagte sie energisch. „Ich möchte, dass sich das hier morgen ein Kollege von mir ansieht, nicht die Bereitschaft jetzt. Da weiß ich nicht, welche Pfeife da geschickt wird. Und ich möchte nicht, dass du hier übernachtest, Toni. Du kannst doch woanders hin? Da war doch dieser Max. Den gibt es doch noch, oder?"

Ich nickte wie betäubt. „Aber ich kann die Wohnung hier doch nicht so offen lassen", wandte ich ein. „Was ist, wenn die zurückkommen?"

„Das Haus ist doch unten abgeschlossen. Und wir sind morgen früh da, bevor die Praxen hier wieder aufmachen. Warum meinst du, dass die zurückkommen? Die sind fertig hier. Oder..." Beas Blick wurde misstrauisch. „Toni Blauvogel", sagte sie streng, „sieh mich an! Bist du etwa wieder an einer Sache dran?"

Ich wechselte einen flüchtigen Blick mit Schütte.

„Verdammt! Der Fall Schöffler, habe ich Recht?", schimpfte Bea.

Betreten sah zu Boden. Ein volles Eingeständnis, ich wusste es.

***

Ich konnte nicht schlafen. Unruhig wälzte ich mich hin und her.

„Gib endlich Ruhe", brummte Max schließlich entnervt. „Oder verzieh dich aufs Sofa."

Aber ich legte mich nicht aufs Sofa. Ich stieg die kleine Treppe zum Garten hinunter und setzte mich auf die unterste Stufe. Bonnie strich mir begeistert um die Beine und Clyde kam raschelnd aus dem Gebüsch am Ende des kleinen Gartens angesprungen.

Abwesend kraulte ich, was mir gerade zwischen die Finger kam. Es schien nicht recht zu sein, denn die beiden verschwanden schnell wieder im dunklen Schatten der verknurpselten Weide.

Meine Gedanken rotierten. Die verunstalteten Räume zogen in einzelnen Sequenzen durch meinen Kopf, einige Details, wie Puzzelsteinchen geschnitten, waren scharf umrissen, andere Bilder blieben unscharf und undeutlich. Nur Beas Stimme tönte völlig präzise in meinem Kopf. Bist du etwa wieder an einer Sache dran... Der Fall Schöffler, stimmt's? Verdammt, Blauvogel!

Alles in mir sträubte sich dagegen. Aber ich wusste, dass sie Recht hatte. Dieser seltsame Anruf des Mr. No Name war kein Zufall gewesen. Jemand hatte mich für eine geraume Zeit aus dem Weg haben wollen, um sich in aller Seelenruhe in meiner Wohnung umsehen zu können.

Also ging ich die letzten Tage noch einmal in Gedanken durch.

Ich holte mir Papier und Bleistift von Max Schreibtisch, notierte die Fragen und erweiterte die Abläufe, die ich in meinem Büro an die Wand gepinnt hatte.

Wer hatte mich zum Centro gelockt, um dann in aller Ruhe bei mir einbrechen zu können?

Warum hatte Schöffler das erste Gutachten zu Hause in einem Geheimfach aufbewahrt anstatt in der Kanzlei?

Wer war H.D.?

Wer hatte das zweite Gutachten geschrieben? Es war weitestgehend deckungsgleich mit dem ersten Gutachten. Nur die Summe war bedeutend höher.

ZWANZIG

Als die Jungs und Mädels von der Spurensicherung abgezogen waren, sah die Wohnung endgültig aus wie ein Schlachtfeld, denn über das Chaos zog sich auch noch diese feine Pulverschicht, mit der Fingerabdrücke sichtbar gemacht wurden. Wie erwartet waren keine vorhanden.

Bea hatte einen Kollegen mitgebracht. Das Gesicht erinnerte mich an einen Bluthund. Die Haut an Backen und Hals hing schlaff herunter, unter den Augen befanden sich tiefe Tränensäcke. Er sah so aus, als habe er zu schnell zu viele Kilos verloren.

„Gerd Kessler", stellte er sich vor. Aufmerksam sah er sich um. Fast erwartete ich, dass er witternd seine Nase in die Luft hob. „Du hast Recht", sagte er schließlich zu Bea. „Das ist kein normaler Einbruch."

„Warum nicht?", fragte ich kläglich.

„Nun", holte Gerd Kessler aus. „Der Täter hat nicht nach Schmuck gesucht und vermutlich auch nicht nach Geld."

„Da ist eh nix Dolles bei mir zu holen", murmelte ich.

„Das konnte er natürlich nicht wissen", sagte Kessler trocken.

„Woran machen Sie das fest? Ich meine, dass es nicht um Schmuck oder Geld ging."

„Nun. Jeder Raum wurde gründlich durchsucht. Sehr gründlich. So gründlich, dass es System hat. Und es wurde an Stellen gesucht, die untypisch sind für die Aufbewahrung von Schmuck oder Geld. Andere Stellen wiederum, die geradezu prädestiniert dafür sind, um Wertsachen zu verstecken, wurden völlig außen vor gelassen."

„Ja", sagte Bea, „das war mir gestern Abend nicht so bewusst, aber es stimmt. In der Küche zum Beispiel. Die Dosen, in denen du Kaffee, Zucker und Mehl aufbewahrst, waren nicht von Interesse. Und der Lebensmittelschrank war nicht ausgeräumt. Warum? Weil diese Hängekörbe leicht einsichtig sind. Man würde es sofort sehen, wenn unter den Vorräten etwas versteckt gewesen wäre. Ebenso im Kühlschrank."

„Nur im Gemüsefach und im Gefrierschrank", murmelte ich. „Netterweise hat er die Sachen wieder eingeräumt. Aber in einer anderen Reihenfolge."

„Der Teppich zusammengerollt. Die Bilder aus den Rahmen genommen. Die Regale komplett leer geräumt. Sogar die Einlagen aus den Küchenschränken entfernt", zählte Kessler an seinen Fingern auf. „Die Bodenplatten auf dem Balkon. Es wurde nach etwas Flachem gesucht."

„Geldscheine sind auch flach", sagte ich aufmüpfig. Ich wollte es immer noch nicht wahrhaben.

„Dagegen spricht der Badezimmerschrank", wandte Bea ein. „Er wurde nicht ausgeräumt. Er ist aber auch so schmal, dass dort kaum etwas Großes, Flaches versteckt werden kann. Oder das Bücherregal oben. Die kleineren Formate wie CDs und Taschenbücher wurden einfach aus dem Regal gefegt, die großformatigen Bücher sorgfältig gestapelt, gerade so, als seien sie einzeln durchgeblättert worden. Geldscheine kann man aber auch zwischen die Seiten eines kleinen Buches stecken."

„Vielleicht hat er die Bücher einfach geschüttelt und damit geprüft, ob Scheine drin sind. Dann hat er die Bücher auf den Haufen geworfen", schlug ich vor.

„Glaube ich nicht", mischte sich Kessler wieder ein. „Denken Sie an den Balkon. Unter den Platten wurde gesucht, die Blumen aber nicht aus den Töpfen gehoben. Auch das ist ein beliebtes Versteck: In einer Plastiktüte Geldscheine unter der Erde in einem Topf aufzubewahren. Und auch in CDs könnten Geldscheine versteckt sein. Es wurden aber nicht alle Hüllen geöffnet. Die, die offen sind, sind durch den Sturz aufgesprungen. So sieht es jedenfalls aus. Nein. Glauben Sie mir." Er wandte mir sein trauriges Bluthundgesicht zu. „Hier wurde nicht nach Geld gesucht."

„Und warum hat er oben nicht so ordentlich gearbeitet wie unten?", fragte Bea.

„Unten hatte er Angst, gehört zu werden", sagte ich bedrückt. „Schließlich war er ja zu Geschäftszeiten da. Oben musste er nicht so leise sein."

Der Bluthund nickte. Dann nahm er den Faden wieder auf, den er gerade hatte loslassen müssen. „Nach Geld wurde nicht gesucht. Es wurde nach etwas Flachem gesucht, mindestens in der Größe von Din-A-4 Papier. Haben Sie wichtige Unterlagen hier in Ihrer Wohnung? Unterlagen, die für andere von Interesse sind?"

Mir trat der Schweiß auf die Stirn. „Mein Büro", stammelte ich. „Da haben wir noch gar nicht nachgesehen."

„Ja, das hatte ich auch ganz vergessen." Bea schlug sich mit der flachen Hand vor die Stirn. „Du hast das immer noch in der kleinen Kammer gegenüber deiner Wohnung?"

Ich nickte stumm. Mein Magen ballte sich schmerzhaft zusammen, als hätte ich eine Faust hinein bekommen. Ich ging hinüber zu der großen Abstellkammer, die nur vom Treppenhaus aus erreichbar war. Mit zitternden Fingern versuchte ich, den

Schlüssel an meinem Schlüsselbund ins Schloss zu bekommen. Bea half mir schließlich. Der kleine Raum, den ich mir vor einem dreiviertel Jahr als Büroraum hergerichtet hatte, war unversehrt. Und auf dem provisorischen Schreibtisch, einer Platte mit zwei Böcken darunter, lag unangetastet der Stapel Papiere, den ich vorgestern dort hingeworfen hatte. Zwei Gutachten, die sich mit der Software LifeStyle Store befassten. Erleichtert nahm ich sie in die Hand.

„Das mit dem Büro hat er nicht gewusst", flüsterte ich. Denn auf dem Namensschild an der Bürotür stand ‚VNH Essen Süd'.

Auf meiner Wohnungstür jedoch war der Vogel aus Emaille befestigt, der kleine Eisvogel mit dem blau schillernden Gefieder, den Max mir erst vorgestern geschenkt hatte. Ein Blauvogel eben. Mir schossen die Tränen in die Augen, als ich daran dachte. Und darunter, in bunten Emailbuchstaben unterschiedlicher Größe, hing mein Vorname. Toni.

Ich rief bei einem Schreiner an, um meine aufgebrochene Tür richten zu lassen. Der erklärte mir, dass die Tür komplett ausgetauscht werden müsse, ebenso der Türrahmen, und dass ich erst mal mit dem Vermieter deswegen sprechen müsse. Immerhin brachte er mir einen stabilen Sicherheitsriegel von innen an, der die Tür an ihrem Platz hielt und den man auch von außen schließen konnte.

Dann ging ich wie versprochen hinüber ins Präsidium. Gerd Kessler nahm meine Aussage auf. Wann ich die Wohnung verlassen hatte. Wann ich wieder zurückgekommen war. Das ganze Zeug eben.

Als wir damit fertig waren, griff Kessler zum Telefon. „Ihr könnt jetzt kommen", informierte er jemanden. „Ja, Bea ist auch hier. In meinem Büro, ja."

Kurz darauf betraten zwei Männer den Raum. Sie sahen aus wie Pat und Patterchon, rein figürlich betrachtet. Melonen trugen sie Gottseidank nicht.

„Dann kommen wir nun zu dem wirklich interessanten Teil, Toni", sagte Bea. „Ich hatte gestern Abend noch ein aufschlussreiches Gespräch mit Reinhold." Ihre Stimme war zuckersüß. „Ich habe ihm gründlich den Kopf gewaschen, das kannst du mir glauben. Womit wir nun also beim Fall Schöffler angelangt sind. Die Kollegen hier bearbeiten diesen Fall, und ich finde, sie sollten teilhaben an deinen eigenmächtigen Ermittlungen. Was, liebe Toni, hast du denn in dieser Sache bereits alles unternommen? Du brauchst kein Blatt vor den Mund zu nehmen, die Herren hier wissen Bescheid über dich. Und egal, was du uns nun zu berichten hast: Wir werden gemeinsam entscheiden, ob und was wir damit anfangen können. Also los. Keine falsche Scham bitte."

Ich warf ihr einen bösen Blick zu und schluckte schwer angesichts ihres Sarkasmus. Dennoch begann ich zu erzählen. Ich erzählte die ganze Geschichte. Lückenlos. Na ja. Relativ lückenlos jedenfalls, von ein paar Kleinigkeiten mal abgesehen. Was blieb mir auch anderes übrig.

Die geneigte Jury hörte zu. Bea, meine harpiengleiche Bekannte, die ich mittlerweile fast Freundin nennen würde, mit der ich gemeinsam Qi Gong machte, dienstags abends, nur nicht jetzt in den Sommerferien. Gerd Kessler, der ein langes Bluthundgesicht hatte mit schweren Tränensäcken unter den Augen, und Pat und Patterchon, die sich eifrig Notizen machten, während ich redete.

„Erstaunlich", sagte Kessler und warf mir einen anerkennenden Blick zu. „Ich wollte es ja nicht so recht glauben, als Bea mir von Ihren eigenwilligen Eskapaden berichtet hat. Aber sie hat nicht übertrieben. Sie meinen also, dass die Kanzlei Schöffler mit der ZOTAG unter einer Decke steckt und das Softwarehaus Systems for LifeStyle vorsätzlich in den endgültigen Ruin getrieben hat."

„Ja." Ich nickte bestätigend. „So in etwa."

„Sie sind sich sicher, dass Ihnen jemand von Oberhausen aus in einem weißen Cabriolet gefolgt ist. Und dass das eindeutig zusammen hängt mit Ihrem Besuch bei der ZOTAG und dann im Anschluss bei der Kanzlei Schöffler. Sie sind der Meinung, dass da eine Mauschelei in Sachen Gutachten stattgefunden hat und dass derjenige, der Ihnen in diesem weißen Cabriolet gefolgt ist, verantwortlich für den Einbruch in Ihrer Wohnung ist."

„Genau. Ich denke, dass jemand nach den Gutachten gesucht hat."

„Respekt." Der Bluthund lächelte. Es war ein träges Lächeln.

Patterchon räusperte sich. „Ein Großteil von dem, was Sie uns da erzählt haben, ist uns natürlich nicht neu", ergriff er das Wort. „Wir waren schließlich selbst nicht untätig."

„Ja", fiel Pat ihm ins Wort. „Allerdings würden wir gerne einen Blick in die beiden Gutachten werfen", ergänzte er höflich.

Also doch unbekannt. Ich musste schmunzeln. Aber ich nickte brav.

Selbst Bea konnte sich ein Grinsen nicht verkneifen.

Erleichtert registrierte ich, dass sie mir zuzwinkerte.

***

An Bertolds Bude stand zu meiner Überraschung Max am Stehtisch, der gerade eine Colabüchse an den Mund hob.

„Du hast das Schloss ausgetauscht", sagte er. Es klang wie ein Vorwurf.

„Ja klar", antwortete ich. „Die einzige Möglichkeit, dich loszuwerden."

Max lachte. Das Lachen verging ihm aber, als er meine Wohnung betrat. „Junge Junge, da hat sich aber jemandem mächtig ausgetobt", sagte er staunend. „Und trotzdem ist nichts zu Bruch gegangen. Unglaublich!"

Drei Stunden später hatten wir das Chaos beseitigt.

„Lass uns im Süd noch was essen gehen", sagte ich müde. „Hier mag ich jetzt nicht bleiben."

Im Bahnhof herrschte Hochbetrieb. Das heißt, draußen. Drinnen war es angesichts der sommerlichen Temperaturen ziemlich leer. Dennoch ergatterten wir einen freien Tisch im Biergarten, den das Süd erst vor kurzem vergrößert hatte.

„Blauvögelchen", sagte Max kopfschüttelnd. „In was für ein Schlamassel bist du da bloß wieder rein geraten."

„Das war kein normaler Einbrecher", sagte ich trotzig.

„Eben", konterte Max. „Das ist es ja, was mich so beunruhigt. „Bist du sicher, dass der Einbrecher es auf die Gutachten abgesehen hat?"

„Ich denke schon. Alles andere macht keinen Sinn." Ich erzählte Max, was ich auch schon den beiden verstaubten Komikern auf dem Präsidium erzählt hatte. Von dem weißen Cabriolet, das mir von Oberhausen aus auf den Fersen geblieben war, nachdem ich die Kanzlei Schöffler und Partner verlassen hatte. Von dem Anruf des Mr. No Name, der mich tags drauf ins Centro gelockt hatte. Von der Art dieser Durchsuchung in meiner Wohnung. „Irgendwie weiblich", schloss ich. „Es war zwar chaotisch, aber dennoch mit Bedacht durchgeführt. Ich meine, wenn jemand Lebensmittel und Gefrierfächer ausräumt, muss er das Zeug ja nicht wieder einräumen. Hat er aber getan. Das Geschirr war sorgfältig beiseite geräumt. Es sah so aus, als habe jemand aufgepasst, dass nichts zu Bruch geht dabei, verstehst du?"

Max nickte. „Aber deine schwere Latexmatratze wird ja wohl kaum eine Frau alleine vom Bett gezerrt haben", wandte er ein.

„Das habe ich auch schon mal hinbekommen", sagte ich. „Frag mich nicht, wie, aber ich habe es alleine geschafft, dieses Monstrum auf das Bettgestell zu hieven. Wo ein Wille ist, ist auch ein Weg."

„Blödsinn! Selbst wenn du wolltest, könntest du dein Auto nicht reparieren", sagte Max spöttisch.

Ich musste grinsen. „Stimmt", gab ich zu. „So pauschal meine ich das natürlich auch nicht. „Ich will damit nur sagen, dass die Kräfte einer Frau manchmal gehörig unterschätzt werden."

„Wo rohe Kräfte sinnlos walten", murmelte er.

Der Teller mit dem gebackenen Schafskäse, den ich bestellt hatte, enthob mich einer Antwort.

***

„Kannst du heute Nacht bei mir bleiben?" Die Frage rutschte mir heraus, nachdem wir gezahlt hatten.

„Warum kommst du nicht mit zu mir", schlug Max vor. „Dann gibt es keine Probleme mit den Katzen morgen früh."

„Ich muss aber zu Hause schlafen", sagte ich grantig. Ich ärgerte mich schon, dass ich überhaupt gefragt hatte. Ich wusste allerdings auch, dass mich heute keine zehn Pferde alleine dort rauf gebracht hätten, trotz dickem Sicherheitsriegel und obwohl ich wusste, dass es mehr als unwahrscheinlich war, dass der Einbrecher noch mal zurückkam. „Wenn ich das heute nicht tue, werde ich immer Angst davor haben", gab ich also zu. „Aber allein in dem Haus möchte ich heute Nacht auch nicht sein. Verstehst du das?"

Forschend sah Max mir ins Gesicht. Dann knuffte er mich zärtlich. „Wieder mal mit dem Kopf durch die Wand, ja? Okay. Aber ich muss dann morgen wirklich früh rüber und..."

„...die Katzen füttern, ich weiß", ergänzte ich seinen Satz und küsste ihn auf die Nasenspitze.

EINUNDZWANZIG

Der Ruhrschnellweg zeigte sich mal wieder von seiner unschönen Seite. Ab Essen Frohnhausen staute es. Deutscher Autofahrer von deutschem Fähnchen erschlagen, dachte ich gehässig, als ich schon wieder ein paar dieser traurigen Relikte an den Büschen des Mittelstreifens kleben sah. Meter für Meter schob ich mich durch die Hitze voran.

Ich brauchte eine halbe Stunde, bis ich die Stelle erreichte, wo sich die Autos im Reißverschlussverfahren in eine Spur fädeln sollten. Wie üblich hatten einige das Prinzip des Reißverschlusses nicht verstanden: Eins links, eins rechts. Immer hübsch im Wechsel. Die Übereifrigen fädelten sich schon dreihundert Meter zu früh ein, ein paar besonders eilige überholten rechts auf dem Seitenstreifen und drängelten sich dann weiter vorne von der anderen Seite wieder in die Schlange. Einfach nicht ärgern, dachte ich. Einfach nicht ärgern. Und ärgerte mich doch.

Schließlich erreichte ich den Staugrund. Eine Spurverengung. Die Jungs und Mädels vom Amt für Gartenbau waren damit beschäftigt, das wuchernde Grünzeug auf dem Mittelstreifen zurecht zu stutzen. War dafür überhaupt das Gartenbauamt zuständig? Oder irgendeine private Firma?

***

In meinem Bauch rumorte es schon, seit ich auf die Autobahn aufgefahren war. Ich überlegte, was ich wohl gegessen haben mochte, das einen solchen Tumult verursachen konnte. Mir fiel nichts ein, aber das Bauchgrimmen wurde immer schlimmer.

Ich war sehr erleichtert, als ich die Lindnerstraße nördlich des Kaisergartens endlich erreicht hatte. Das Treppenhaus zur Kanzlei Schöffler und Partner rannte ich im Sturmschritt hinauf. Ein blonder Adlatus saß hinter dem Schreibtisch im Empfangsraum. Etwas zu blond, um echt zu sein und ein bisschen zu viel Sonnenstudiobräune für meinen Geschmack. Ich hatte ihn noch nie gesehen.

„Was kann ich für Sie tun?", fragte er höflich. „Frau...äh..."

„Blauvogel", half ich ihm weiter.

„Haben Sie einen Termin?"

Unruhig trat ich von einem Bein auf das andere. „Ganz dringlich und vor allem anderen brauche ich bitte eine Toilette", sagte ich. „Der Rest dann später."

Dankenswerterweise reagierte er sofort. „Den Gang dort hinunter neben der Küche vorbei, letzte Tür rechts." Er wies mir mit der Hand die Richtung.

Erleichtert ließ ich mich auf dem WC nieder. Keine Sekunde zu früh. Ein mächtiger Durchfall brach sich Bahn. Das hatte mir noch gefehlt!

Als ich fertig war, wollte ich das Fenster auf Kipp stellen. Eine schlechte Idee, denn mir rutschte gleich das ganze Karree des Fensters entgegen. Das Ding war aus den Angeln gebrochen. Dann eben keine Frischluft, seufzte ich. Ich sah auf ein Flachdach hinunter, während ich das Fenster wieder in seinen Rahmen hob.

Der Adlatus telefonierte, als ich den Vorraum wieder betrat. Aber er hatte wohl schon die Buschtrommel gerührt, denn Frau Kaldenbach lehnte mit verschränkten Armen mitten in ihrer geöffneten Bürotür. „Unterstehen Sie sich!", sagte sie unfreundlich.

„Nein. Unterstehen Sie sich!", gab ich in dem gleichen Tonfall zurück. Ich packte sie an den Schulten und schob sie ein Stück beiseite.

Forsch betrat ich den Raum und steuerte auf ihren Schreibtisch zu.

Frau Kaldenbach hastete an mir vorbei. „Das ist unbefugtes Eindringen", zischte sie und schob sich zwischen mich und den Schreibtisch. Ihre Augen blitzten wütend.

„Das gleiche könnte ich Ihnen sagen, Frau Kaldenbach", sagte ich eisig. „Hat Ihnen meine Unterwäsche gefallen? Oder haben Sie diese hübsche Aufgabe Ihrem properen Adonis da draußen überlassen? Ein weiterer Partner? Oder eher eine Vorzimmerdame für weibliche Klienten?"

Für einen kurzen Augenblick senkte sie den Blick. Dann hatte sie sich wieder im Griff. Nur ihre Nasenspitze war leicht gerötet. „Ich weiß nicht, was Sie von mir wollen", sagte sie. Es klang überaus gelangweilt.

„Nun, wir müssen doch wirklich nicht um den heißen Brei herum reden", gab ich in ebenso gelangweiltem Tonfall zurück. „Sie haben meine Wohnung aufgebrochen. Oder vermutlich eher Ihr Gehilfe dort draußen im Flur. Sie haben alles bei mir durchsucht und sind selbst vor den Holzplatten auf dem Balkon nicht zurückgeschreckt."

Frau Kaldenbach hielt meinem Blick stand. „Wovon reden Sie?", fragte sie ruhig.

„Sie haben das Gutachten bei mir gesucht. Das Original, versteht sich. Eine Kopie davon habe ich Ihnen ja bereits gegeben. Sie wollten nicht, dass ich beweisen kann, dass noch ein weiteres Gutachten im Spiel ist."

„Was faseln Sie da?"

„Warum Culgos Services, und warum zu einem viel niedrigeren Preis als die Kanzlei von Borg haben wollte? Wissen Sie, Herr Borg hat von ganz anderen Summen gesprochen, was den Wert der Software betraf. Wie viel hat Ihnen die ZOTAG dafür bezahlt, damit die Kanzlei Schöffler und Partner Culgos Services mit ins Boot holt?"

„Lächerlich", sagte Frau Kaldenbach, nun sehr bleich im Gesicht. „Absolut lächerlich. Sie können nichts beweisen."

„Was macht Sie da so sicher?", fragte ich freundlich. „Sie haben doch nichts gefunden in meiner Wohnung. Vielleicht habe ich die Staatsanwaltschaft ja schon drauf angesetzt?"

Ihr Blick huschte hin und her. Dann fixierte sie mich. „Ich habe gleich einen Termin", sagte sie energisch und wies zur Tür.

Aber so leicht gab ich mich nicht geschlagen. Demonstrativ ließ ich mich auf dem Besucherstuhl nieder. Eine weitere Frage drängte sich mir auf.

„Wie lange fährt Herr Schöffler eigentlich schon Fahrrad? So wahnsinnig sportlich sah er eigentlich nicht gerade aus."

„Sie kannten ihn?", fragte Frau Kaldenbach überrascht. Nach wie vor stand sie mit verschränkten Armen vor ihrem Schreibtisch.

„Nicht direkt", sagte ich.

„Ich weiß zwar nicht, warum Sie das wissen wollen, aber das Rad hat er sich erst im Mai gekauft. Er wollte etwas gegen sein Gewicht unternehmen."

„Ich frage mich nur, wer alles davon wusste. Außer Ihnen natürlich."

„Da kann ich Ihnen nicht weiter helfen." Sie sah mich kalt an. Dann sah sie demonstrativ auf ihre Uhr. „Wenn Sie mich nun entschuldigen…"

Ich entschuldigte nicht. Ich war nämlich noch nicht fertig. „Gleich." Ich grinste und schlug lässig die Beine übereinander. „Ich bin doch etwas überrascht darüber, dass Sie so wenig trauern um den Tod Ihres – Partners." Ich dehnte das Wort absichtlich. „Oder sollte man nicht besser Geliebter sagen?"

„Wie meinen?" Sie fixierte mich mit hochmütigem Blick.

„Na, Geliebter. Von mir aus auch Liebhaber, Lover, Gspusi, Affäre, heimliche Liebschaft."

„Wer hat das behauptet", fragte sie wütend.

„Ach, man hört so dieses und jenes", sagte ich wegwerfend.

„So, tut man das. Da ist aber nichts dran."

„Ebenso wenig, wie etwas dran ist, dass er auf sadistische Spielchen stand? Es ist mir persönlich ja völlig egal, wenn diese Neigung auf Gegenliebe stößt. Was zwei in gutem Einvernehmen miteinander treiben, interessiert mich nicht. Aber bei seiner Frau war das nicht der Fall. Und dann, finde ich, ist das Ausleben dieser Neigung alles andere als in Ordnung!"

Frau Kaldenbach stand auf. „Ich möchte, dass Sie jetzt gehen. Auf der Stelle!"

Ich blieb sitzen. „Stieß sie bei Ihnen auf Gegenliebe? War er vielleicht ein Sexpartner, mit dem Sie Ihre eigenen Gelüste ausleben konnten?"

„Raus!", zischte sie. „Oder ich rufe die Polizei!"

„Machen Sie ruhig. Wäre vielleicht sogar ganz gut." Dennoch stand ich auf.

Sie drängte mich schnell zur Tür.

Nur, um sie zu ärgern, blieb ich vor der Urkunde stehen, die in protzig verschnörkeltem Rahmen an der Wand hing, und warf einen Blick darauf. „Schönes Passpartout", sagte ich süffisant.

Unsanft schob sie mich weiter.

Ich wollte es nicht auf ein Gerangel ankommen lassen. Der Klügere gibt nach. Ich weiß, Großmutter, ich weiß!

***

Die Szene verfolgte mich! Da war etwas, was mir hätte auffallen müssen. Ich hatte es gesehen, aber die Bedeutung nicht erfasst. Ich wusste nicht, was es war. Unruhig wippte ich auf meinem Sitzball herum und trommelte nervös auf die Schreibtischkante, während ich die Begegnung mit Frau Kaldenbach Revue passieren ließ. Dass ich nicht sehen sollte, was auf ihrem Schreibtisch lag, war offensichtlich gewesen. Aber da war noch mehr gewesen. Ich spürte, dass es wichtig war.

Ich wippte. Trommelte. Mein Blick schweifte durch den Raum. Blieb an dem Organigramm an der Wand hängen.

Wer hatte mich zum Centro gelockt, um dann in aller Ruhe bei mir einbrechen zu können?

Warum hatte Schöffler das erste Gutachten zu Hause in einem Geheimfach aufbewahrt anstatt in der Kanzlei?

Wer ist H.D.?

Und da fiel es mir wieder ein: Die Urkunde. Ein Diplom. Ihr Diplom. Ausgestellt auf den Namen Hedda Dora Kaldenbach. Hedda Dora. H.D.

Jetzt interessierte es mich wirklich brennend, was die Kaldenbach da auf ihrem Schreibtisch vor mir zu verbergen gesucht hatte. So brennend, dass es mir keine Ruhe mehr ließ. So brennend, dass ich Google Earth aufrief und mir die Lindnerstraße in den Zoom holte. Das Gebäude, in dem die Kanzlei Schöffler und Partner ihr Büro hatte, war klar zu erkennen. Ich ortete das Flachdach unter dem ersten Stock. Es lag zur Bahnlinie hin. Das Glück schien auf meiner Seite zu sein. Es würde relativ einfach sein, durch das Toilettenfenster dort einzusteigen.

Und so kam es, dass ich mich um elf Uhr abends wieder in Oberhausen befand. Ich parkte auf dem Parkplatz bei Lidl und wartete, bis es richtig dunkel war. Dann ging ich mit klopfendem Herzen die Straße hinunter zu dem Bürogebäude, fand das Tor verschlossen und stieg kurzerhand hinüber.

Das Flachdach, über dem sich das Toilettenfenster befand, erreichte ich erst gar nicht.

ZWEIUNDZWANZIG

Der Mond war fast hinter dem Haus verschwunden. Meine Beine schmerzten. Der Rücken tat beschissen weh. Die Eisenstreben drückten unangenehm ins Fleisch. Vorsichtig drehte ich mich in eine andere Position. Der Hund unter mir hob prompt den massigen Kopf, ein tiefes Grollen in der Kehle.

Aber seine Aufmerksamkeit schien nicht mir zu gelten. Abrupt stand er auf und witterte angespannt in Richtung des Eingangstores, über das ich vor ungefähr tausend Jahren geklettert war.

Wachdienst, dachte ich. Ich wusste nicht, ob ich Angst haben oder erleichtert sein sollte. Wie sollte ich meine Anwesenheit hier bloß erklären? Die Geschichte, die ich mir zurechtgelegt hatte, war mehr als matt.

„Hallo", rief ich versuchsweise zum Tor hinüber. „Schön, dass endlich jemand kommt, also, meine Katze ist hier hinein und hat sich verstiegen... und Ihr Hund... also, es wäre sehr nett..."

„Toni!", flüsterte eine vertraute Stimme. „Bist du das?"

Eine Welle der Dankbarkeit durchflutete mich. „Ich bin hier oben auf dem Gerüst. Vorsicht, da ist ein Hund. Er steht auf meinem Handy."

„Verdammt, musst du immer in so blöde Situationen geraten!", schimpfte Max.

Mit vier geschmeidigen Sätzen war der Hund am Tor, richtete sich wütend an den Gitterstäben auf und bellte furcherregend.

„Scheiße. Mit dem ist wirklich nicht zu spaßen."

„Du hat nicht zufälligerweise eine Wurst und KO-Tropfen dabei?", witzelte ich.

„Nein, ausgerechnet heute nicht. Ist sonst immer im Handgepäck!"

„Und wie komme ich jetzt hier raus?"

Max überlegte. „Was ist hinter dem Gebäude?", fragte er schließlich.

„Vermutlich eine Bahnlinie. Sie muss hier ganz in der Nähe sein. Allerdings habe ich schon lange keinen Zug mehr gehört. Vermutlich die S-Bahn."

„Das klingt doch gut. Ich werde jetzt versuchen, von hinten an das Gelände zu kommen", erklärte er schließlich. „Ich werde so tun, als wolle ich über den Zaun klettern und mache ordentlich Krach dabei. Wenn wir Glück haben, rennt der Hund dorthin, wenn er mich hört. Sobald er weg ist, haust du ab. Versuche so leise wie möglich zu sein. Alles klar?"

„Alles klar", sagte ich zögerlich.

***

„Kann man dich nicht ein Mal aus den Augen lassen, Blauvogel, ohne dass du dich gleich in eine dämliche Situation hineinmanövrierst?" Max legte den Arm um meine Schultern und schüttelte mich leicht.

Ich ignorierte seine grimmige Miene und warf einen prüfenden Blick auf das Handy, das ich während meiner Flucht noch schnell vom Boden aufgeklaubt hatte. „Mist, das Display ist kaputt!", stellte ich fest und schob es in die innere Jackentasche. „Woher wusstest du eigentlich, dass ich hier bin?"

„Wir waren verabredet, schon vergessen? Ich dachte, du hättest dich einfach verspätet. Habe auf deinem Balkon ein Bier getrunken. Die ganze Zeit gehst du nicht ans Handy. Ich dachte, vielleicht bist du umgekippt, und habe in dein Büro geguckt. Auf dem Schreibtisch lag diese Adresse von der Kanzlei, und Google Earth hatte das Gelände genau im Visier. Da war mir klar, dass du versuchen würdest, bei diesem Insolvenzverwalter etwas herauszubekommen. Du bist ein sturer Bock, Blauvogel. Als du auch eine Stunde später nicht ans Handy gegangen bist, bin ich losgefahren."

„Ach, du warst das die ganze Zeit mit dem Handy." Ich kicherte los.

Max sah mich verständnislos an. „Ja, ich war das. Ich habe mir Sorgen gemacht. Ich weiß nicht, was daran so komisch ist."

Ich konnte gar nicht mehr aufhören zu lachen. „Der Köter", japste ich schließlich. „Der Köter... jedes Mal... wenn das Handy geschellt hat, hat er seine Pfote drauf gelegt... und jedes Mal kurz drauf... der Vibrationsalarm... die Pfote... die Pfote weggerissen und... gejault..."

„Hysterischer Anfall", diagnostizierte Max. So unrecht hatte er nicht. „Muss ich dir jetzt eine runterhauen oder geht's auch so?" Er nahm mich in die Arme.

Ich kicherte noch eine Weile weiter. Das Adrenalin flutete nur langsam aus meinem Körper. Schließlich bekam ich einen Schluckauf.

„Du blöder blauer Vogel", sagte er zärtlich und zauste mir durch die Haare. „Komm, lass uns heimfahren."

„Ja, heimfahren – hicks", murmelte ich. „Nen Sekt könnte ich jetzt vertragen auf das – hicks - Abenteuer. Aber mein Auto müssen wir mitnehmen. Es steht hier um die Ecke."

„Ich habe aber nur Bier im Kühlschrank", gestand Max. „Und Aquavit. Für Sekt bist du zuständig."

„Warum – hicks – gehen wir dann nicht zu mir?"

„Na, Bonnie und Clyde... die sind nicht draußen. Die nehmen mir die Bude auseinander, wenn ich die ganze Nacht weg bleibe."

„Na gut, dann halt Aquavit, mein kleiner – hicks – Katzenpapa", sagte ich. Plötzlich war ich furchtbar müde.

***

„Seid ihr heute Abend wieder im De Prins?", fragte ich beiläufig, als ich mich am nächsten Morgen von Max verabschiedete.

„Wieso?", fragte er arglos. Dann zog ein freches Grinsen über sein Gesicht. „Nein, das ist jetzt nicht war!", sagte er belustigt.

„Es war wirklich ganz amüsant", gab ich zu. „Ein nettes Ereignis. Und nun bin ich doch ein bisschen neugierig, wie es weitergeht", druckste ich. „Also, wenn ihr da sei, könnten ihr mir ja..."

Max küsste mich auf die Nasenspitze. „Bis heute Abend dann", sagte er. „Und jetzt muss ich ein bisschen was tun."

***

Zunächst rief ich Ruby an und vereinbarte, dass ich sie am nächsten Tag besuchen werde. Ich wollte ihr von den Neuerungen der letzten Tage erzählen. Dann nahm ich den komplizierteren Part in Angriff.

Die Telefonnummer der Zeitschrift *Computerwoche*, deren Redaktion in München sitzt, bekam ich schnell heraus. Schwieriger gestaltete es sich allerdings, an die Telefonnummer des Experten heranzukommen, der das Gutachten für die Software LifeStyle Storeer-stellt hatte. Ich musste mich durch etliche Abteilungen telefonieren, bis ich die Telefonnummer von Herrn Heberling endlich hatte.

Und dann musste ich noch etliche Anläufe unternehmen, bis ich den Herrn selbst erreichte. Auf seine Mailbox wollte ich nun wirklich nicht sprechen.

„Guten Tag, mein Name ist Blauvogel von der Kanzlei Schöffler und Partner", leierte ich schnell mein Sprüchlein runter, als er endlich persönlich am Apparat war.

„Sie haben vor ungefähr sieben Monaten eine Expertise im Auftrag der ZOTAG angefertigt. Es ging um Qualität und Wert des Softwaresystems SysLife Store, einer Lösung für die Möbel- und Designindustrie."

„Ja, ich erinnere mich", stimmte Herr Heberling freundlich zu. „Ist etwas nicht in Ordnung damit?"

„Alles in bester Ordnung", beruhigte ich ihn. „Mein Chef meint nur, dass er jetzt ein zweites Gutachten zu Gesicht bekommen hat. Und er war irritiert über die unterschiedliche Bewertung der Software, obwohl Aufbau und Wortlaut doch sehr ähnlich waren."

„Ein zweites Gutachten? Davon weiß ich nichts."

„Es ist mir ja selbst peinlich, dass ich hier so vorgeschoben werde", sagte ich, bemüht, meiner Stimme einen leicht unterwürfigen Klang zu geben. „Ich weiß auch nicht, warum mein Chef diese alte Sache wieder aufrollen will. Ich wüsste nur gerne, ob – also, es wäre wichtig für mich, zu wissen, ob..."

„Welche Kanzlei, sagten Sie doch gleich?"

„Schöffler und Partner", antwortete ich. „Aus Oberhausen."

„Moment Mal." Die Stimme von Herrn Heberling war plötzlich kühl. „Herr Schöffler hat mich vor drei Monaten versucht zu überreden, das Gutachten noch einmal zu überarbeiten, das ich damals im Auftrag der ZOTAG erstellt habe. Er wies auf seine langjährige Erfahrung hin und kritisierte die Schlüsse, zu denen ich damals gekommen war."

Ich unterbrach ihn nicht. Ich hätte ohnehin nicht gewusst, was ich noch Sinnvolles hätte fragen können, ohne zugeben zu müssen, dass ich nicht von der Kanzlei war. Aber es machte nichts. Er redete von selbst weiter.

„Hören Sie, ich bin nicht käuflich! Und ich habe Ihrem Chef bereits vor drei Monaten empfohlen, sich doch einen anderen Gutachter heranzuziehen, wenn er mein Urteil anzweifelt. Gleichzeitig habe ich deutlich zum Ausdruck gebracht, dass ich bezweifele, dass ein renommierter Experte zu einem grundsätzlich anderen Schluss kommen würde als ich. Und nun entschuldigen Sie mich bitte."

Stumm legte ich auf.

***

Bea sagte mir, es sei nicht ihr Fall, und ich solle mich an die ermittelnden Beamten wenden. Damit schob sie mich aus ihrem Büro hinaus und den Flur hinunter, klopfte an einer Tür am Ende des Ganges und nötigte mich, dort einzutreten.

„Frau Blauvogel hat noch etwas herausgefunden", rief sie in den Raum hinein. „Viel Spaß miteinander."

Ich warf ihr einen verärgerten Blick zu.

„Es ist nicht mein Fall. Begreif das doch endlich!", sagte sie entschuldigend und verließ den Raum wieder.

Ich war allein mit Pat und Patterchon, die eigentlich Schröder und Fricke hießen.

Das Büro zeugte von einer symbiotischen Beziehung, die das Äußere der Beiden einen bereits vermuten ließ, obwohl der eine dick und der andere dünn war.

Die Schreibtische, die Kopf an Kopf standen, waren mit den gleichen Schreibtischauflagen, PCs, Telefonen und Stiftablagen aus Marmor versehen. An einem Garderobenständer hingen zwei Mäntel, die nur durch die unterschiedliche Größe auf den Träger schließen ließen.

Auf jedem der Schreibtische stand, ebenfalls Kopf an Kopf und mit exaktem Winkel in den Raum hinein gerichtet, ein Foto in einem mattierten Goldrahmen, aus denen Frau und Kinder lächelten. Die allerdings unterschieden sich dann doch.

„Also, was haben Sie uns denn noch Schönes zu berichten?", fragte Pat-Schröder jovial.

Ich verfluchte mich, dass ich mir überhaupt die Mühe gemacht hatte, ins Präsidium zu gehen. Jetzt aber blieb mir keine andere Wahl. Also berichtete ich von meinem Telefongespräch mit Herrn Heberling.

„Und Sie schließen daraus, dass es schlussendlich doch um Bestechung geht", mischte sich Patterchon-Fricke ein, der bis jetzt eifrig Notizen gemacht hatte.

„Das liegt doch wohl auf der Hand", antwortete ich grantig.

„Mag sein, aber was hat das mit dem Mord zu tun?" Ein synchrones Grinsen wurde mir zuteil, das eine aus einem schmalen, das andere aus einem runden Gesicht.

„Na, das ist ja wohl Ihre Aufgabe, das herauszufinden", schnauzte ich und verließ den Raum. Wenn Blicke töten könnten, wäre mindestens einer der beiden jetzt tot, dachte ich wütend.

***

Wohlmöglich war es an diesem Abend im De Prins noch voller als beim letzten Mal. Dennoch hatten es Max und Karl geschafft, einen kleinen Tisch mit drei Stühlen in Beschlag zu nehmen. Sie mussten schon seit geraumer Weile hier unten gewesen sein.

Der Kommentator redete dummes Zeug. Ein Bericht zeigte die Jungs am Abend nach dem letzten Sieg. Große Gesten wurden wiederholt. Uns Kahn, der doch nicht mitspielen durfte, weil Klinsi den Lehmann ins Tor gestellt hatte. Und der dennoch mitgefahren war, ohne sich zu beschweren. Obwohl doch der Lehmann gar nicht seine Erfahrung... und der Olli doch so ein aufbrausender... Kein Wunder, dachte ich. Wird ihm ja auch in der Ersatzmannschaft ein stattliches Sümmchen eingebracht haben. Da hätte ich mein aufbrausendes Temperament doch auch etwas unter Kontrolle gehalten.

Anderthalb Stunden lang hörte ich mir das Geschwätz der Sportkommentatoren an. Dann ging es endlich los.

Und dann sah ich mir anderthalb Stunden lang das Spiel an. Ich fiel ein in die rauhen kollektiven Oohs und Aahs, in Jeeetzt, Ja, Ja, Jaaaa und Neeeeein! Ich avancierte vom Laien zum Fußballkenner und schließlich zum Fußballprofi, der alles natürlich anders gemacht hätte, besser vermutlich, sah einen harten Kampf und ein bitteres Ende, das mich genau so enttäuscht zurück ließ wie die ganze übrige Nation. Heute Abend hätte ich es den deutschen Jungs wirklich gegönnt, wenn sie ihr Sommermärchen hätten bis zum Ende ausleben können. Aber Weltmeistern des Herzens war doch auch ein schöner Titel. Ich war selbst überrascht von der Milde in meinem Herzen.

DREIUNDZWANZIG

„Hallo Jan", sagte ich freundlich, als er mir die Tür öffnete. „Ich bin mit Ruby verabredet."

Der Junge ließ mich in die Wohnung ein. „Sie hat eben angerufen, dass sie erst in einer viertel Stunde hier sein kann. Ich soll Ihnen was zu trinken anbieten und Gesellschaft leisten."

„Du kannst mich ruhig duzen", sagte ich rasch. Ich setzte mich auf einen der bunten Küchenstühle. „Ich bin Toni. Ich wohne neben Bertolds Bude."

Verlegen stand er in der Küchentür, eine schlaksige Gestalt in einer viel zu weiten Outdoor-Dreiviertelhose mit großen Taschen und vielen Reißverschlüssen, wie sie zurzeit so modern sind.

Ich setzte mich. „Ein Wasser nehme ich gerne", half ich ihm weiter. „Wo steckt Ruby denn?"

„Im Krankenhaus. Jimmy ist mal wieder dort." Jans Stimme wurde brüchig. Ich war mir nicht sicher, ob es am ausklingenden Stimmbruch lag oder daran, dass ihm die Sache sehr nahe zu gehen schien. Er holte eine Flasche Wasser aus dem Kühlschrank und stellte ein Glas vor mich auf den Küchentisch. Dann ließ er sich auf der Kante des Stuhles mir gegenüber nieder. Es sah so aus, als wolle er am liebsten flüchten.

„Muss hart für dich sein, das mit Jimmy", sagte ich leise.

„Er hat sich bei der Hitze erkältet, und jetzt haben sie Angst, dass er eine Lungenentzündung kriegt, weil er doch so schwach von der Therapie ist."

„Das tut mir leid. Du scheinst deinen Bruder sehr gern zu haben."

„Na ja, eine kleine Nervensäge ist er schon manchmal", gestand er. „Jan hier und Jan da. Aber es ist schon okay mit ihm."

„Du musst mir nicht Gesellschaft leisten." Ich lächelte ihn an. „Ich kann hier auch alleine warten."

Jan rutschte unruhig auf der Stuhlkante hin und her, aber er stand nicht auf.

„Hast du noch Ferien?", fragte ich schließlich, nur, um irgendwas zu sagen.

„Noch zwei Wochen", nickte er. Und schwieg wieder.

„Was machst du denn so in deiner freien Zeit?" Mein Gott, du stellst Fragen wie eine alternde Tante, dachte ich, von mir selber peinlich berührt. Aber das Schweigen schien ihm noch unangenehmer zu sein als meine Fragen.

„Och, so rumhängen mit ein paar Kumpels. Ein bisschen mit dem Moped rumgurken. Manchmal fahren wir auch zum Schwimmen."

„Ich habe neulich übrigens deinen Patenonkel kennen gelernt."

„Meinen Paten…? Ach, Mike!"

„Ja, ich war bei Mike. Netter Kerl."

Jan taute etwas auf. „Ich fahre da öfter mal hin und schraube ein bisschen an meiner Karre rum. Mike hat mir gezeigt, wie man's macht."

„Das glaube ich gerne. Er weiß mächtig viel über Motorräder! Ein wandelndes Geschichtslexikon." Ich lachte.

Jan lachte jetzt auch. „Hat er dir etwa einen seiner Vorträge gehalten? Die kenne ich in und auswendig."

Ich grinste zurück. „Ich habe ihn gefragt. Außerdem fand ich es auch interessant."

„War es die Geschichte der BMW oder die sensationelle Entwicklung des Beiwagens?"

Der Youngster entfaltete ja richtig Humor, stellte ich anerkennend fest und lachte wieder. „Nein. Es ging um die Geschichte der alten Simson, die ja wohl deinem Vater gehört hat. Weißt du, das Ruby in diesem Mordfall deshalb zur Hauptverdächtigen im Mordfall Schöffler avanciert ist, weil Schöffler von einem alten Ostmotorrad bedrängt wurde?"

Stumm schüttelte Jan den Kopf. „Das wusste ich nicht", sagte er leise. „Aber das reicht doch nicht, sie deswegen einzubuchten?" Seine Stimme wurde wieder brüchig bei dieser Frage.

„Ich glaube nicht", versuchte ich zu beruhigen. „Ich tue zumindest alles, um das zu verhindern."

Wir hörten, wie die Wohnungstür aufgeschlossen wurde.

„Hi", rief Ruby aus dem Flur. „Ich bin wieder da." Kurz darauf stand sie in der Küchentür und schüttelte ihre langen Locken auseinander. „Eine Lungenentzündung ist wohl abgewendet", sagte sie betont fröhlich. „Aber sie wollen ihn sicherheitshalber noch zwei Tage da behalten."

Mit erleichterter Miene stand Jan auf. Ob wegen Jimmy oder einfach nur deshalb, weil er sich jetzt verkrümeln konnte, wusste ich nicht zu interpretieren.

Ruby sah so abgespannt aus, dass die Fröhlichkeit gespielt wirkte.

„Grüß dich", sagte ich und griff ihre Hand. „Wie geht's denn wirklich?"

„Ist es so offensichtlich?" Müde strich sie eine Haarsträhne aus ihrem Gesicht. Dann sah sie mich an. „Beschissen geht's mir. Ich kann nicht mehr. Ich versuche es zu verbergen, so gut es geht, Jan und Jimmy zuliebe. Aber immer, wenn ich denke, es geht bergauf, wird noch eins drauf gesetzt. So wie gestern, als Jimmy plötzlich dieses hohe Fieber bekam."

„Kann ich was tun für dich?", fragte ich leise.

Sie schüttelte den Kopf. „Nein, danke. Aber lieb von dir", murmelte sie und stützte ihr Gesicht in die Hände. Ihr Magen knurrte laut und vernehmlich.

„Du hast Hunger", stellte ich fest. „Also kann ich doch was für dich tun. Ich könnte was kochen."

„Ehrlich?" Sie sah mich an, und ich erkannte Begehrlichkeit in ihrem Blick. „Macht dir das wirklich nichts aus?"

„Nein. Sonst würde ich es nicht anbieten."

„Das wäre absolut toll. Ich habe keinen Fetzen Energie mehr. Aber Bertold kommt später und bringt sicher wieder Frikadellen mit."

„Hängen dir die nicht langsam zum Hals raus?", fragte ich.

Sie grinste. „Und wie. Aber ich finde es nett von Bertold, dass er überhaupt daran denkt. Und in der Not…"

„…frisst der Teufel Fliegen", ergänzte ich lachend. Vor meinem inneren Auge verbündeten sich zwei Großmütter mit grauen Knoten und schwarzen Stricktüchern um die Schultern.

Ich inspizierte den Kühlschrank, fand Zwiebeln, Knoblauch, Tomaten, schwarze Oliven und ein Gläschen mit Kapern vor und entdeckte im Regal eine Dose Tunfisch, Nudeln und Gemüsebrühe. Oreganum und Rosmarin standen auf dem Balkon.

Eine Nudelsauce war schnell gemacht.

***

„Das tat wirklich gut", seufzte Ruby und schob den leeren Teller von sich weg. „Und lecker war's auch." Sie sah tatsächlich etwas besser aus.

„Und jetzt erzähl ich dir, was sich alles ereignet hat in den letzten Tagen." Das tat ich auch. Ich berichtete von meinen Besuchen bei der ZOTAG und der Kanzlei, von Frau Schöffler, von dem, was ich über Herrn Schöffler herausgefunden hatte, und von den mysteriösen Umständen, unter denen man die Leiche gefunden hatte. Ich schilderte die Radlerkleidung, den Kahn, das Kentern des Achters und die Blätter, mit denen Schöffler zugedeckt gewesen war.

„Allerhand", sagte Ruby. „Das ist unglaublich, was du in so kurzer Zeit alles herausgefunden hast."

„Ach was. So viel war das doch gar nicht. Vor allem habe ich noch viel mehr Fragen als am Anfang und noch keine vernünftige Antwort."

Wir wurden von der Türklingel unterbrochen.

„Warum schließt er denn nicht auf", wunderte sich Ruby. „Hat er etwa seinen Schlüssel vergessen?"

Aber es war nicht Bertold. Pat und Patterchon betraten hinter Ruby die Küche.

„Frau Blauvogel", sagte Patterchon säuerlich, als er mich entdeckte. „Was für eine Überraschung."

„Die Überraschung ist ganz auf meiner Seite", antwortete ich bissig. „Ich dachte, ich hätte Ihnen genug neue Spuren an die Hand gegeben, um ein paar Tage lang intensiv in eine andere Richtung zu recherchieren. Warum kreuzen Sie dann schon wieder bei Frau Hauser auf?"

„Nun mal hübsch langsam." Pat sah mich bohrend an. „Wir waren durchaus nicht untätig in den letzten Tagen. Dennoch erweisen sich einige Ihrer Anschuldigungen als haltlos, Frau Blauvogel."

„Ach was! Welche denn zum Beispiel?", fragte ich aggressiv.

„Die Sache mit den Gutachten ist doch sehr an den Haaren herbei gezogen. Bei näherer Prüfung erweist sie sich als nicht haltbar."

„Was ist nicht haltbar? Dass es zwei Gutachten mit sehr abweichenden Beurteilungen von LifeStyle Store gibt? Das ist ja wohl eine Tatsache."

„Sicher gibt es die." Patterchon gab sich blasiert. „Nicht haltbar hingegen ist Ihre Behauptung, dass die Kanzlei Schöffler und Partner ihren Nutzen daraus gezogen hätten, die Software preiswerter an die Konkurrenz zu verkaufen."

„Ach was. Sie haben also nachgefragt, und Frau Kaldenbach hat Ihnen beteuert, dass es so nicht zugegangen ist?" Meine Stimme wurde beißend. „Sie wissen, dass mittlerweile der Geschäftsführer von Systems for LifeStyle AG die Kanzlei wegen Veruntreuung verklagt, und zwar genau auf Grundlage dieses zweiten Gutachtens?"

Ich sah, wie die beiden einen Blick miteinander wechselten.

„Sie wussten es nicht", konstatierte ich also trocken.

„Wir sind hier, um Frau Hauser noch ein paar Fragen zu stellen. Unter vier Augen, wenn's recht ist."

„Wenn schon, dann sechs", korrigierte ich. „Ist es dir recht, Ruby? Vier Augen gegen deine beiden allein?"

„Nein, bleib bitte", sagte sie.

„Sie haben es gehört." Demonstrativ setzte ich mich neben Ruby.

Ich sah Wut in Patterchons Augen aufblitzen.

„Nun", eröffnete Pat das Gespräch. „Sie fahren Motorrad, Frau Hauser."

„Das hatten wir doch schon!" Erbost schnaubte ich durch die Nase. „Oder bin ich hier in ,Und täglich grüßt das Murmeltier'?"

„Nun halten Sie doch endlich mal die Klappe, Frau Blauvogel", schnauzte der Dicke. „Oder ich nehme Sie fest wegen Behinderung polizeilicher Ermittlungen."

Das wurde ja immer schöner. Ich holte Luft, um wieder loszulegen, aber Ruby legte mir begütigend die Hand aufs Bein. „Lass gut sein, Toni", sagte sie müde. „Damit machst du es nur schlimmer."

„Soll ich das Schmalchen anrufen?", fragte ich. „Frau Monk", verbesserte ich mich.

„Das kannst du immer noch tun. Lass erst mal hören, was die Herren dieses Mal von mir wollen."

„Also. Sie fahren Motorrad." Pat, der so aussah, als litte er an einem Magengeschwür, stellte diese Frage ein zweites Mal.

„Das wissen Sie doch", sagte Ruby müde. „Ja, ich fahre Motorrad. Eine MZ. Sie hatten die Maschine doch schon im Labor."

Ich wurde hellhörig. Davon wusste ich nichts.

„Richtig. Und Ihre Maschine ist schwarz lackiert. Das hat Sie entlastet. Und Kratzer hatte sie auch nicht."

„Ja aber...", ratlos zuckte Ruby mit den Schultern, „was wollen Sie dann noch von mir."

„Haben Sie uns da nicht etwas verheimlicht?" Die Frage war in einem lauernden Tonfall gestellt.

„Was soll das sein? Ich weiß nicht, worauf Sie hinaus wollen."

„Wir wollen auf gar nichts hinaus. Aber ist es nicht Tatsache, dass Ihr Mann ebenfalls Motorrad fuhr?"

„Hank? Der ist doch schon seit zwei Jahren tot!"

„Was ist mit seiner Maschine passiert?" Der Tonfall, mit dem Pat die Frage stellte, war immer noch lauernd.

„Er hatte mehrere Motorräder. Ich habe sie alle verkauft", sagte Ruby. Ihr Tonfall war plötzlich sehr vorsichtig geworden.

Auch ich hielt die Luft an.

„Hatte Ihr Mann nicht auch eine Ostmaschine? Eine…" – Patterchon sah auf seinen Notizblock – „Simson, auch AWO 425 T genannt?"

„Ja. Hank fuhr auch eine AWO. Aber was soll das alles?"

„Können Sie mir freundlicherweise sagen, welche Farbe diese Maschine hatte?" Pat war nun ganz die Liebenswürdigkeit in Person.

„Sie war schwarz, mit einem roten Tank", sagte Ruby leise.

„Danke, Frau Hauser. Es wird Sie vielleicht interessieren, dass wir Spuren von rotem Lack am Fahrrad von Herrn Schöffler gefunden haben. Eine alte Lackmischung, wie sie schon lange nicht mehr benutzt wird, hier im Westen schon gar nicht. Würden Sie jetzt bitte die Freundlichkeit haben, uns mitzuteilen, wo sich das Motorrad jetzt befindet?"

Ruby war nun sehr blass. „Ich weiß es nicht", sagte sie langsam. „Ich habe sie verkauft damals."

„An wen?" Patterchon stellte die Frage wie aus der Pistole geschossen.

„Das weiß ich doch nicht mehr. Das ist immerhin schon zwei Jahre her."

„Wenn Sie die Maschine verkauft haben, haben Sie doch bestimmt noch Unterlagen darüber." Pat, immer noch liebenswürdig. „Vielleicht lässt sich dann ja auch klären, warum das Motorrad seit dem Tod Ihres Mannes abgemeldet ist."

„Ich – nein…"

„Du sagst jetzt nichts mehr", fuhr ich dazwischen. „Ich rufe Frau Monk an."

„Sie können Sie gleich aufs Revier bestellen", sagte Patterchon. „Wir nehmen Sie mit, Frau Hauser."

Ich hörte eine Diele im Flur knarren. Dann wurde die Wohnungstür leise ins Schloss gezogen.

***

Ich trat in die Pedale, als wäre ein frisch gedopter Jan Ulrich hinter mir her. Hetzte die Mülheimer Straße bis zum ehemaligen Haferkamp hinunter, traf dort auf die Trasse und raste sie an Klinikum und Giradetzentrum vorbei, bis ich sie an der Wittekindstraße verließ. Ich machte mir nicht die Mühe, eine schöne Strecke durch die Einfamilienhausgebiete des Stadtwaldes zu suchen, sondern fuhr Schuss bis zum Stadtwaldplatz und von dort die Heisinger Straße hinunter bis nach Heisingen, wo ich den Baldeneysee und schließlich die Kampmannbrücke nach Kupferdreh erreichte. Eine dreiviertel Stunde später war ich bei der Werkstatt angekommen.

Der Hof sah verlassen aus.

„Mike, du Sauhund", brüllte ich. „Komm raus."

Ich stieg die Verladerampe hoch und rüttelte an der schweren Eisentür. Aber sie war zu.

Immer noch keuchend von der Anstrengung setzte ich mich erst einmal auf die Stufen. Ich versuchte, einen klaren Kopf zu bekommen. Aber die Wut gärte immer wieder unkontrolliert in mir hoch.

Denn Ruby hatte gelogen. Die Simson stand hier, hier bei Mike. Sie hatte sie nicht verkauft. Für mich war es vollkommen klar, dass Ruby Mike schützen wollte. Und das ging entschieden zu weit.

Nur langsam beruhigte ich mich. Dennoch wartete ich weiter.

Die Sonne stand schon tief, als Mike endlich auf den Hof kurvte. Er war überrascht, als er mich sah.

„Schon wieder Damenbesuch", witzelte er. „Fast würde ich meinen, du wärest hinter mir her."

„Das bin ich auch", sagte ich. Plötzlich war ich sehr traurig. „Nur anders als du denkst."

„Du siehst fertig aus. Willst du was trinken?"

„Wasser. Ich bin am verdursten."

Ich verschmähte das Glas, das er mir reichte, und trank die Flasche zur Hälfte leer. Dann sah ich ihn traurig an. „Ruby ist mal wieder verhaftet worden. Und ich glaube, dass du sie reingeritten hast."

„Was? Wie kommst du denn darauf?"

„Du hast den Schöffler umgebracht, stimmt's?"

„Sag mal, bist du von allen guten Geistern verlassen?"

„Du hast die Simson genommen, die von Hank. Du hast selber zugegeben, dass du sie dir manchmal ausborgst. Und dann bist du hinter dem Schöffler her und hast ihn umgebracht. Weil du Ruby immer noch liebst."

„Halt, stopp. So geht das nicht. Du meinst allen Ernstes, ich hätte diesen Insolvenzverwalter wegen - oder noch besser gesagt – für Ruby umgebracht? Also alles, was recht ist. Aber das ist einfach nur bescheuert. Ruby ist mir lieb und teuer, ja. Aber ich liebe sie nicht, jedenfalls nicht so wie früher. Und selbst, wenn: Ich würde nicht töten. Nicht für sie und für niemanden sonst. Nicht mal für mich selbst." Er kam einen Schritt auf mich zu, fasste mir unters Kinn und sah mir in die Augen. Es war ein freundlicher Blick. „Ist das klar, Mädchen?" Er kniff mir ins Kinn und schüttelte den Kopf. „Wie kommst du denn nur auf so einen Schwachsinn!"

Ich ließ mich auf die Steintreppe plumpsen und er setzte sich daneben. Ganz dicht saß er bei mir. Seltsamerweise fühlte ich mich wohl neben ihm, obwohl ich ihn gerade noch für einen Mörder gehalten hatte.

„Es ist wegen dem Motorrad", sagte ich kläglich. „Dieser Maschine von Hank. Ruby ist schon wieder festgenommen worden. Die Polizei sucht nach einem Oldtimer, einer Ostmaschine. Rot. Und als sie Ruby gefragt haben, wer die Simson von Hank jetzt hat, hat sie gelogen. Sie wollte dich offensichtlich schützen. Und das wird sie ja wohl tun, weil sie dich für den Täter hält oder…"

„Hör mal, Toni. Da bist du wirklich auf dem falschen Dampfer. Wann wurde dieser Schöffler umgebracht?"

„Vor drei Wochen."

„Vor drei Wochen? Warte einen Moment." Er stand auf, entfaltete sich zu seiner erstaunlichen Länge, schloss das schwere Tor auf und verschwand im Innern des Flachbaus. Kurze Zeit später kehrte er mit einem Umschlag wieder zurück."

„Hier, schau dir das an", sagte er.

Gehorsam öffnete ich die Fototüte und blätterte langsam die Fotos durch. Eine nackte Blondine lag an einem Sandstrand, den einen Arm unter dem Kopf verschränkt. Sie lag ganz entspannt da, den Kopf ein wenig zur Seite gedreht, weg von der Kamera. Weitere Fotos. Brüste, auf denen ein paar Sandkörner klebten. Die Rundung eines Hinterns vor einer Sanddüne. Die Blondine, wie sie mit Kussmund und einem Weinglas in Richtung der Kamera prostete. Doch nicht mehr ganz so jung, wie ich bei den vorherigen Bildern vermutet hatte. Ein weiteres Foto war offensichtlich mit Selbstauslöser gemacht, denn es zeigte zwei lachende Gesichter dicht beieinander, die Blondine und Mike, die beide in die Kamera lachten. Ein weiteres zeigte Mike, wie er vor einem Ortsschild posierte. ‚Bergen aan Zee‘, stand darauf. „Und?“, fragte ich desinteressiert.

„Das ist Tina. Wir waren zusammen in Holland für ein paar Tage, sogar mit dem Auto, weil sie Angst vor dem Motorradfahren hat. Achte mal auf das Datum hinten auf den Fotos.“

Ich drehte das letzte der Bilder um, das die beiden zusammen zeigte. Es war der Tag, an dem Schöffler gestorben war. Dieses Foto war um 20 Uhr 45 entstanden.

„Verstehe“, sagte ich. Und verstand gar nichts mehr.

„Warum ausgerechnet Hanks Karre?“ Mike legte seine Stirn in Dackelfalten. „Es wird doch auch noch andere Simsons hier im Ruhrgebiet geben.“

„Sie haben Lackreste am Fahrrad gefunden“, sagte ich. „An der Seite, es sieht so aus, als hätte ihn jemand gerammt. Es soll eine Lackmischung sein, wie sie hier nicht üblich ist. Eine, wie sie im Osten benutzt wurde.“ Ich sah ihn an.

Mike sah jetzt blass um die Nase aus. Er schüttelte den Kopf wie in Trance.

Ich schlug die Hand vor den Mund. „Und sie war es doch selbst“, sagte ich erschüttert.

„Nein, war sie nicht“, sagte Mike und ließ traurig den Kopf hängen. Ein Geier mit gebrochenem Genick. „Sie will tatsächlich jemanden schützen. Aber nicht mich.“

Und er erzählte mir die traurige Wahrheit.

Bitter, sehr bitter wurde mir bewusst, dass Mike Recht hatte. „Wir müssen ihn suchen.“ Langsam stand ich auf, schwerfällig wie eine alte Frau. Genau so fühlte ich mich auch. „Damit wird er doch nicht fertig!“

Wir fanden ihn schließlich in der Garage von Mikes Werkstatt. Er hockte dort im Halbdunkel hinter der Simson auf einem Stapel Autoreifen, den Rücken an die Wand gelehnt.

„Jan", sagte ich leise. „Gottseidank. Du weißt doch noch, wer ich bin? Wir haben uns ziemliche Sorgen um dich gemacht!" Ich setzte mich neben ihn auf den zweiten Reifenstapel. Mike lehnte seine lange Geiergestalt an die Wand des Schuppens.

„Mensch Jan...", sagte er nur. Dann schienen ihn die Worte zu verlassen.

Jan sah zur Seite und fixierte einen unsichtbaren Punkt an der Wand. Sein Atem ging schwer wie der eines alten Mannes.

Eine Weile sagten wir nicht.

„Du hast vorhin gelauscht, als die beiden Bullen da waren, stimmt's?", brach ich schließlich das bedrückende Schweigen.

Jan bewegte sich leicht neben mir. Er schien mir zuzuhören.

„Du hast gehört, was sie gefragt haben. Sie haben nach der Simson hier gefragt."

Wieder eine leichte Bewegung an meiner Seite.

„Kannst du dir vorstellen, warum Ruby gelogen hat?", fragte ich sanft.

Er sagte immer noch nichts.

„Die Polizei denkt, dass Ruby lügt, weil sie selbst mit der Maschine gefahren ist. Das wäre dann übrigens vorsätzlicher..." – das Wort wollte mir nicht so recht über die Lippen – „ ...Mord." Ich räusperte mich. „Ich denke allerdings, dass sie jemanden schützen wollte mit ihrer Lüge. Und da ist mir nur Mike eingefallen. Alte Liebe rostet nicht, so was in der Art... Aber Mike war zu der Zeit mit seinem Mädchen auf Tour, ein paar Tage in Holland."

Plötzlich war meine Kehle wie zugeschnürt. Ich wollte nicht weiter reden. Aber ich musste. „Mike glaubt auch, dass sie jemanden schützen will. Also Ruby, meine ich. Er hat mir vorhin gestanden, dass er dir selbst das Fahren beigebracht hat, wie seinerzeit deiner Mutter. Damit du schon fahren kannst, wenn du nächstes Jahr den Führerschein machst. Außerdem hat er mir erzählt, dass Hank die Marotte hatte, die Lacke für seine Maschinen nach den Originalrezepturen mischen zu lassen, wenn er sie überarbeitet hat. Und er hat mir erzählt, dass er sauer auf dich war. Die Karre hatte eine ziemliche Macke im Tank, sagt er, und er war sich sicher, dass sie vorher nicht da gewesen ist. Die Macke."

Ich konnte hören, wie der Junge neben mir schluckte.

„Sie haben Ruby übrigens wieder mitgenommen. Das hast du doch sicher noch mitbekommen vorhin. Die Polizei hat nämlich am Fahrrad Lackreste gefunden. Es war eine Rezeptur, wie sie heute nicht mehr benutzt wird."

Er sackte in sich zusammen. „Ich wollte das doch nicht", sagte Jan mit brüchiger Stimme. „Ich bin einfach nur so rumgefahren."

„Mit der Simson?"

„Ja. Ich habe mir von Mikes Karre das Schild abmontiert und an die Simson geschraubt, damit es nicht so auffällt, dass sie nicht angemeldet ist. Den Trick hat er mir selbst gezeigt."

„Und dann? Was ist dann passiert?"

„Im Sommer bin ich immer mit ein paar Kumpels rumgehangen. Ein bisschen rumgurken mit den Mopeds, am See sitzen, Bierchen trinken... Da habe ich den Schöffler gesehen. Der ist mehrmals in der Woche um den See gefahren abends, immer picobello in seinen teuren Sportklamotten. Radlerhosen. Atmungsaktive Hemden. Rennradschuhe. Hat ihm wenig genutzt. Er sah nur albern aus in den Sachen. Überhaupt nicht sportlich. Aber das Rennrad vom Feinsten. Hat bestimmt zweitausend Euro gekostet."

Ich dachte an den Mann mit den fast mongoloid wirkenden Zügen von Heinz Erhard, den drallen Körper in enge Sporttrikots gezwängt, so dass er aussah wie pralle Wurstmasse in zu wenig Pelle.

„Woher wusstest du, dass es Schöffler war?"

Jan schnaubte durch die Nase. Dann sah er mich an. In seinen Augen glänzte es feucht. „Ruby hat mir von ihm erzählt. Wie sie in seinem Büro war und Theater gemacht hat. Und wie er da saß in seinem feinen Anzug und ihm die Sache vollkommen gleichgültig war. Was mit den Mitarbeitern wird, meine ich. Ich habe seine private Adresse rausbekommen. Da bin ich dann hin. Ich wollte dieses Arschloch sehen, das Schuld an der Misere war."

„Und du hast ihn gesehen.", stellte Mike von der Seite her fest.

„Ich habe ihn sogar angesprochen. Ihn gefragt, ob er überhaupt weiß, was es bedeutet, jeden Pfennig drei mal umdrehen zu müssen und nicht zu wissen, wie man die nächste Zeit überstehen kann. Er hat gelacht und gesagt, dass das ja wohl nicht seine Schuld sei. Ist auf sein teures Rad gestiegen und einfach gefahren."

„War es denn seine Schuld?", fragte Mike leise.

„Er wollte doch die Software verkaufen. Und damit wäre meine Mutter arbeitslos geworden."

Was für eine kindliche Logik. Es schnürte mir das Herz zu.

„Und dann hast du beschlossen, ihn zu..." Das Wort wollte mir nicht über die Lippen.

„Nein!", schrie Jan verzweifelt. „So war das nicht."

„Das ist doch erst zwei Wochen später passiert. Meine Kumpels wollten ins Freiluftkino vom Lukas. Ich hatte keinen Bock auf den Film, vom Geld, das das gekostet hätte, mal abgesehen. Also bin ich alleine noch ein bisschen rumgegurkt. Zum Haus Scheppen und zurück zum Lukas. Da kam der Schöffler vorbeigestrampelt. An diesem Abend war er spät dran. Ich sah das teure Rad, dachte an den Daimler und dieses riesige Haus, das er da in Heisingen hat. Und dann sah ich Jimmy vor mir, Jimmy mit den Schläuchen im Arm, mit seiner weißen Haut und den feinen blauen Adern im Gesicht, so blass, dass er sich kaum von den Kissen im Bett abhebt..." Jan schniefte.

Ich rutschte ein Stückchen näher und legte ihm den Arm um die Schulter.

„Ich dachte an meine Mutter, wie sie geweint hat, weil sie nicht wusste, wie sie die nächste Miete bezahlen soll. Und die ganzen Zuzahlungen für Jimmys Medikamente!" Jetzt liefen ihm Tränen übers Gesicht.

Ich schluckte. „Was ist dann passiert?", fragte ich heiser.

„Ich bin doch einfach nur hinter ihm hergefahren! Es war schon dämmrig. Ich folgte ihm langsam auf der Straße, die vom Lukas zur Brücke führt. Er hörte mich, drehte sich im Treten um und winkte mir, ich solle vorbei fahren. Das tat ich aber nicht. Ich blieb hinter ihm. Er fing an, schneller zu treten. Ich blieb immer noch hinter ihm. Er guckte noch einmal zurück und strampelte noch schneller. Da merkte ich, dass er Angst vor mir hatte. Das hat mir gefallen!" Jan schniefte vernehmlich.

Wortlos zog ich ein unbenutztes Tempo aus meiner Hosentasche und sah zu, wie Jan sich umständlich die Nase putzte. „Und weiter?", fragte ich schließlich. Meine Kehle war wie zugeschnürt.

„Ich hab dann den Motor aufheulen lassen und bin ganz dicht an ihn ran, blieb ihm dicht auf den Fersen. Soll er doch ruhig Angst haben, der Arsch, hab ich gedacht. Er trat noch schneller. Raste dann auf den schmalen Gehweg zwischen Leitplanke und Geländer von der Kampmannbrücke. Ich bin hinterher, blieb dicht an ihm dran. Hab gehupt. Bin ihm fast drauf gefahren, hab abgebremst, bin wieder auf ihn zu. Da ist er plötzlich von der Kante runtergerutscht, weißt du, diese schmale Kante da runter vom Bürgersteig. Dabei geriet das Rad ins Straucheln. Und plötzlich ist er in hohem Bogen über das Geländer geflogen und ich ... mir knallte das Rad in die Seite und... das hatte ich doch nicht gewollt!" Jan schluchzte hemmungslos.

„Warum die Blätter, Jan? Die sind doch giftig!" Auch mir liefen die Tränen durchs Gesicht.

„Das wusste ich nicht. Später war meine Hand ganz verbrannt. Ich konnte ihn doch nicht so da liegen lassen", weinte er.

Ich nahm ihn in fest in die Arme, wiegte ihn sanft hin und her und wollte tröstende Worte flüstern. Aber sie blieben mir wieder mal in der Kehle stecken. Weil es keine tröstenden Worte gab für das, was da passiert war. Kein Trost für dieses Unvorstellbare, Entsetzliche, für eine Schuld, die er hatte und auch wieder nicht. Er würde lernen müssen, damit zu leben, dass durch ihn ein Mensch zu Tode gekommen war.

„Es war ein Unfall", flüsterte ich schließlich heiser. „Ein Unfall, Jan, verstehst du! Ein Unfall."

***

Später, als ich zum zweiten Mal an diesem Tag Justina Monk angerufen hatte, später, nachdem Justina Monk mit Mike und Jan ins Präsidium gefahren war, später, nachdem ich Bertold angerufen und ihn gebeten hatte, sich um Ruby zu kümmern und sie zu trösten, sehr viel später also saß ich am Ufer des Sees auf dem Bootssteg neben dem Fähranleger am Haus Scheppen und ließ die Füße ins Wasser baumeln. Die Kioske am Motorradtreff hatten längst schon geschlossen. Inlineskater, Motorrad-, Fahrradfahrer und Spaziergänger lagen in ihren Betten oder hatten sich ins Essener Nachtleben gestürzt.

Eine schmale Mondsichel zeichnete sich über dem Schellenberger Wald am nachtblauen Himmel ab. Vor mir platschte ein Frosch von einer Seerose ins Wasser.

Ich war unglaublich traurig. Der Gedanke an Jan schnürte mir die Kehle zu. Ich sah Ruby im Krankenhaus an Jimmys Bettchen sitzen und mühsam die Tränen zurückhalten. Bertold, wie er seine großen Hände zu Fäusten ballte und sie kraftlos wieder sinken ließ. Jan in einer Zelle der Jugendvollzugsanstalt. Mikes Reihergestalt auf dem nach hinten gekippten Stuhl, die Füße in den Schlangenlederstiefeln auf das Geländer der Verladerampe gestützt und seine Stirn in sorgenvolle Denkerfalten gelegt. Auch er würde sich schuldig fühlen. Schließlich war er es gewesen, der Jan unberechtigterweise das Fahren auf der alten AWO beigebracht und den Trick mit dem Nummernschild verraten hatte.

Und ich sah Krullkowski, wie er schnaufend ein Bündel mit Geldscheinen zählte. Schöffler, wie er das Geld mit seiner Partnerin teilte, Schöffler, wie er seine Frau an den Haaren durch die Wohnung zerrte, die Reitgerte in der Hand. Die Kaldenbach, wie sie mit ausdruckslosem Gesicht ein zweites Gutachten in Auftrag gab auf irgendwelchen obskuren Wegen, wie sie einen Zettel schrieb und mit H.D. unterzeichnete, und schließlich ihren schönen Adonis, wie er meine Tür aufbrach und seine Hände in meine Wäsche tauchte. Ich war mir sicher, dass es so gewesen war.

Ich lauschte dem mehrstimmigen Chor der Frösche, beobachtete, wie die Mondsichel am gegenüberliegenden Ufer langsam ostwärts über den dunklen Wald wanderte und ließ mich von den Mücken stechen, unfähig, mich dagegen zu wehren. Die Trauer hatte sich in mir eingenistet und machte die Glieder steif und bleiern.

Schließlich stand ich auf. Bückte mich ungelenk und streifte meine Wandersandalen über die nackten Füße. Hob das Fahrrad auf, das im Gras gelegen hatte. Unmöglich, ein Bein über die Stange zu schwingen und mich auf den Sattel zu heben. Zu mühsam, die Pedale in kreisförmige Bewegungen zu versetzen und damit dem Rad den benötigten Antrieb zu geben. Schwer stützte ich mich auf den Lenker und trat den Weg nach Hause zu Fuß an.

Ich schob das Rad bis zur Fußgängerbrücke am Lukas. Dort lehnte ich eine Weile am Geländer. Es fing an zu regnen. Ein paar dicke Tropfen erst, dann legte es sich richtig los.

In der Ferne konnte ich nur vage die Umrisse der Kampmannbrücke erkennen, und augenblicklich waren die Bilder wieder da. Ich sah einen zu dicken Fahrradfahrer panisch auf dem schmalen Weg zwischen Leitplanke und Brückengeländer fliehen, gefolgt von einer dunklen Gestalt auf einem zierlich anmutenden, formschönen Motorrad. Ich hörte den Motor aufheulen. Sah den Radfahrer straucheln, am Bordstein entlang schlittern und schließlich in hohem Bogen über das Geländer schließen. Ich sah einen verwirrten Jugendlichen, der entsetzt den schmalen Pfad hinunter zum Ufer rannte. Den Mann leblos am Ufer fand, ihn umdrehte, den Puls suchte. Ihn in den Kahn hob, der dort am Ufer vertäut lag. Die Blätter brach, das große Bärenkraut, und den Mann zudeckte in dem rührenden Versuch, noch etwas zu tun für diesen leblosen Menschen dort im Boot. Jan, der schließlich das Fahrrad auf der anderen Seite der Brücke in den See schleuderte.

Nun war ich völlig durchnässt. Mir war kalt und ich merkte, dass ich wieder weinte. Ich möchte heim, dachte ich. Und sehnte mich nach Max und seinem weichen Körper. Nur anschmiegen. Nur seinen Bauch an meinem Rücken spüren und fühlen, wie der Atem ruhig und tief und friedlich wird. Fahr endlich heim, Blauvogel, dachte ich. Fahr heim.

EPILOG

Ende September. Nach einem völlig verregneten August war es wieder angenehm schön geworden. Sehr schön für die Jahreszeit. Eine dünne Wanderjacke als Schutz vor dem steten Wind reichte aus.

Es war der letzte Tag. Zum Abschied wanderten wir noch einmal bis zum Schiffswrack an der Spitze der Insel. Eine lange Tour immer den Strand entlang. Wunderbar menschenleer.

Max ging schweigsam ein paar Meter neben mir, während ich mit nackten Füßen durch das auflaufende Wasser platschte. In der Ferne zog ein Frachtschiff geruhsam seine Bahn. Ein paar Möwen ließen sich vom Wind tragen.

Mir war etwas seltsam zumute. Weil es sehr schön gewesen war. Kleine, gemütliche Ferienwohnung. Lange Spaziergänge. Strandsauna. Leckeres Essen. Discofox in einer Hausfrauendisco. Versacken in einer Inselkneipe. Picknick im Strandkorb. Und Max immer da. Beim Einschlafen. Beim Aufwachen. Kuschelig. Zärtlich. Wunderbar hungrig. Auf mich. Das ging nun zu Ende.

Ich musste lächeln. Zu Ende ging es nicht. Ich musste mich nur entscheiden, wie es weiter gehen sollte. Max wartete darauf.

Ich dachte an meine Wohnung, an der ich so hing. An die vielen ruhigen Abende in meinem Sessel, an denen ich den Vögeln beim Nisten zugesehen und beobachtet hatte, wie die Lichter des RWE-Turmes eines nach dem anderen erloschen. An meinen kleinen Balkon. An meine verschrobenen Gewohnheiten und die viel begangenen, ausgetretenen Pfade durchs Viertel, denen ich mit schlafwandlerischer Sicherheit folgen konnte.

Ich dachte daran, wie ich zu Max gefahren war mitten in der Nacht, als ich Jan in der Garage gefunden hatte. Wie gut es getan hatte, ihn einfach bei mir zu spüren, dicht an dicht. Und unvermittelt tauchten zwei kleine Gesichtchen vor meinem inneren Auge auf, ein schwarzes und ein getigertes. Ich fühlte ein flauschiges Knäuel auf meinem Schoß, spürte spitze Milchtritte und hörte es Schnurren. Ich fing an zu lachen.

Verwundert sah Max zu mir herüber. „Was ist los?"

„Vermutlich tanzen sie der alten Frau Winkler schon gewaltig auf der Nase herum.", lachte ich. „Bonnie und Clyde. Das war wirklich raffiniert von dir, du Mistkerl!"

Ein Leuchten zog über Max Gesicht. „Stets zu Diensten", sagte er fröhlich, griff nach meiner Hand und zog mich zu sich heran.

„Aber es bleiben zwei getrennte Wohnungen", murmelte ich aufmüpfig.

„Na hör mal, was denn sonst!", empörte er sich. „Oder meinst du etwa, ich will mir dauernd diese seltsame Musik anhören, die du dir da immer reinziehst?"

„Bah, aber den ganzen Tag im Netz rumhängen und durch die Gegend surfen..." Ich packte seine Hand und zog ihn mit mir.

„Immer noch besser als diese unglaublich spannenden Filme, die du..." Er stemmte sich in den Sand und zog mich wieder zu sich heran.

„Genau. Das ist nichts für dich. Da müsste man ja tatsächlich ganze zwei Stunden hingucken und auch noch zuhören. Und außerdem, wer will schon in so einer chaotischen Bude wohnen..." Ich stemmte mich gegen ihn und versuchte, ihn weg zu schieben.

„Bei deinem Ordnungsfimmel weiß man doch gar nicht, wo man überhaupt was hinlegen darf..." Jetzt hatte er mich halb im Schwitzkasten.

Ich wand mich wie eine Schlange, um mich zu befreien, aber es gelang mir nicht. Schließlich ließ ich mich fallen und wir landeten beide im Sand. Schwer atmend blieben wir liegen.

„Zwei getrennte Wohnungen", schnaufte ich. „Wie bisher auch."

„Na, dann ist ja alles geklärt!" Max rollte sich auf den Rücken und verschränkte die Arme im Nacken. Er sah unverschämt zufrieden aus.

DANK

Für die sehr gute Zusammenarbeit möchte ich mich ganz herzlich bei meiner Lektorin Ulli Langenbrinck vom Assoverlag bedanken, die mit ihren guten Ideen, viel Sensibilität und großem Engagement die Feinarbeiten leistet!

Ursu Sternberg

ÜBER DIE AUTORIN

Ursula Sternberg studierte in ihrer Heimatstadt Duisburg Kunst und Geschichte und wechselte später nach Essen und in die IT-Branche, wo sie lange Zeit als Anwendungsentwicklerin tätig war.

Sowohl ihre Romanserie um die Privatermittlerin Toni Blauvogel als auch ihre neueren Kriminalromane spielen im Ruhrgebiet und befassen sich mit aktuellen brisanten Themen wie Fracking, Korruption, Obdachlosigkeit und Immobilienspekulation.

Was sonst? Ölmalerei, lecker kochen, essen und trinken, gute Geschichten lesen und hören, viel Bewegung an der frischen Luft, Freunde und zuletzt, aber ganz sicher nicht als letztes die Stubentiger.

VERÖFFENTLICHUNGEN:

Romane:

»Ruhrtopia – Tief unten«
Kriminalroman und Ökothriller, BoD 2023

»Ruhrbeben«
Kriminalroman und Ökothriller, BoD 2021,
Originalausgabe Emons , 2014

»Variationen der Wahrheit oder Von Liebe, Käse und anderen Dingen«
Kriminalroman, BoD 2025,
Originalausgabe Assoverlag Oberhausen, 2007

Ruhrgebiets-Krimiserie um Toni Blauvogel:

»Ruhrschnellweg«
Band eins, BoD 2025,
Originalausgabe Assoverlag Oberhausen, 2007

»Insolvenzgeld«
Band zwei, BoD 2025,
Originalausgabe Assoverlag Oberhausen, 2009

»Nachtexpress«
Band drei, BoD 2021,
Originalausgabe Emons 2010

»Innenhafen«
Band vier, BoD 2021,
Originalausgabe Emons 2011

Kurzgeschichten:

»Stickum«, erschienen in **»Mordsjahre«**,
Kurzkrimis aus dem Ruhrgebiet,
Hg. Steffen Hunder, Klartext 2025

»Sieben«, erschienen in **»Zechen, Zoff und Zuckerwerk«**,
Kriminelle Weihnachtsgeschichten aus dem Ruhrgebiet,
Hg. Almuth Heuner, Prolibris Verlag 2018
»Sieben« wurde für den Friedrich Glauser Preis 2019 in der Rubrik Kurzkrimi nominiert.

»Countdown«, erschienen in **»Killer, Kerzen, Currywurst«**, Kriminelle Weihnachtsgeschichten aus dem Ruhrgebiet, Hg. Almuth Heuner, Prolibris Verlag 2017

»Abschied«, erschienen in *»Schachbordelle«*
35 Erotische Gedichte und Geschichten zum Menantes-Preis 2012, Hg. Jens-F. Dwars, Quartus Verlag 2012

https://www.krimis-und-kunst.de